# Entre nosotras

# JOHN MARRS

# Entre nosotras

TRADUCCIÓN DE
Pilar de la Peña Minguell

Título original: *What Lies Between Us*
Publicado originalmente por Thomas & Mercer, Estados Unidos, 2020

Edición en español publicada por:
Amazon Crossing, Amazon Media EU Sàrl
38, avenue John F. Kennedy, L-1855 Luxembourg
Febrero, 2022

Adaptación de cubierta por Lucía Bajos, diseño y comunicación visual
Imagen de cubierta © Peter Baker / Getty Images; © Devin Meijer
© Gorodenkoff © Dmitr1ch / Shutterstock; © Blacksheep

Impreso por: Ver última página

Primera edición digital 2022

ISBN Edición tapa blanda: 9782496709599

www.apub.com

# SOBRE EL AUTOR

John Marrs es escritor y periodista, y reside entre Londres y Northamptoshire. Tras dedicar su carrera a entrevistar a celebridades del mundo de la televisión, el cine y la música para numerosos periódicos y revistas nacionales, ahora trabaja únicamente como novelista. Ha conocido éxitos de ventas con títulos como Welcome to Wherever You Are, Cuando desapareciste, The Good Samaritan o Eres tú, la obra en que se basa la famosa serie de Netflix The One. Entre nosotras es su séptima novela. Se le puede seguir en johnmarrsauthor.co.uk, en Twitter (@johnmarrs1), en Instagram (@johnmarrs.author) y en Facebook (facebook.com/johnmarrsauthor).

*A Elliot*

Una mentira puede recorrer medio mundo mientras la verdad está terminando de calzarse.

CHARLES SPURGEON

# Prólogo

He dejado de quererte. He dejado de tenerte cariño. He dejado de preocuparme por ti. Lo he dejado y ya está.

Quizá te sorprenda, pero, a pesar de todo, de la crueldad, del egoísmo y del dolor que has causado, aún te apreciaba. Eso se acabó. Ahora te pongo sobre aviso. Ya no te necesito. No recuerdo con cariño nuestros primeros tiempos, así que voy a borrar esos recuerdos y todos los demás. Durante la mayor parte de nuestra relación he deseado algo mejor que lo que tenemos, pero ya he entendido que esta es la mano que me han repartido. Y te estoy enseñando todas mis cartas. La partida ha terminado.

Eres la persona con la que comparto esta casa, solo eso. No me importas más que las persianas que ocultan lo que sucede en el interior, los suelos que piso o las puertas que nos separan.

He desperdiciado demasiados años de mi vida en procurar entender tus complejidades, en sufrir tus actos como cuchillos clavados en cicatrices. Se acabó lo de sacrificar a quien debería haber sido yo por tenerte contenta y luego terminar estancada. He malgastado mucho tiempo empeñándome en que me quisieras. Me duele recordar las oportunidades que me ha aterrado aceptar por tu culpa. Todas esas ocasiones echadas a perder hacen que me den ganas de reptar hasta el fondo del jardín, hacerme un ovillo sobre un montículo de tierra y esperar a que las ortigas y la hiedra me ahoguen y me hagan desaparecer.

Ahora veo por fin la desdicha en que me has envuelto y que tu desgracia necesitaba mi compañía para que no te sintieras tan sola.

Solo he aprendido una lección de la vida que hemos compartido: todo el mal que hay en mí está en ti también. Somos una sola persona y la misma. Cuando yo muera, tu llama también se extinguirá.

Quiero que la próxima vez que estemos juntas una de las dos esté tiesa en un ataúd, vestida con unos harapos que le vengan grandes al armazón encogido de su cuerpo sin vida.

Solo entonces podremos separarnos. Solo entonces podremos ser nosotras mismas. Solo entonces tendré alguna posibilidad de encontrar paz. Solo entonces me libraré de ti.

Y si mi alma se elevara, te prometo que la tuya se hundirá como la más pesada de las piedras para no volver a ser vista jamás.

# PRIMERA PARTE

# Capítulo 1

## MAGGIE

No se me ve desde mi sitio en la cofa de vigía. Nadie que esté a lo suyo en la calle puede verme. Lo sé porque debo de haber saludado a mis vecinos cientos de veces y jamás me han respondido. A todos los efectos, soy invisible al mundo. No existo, he caducado, soy un fantasma.

Seguramente lo parezco, aquí plantada detrás de estas persianas que debilitan la luz que entra en mi dormitorio y la convierten en sombra. Cuando no están encendidas las farolas de la calle, se hace el ocaso aquí dentro aun en el más luminoso de los días. Por eso, cada vez que me aventuro a bajar, entorno los ojos hasta que me acostumbro a la luz del día. Cuando pusieron las persianas, me daban claustrofobia, una barrera entre el mundo exterior y yo, pero ya me he acostumbrado a ellas. Con un poco de tiempo, termino habituándome a todo. Soy esa clase de mujer: he aprendido a ser flexible.

Llamo cofa de vigía a este cuarto porque me recuerda al punto de vigilancia de un barco en el más alto de sus mástiles. Los marineros lo usan para poder ver el horizonte a kilómetros de distancia. Mi vista se extiende hasta el fondo del callejón.

Ahora mismo estoy viendo a Barbara ayudar a su madre, Elsie, a instalarse en el asiento del copiloto. Barbara siempre saca tiempo para su madre. Cualquier progenitor estaría orgulloso de ella. Elsie ha empezado a depender recientemente de un andador, uno de esos de aluminio con ruedecillas en la parte delantera. Recuerdo que se quejaba de que la artritis de los tobillos y las rodillas le iba a más y que esos antiinflamatorios sin receta ya no le hacían nada. No sé ni la de veces que le he propuesto que pida cita con el doctor Fellowes. Una vez hasta me ofrecí a servirme de mi influencia en el consultorio para que le dieran cita el día que le viniese mejor, pero es una vieja tonta y cabezota. Le parece que, si va al médico más de una vez al año, para la vacuna de la gripe, ya está molestando.

¿Se acordará de mí? ¿Le extrañará que ya no vaya a su casa a tomar café los jueves por la tarde? A las tres y media en punto, como un reloj; mantuvimos esa costumbre durante años. Volvía a casa del trabajo, agarraba mi propia taza de café de la encimera (ella usaba ese torrefacto de supermercado que yo detestaba) y pasábamos un par de horas arreglando el mundo y cotilleando sobre los vecinos. Echo de menos aquellas charlas. La he pillado mirando hacia la casa en numerosas ocasiones y me gusta pensar que no se ha olvidado por completo de mí.

Barbara saca el coche de la entradita de la casa a la calle y pasa por delante del número cuarenta. La inmobiliaria lo tiene abandonado. Desde aquí arriba, solo veo la parte trasera y está hecha una auténtica pocilga. Si el antiguo dueño, el señor Steadman, supiera lo que ha sido de su jardín, antes precioso, se revolvería en la tumba. El césped ha crecido hasta los bordes que él tanto se esmeraba en limpiar y que ahora están repletos de latas y de envases de comida para llevar. Los jóvenes no respetan nada.

Su nieto debería haber vendido la propiedad. Quizá no encontró comprador. No a todo el mundo le satisface vivir en una casa en la que el cadáver de su anterior ocupante pasó semanas hasta que lo descubrieron. Yo fui la única que observó el montón de periódicos que asomaban por el buzón del señor Steadman y vio que llevaba días sin descorrer las cortinas. Habría dado la voz de alarma, pero, claro, eso es lo último que puedo hacer.

Fuera, un coche rojo con el parachoques abollado aparca al borde del césped, junto al poste de la luz. Es Louise, la del dieciocho, y cuando sale, le veo el barrigón que oculta bajo la camiseta. Está embarazada otra vez y me alegro mucho por ella. Ya estuvo así en otra ocasión y luego un día llegó una ambulancia a su casa y la siguiente vez que la vi había dejado de estar embarazada de repente. Su cuerpo recuperó la forma normal como si no hubiera pasado nada. No me puedo imaginar lo que debe ser tener que «desdecirle» a la gente. Dudo que uno pueda volver a ser normal después de perder algo que estaba deseando querer.

No sé si aún estará trabajando en la tienda de venta al por mayor. Hace tiempo que no la veo con el uniforme. Sé que su marido sigue siendo taxista porque a menudo veo parpadear en mi techo las luces de su taxi cuando llega a casa después de un turno de noche. A veces, si no puedo dormir, observo su silueta al volante, con el motor apagado y el rostro apenas iluminado por el salpicadero. A menudo me pregunto qué le impide entrar en casa enseguida. A lo mejor imagina una vida distinta a la que lo espera al otro lado de esa puerta. Puedo entenderlo: yo imagino muchas veces mi propia existencia alternativa, pero, como dice esa antigua canción, uno no siempre puede tener lo que quiere.

No hay nadie más a quien mirar, así que me giro hacia mi habitación. Aquí no hay gran cosa, pero tampoco necesito mucho. Una cama de matrimonio, dos mesillas de noche, dos lamparitas, un armario, un tocador y una otomana. El televisor montado en el soporte mural hace tiempo que dejó de funcionar y no le he pedido a Nina uno nuevo porque no quiero que piense que lo echo de menos. Además, sin él, nada me recuerda ya a la vida que no tengo.

Mis libros me hacen compañía y a veces consigo convencerme de que con ellos me basta. No me deja elegir lo que leo; dependo de lo que ella me traiga. Cada dos días termino uno y empiezo otro. Prefiero la novela policíaca o el suspense psicológico, cualquier cosa que prometa y luego tenga un giro inesperado. Me gusta poner a trabajar mi vieja masa gris y averiguar quién es el malo. Aunque soy difícil de complacer: si adivino quién es el culpable, me decepciona lo previsible que es la historia; si me equivoco, me fastidia no haberlo visto antes.

Me habría gustado escribir una novela (llevo dentro muchas historias y casi la misma cantidad de secretos), pero dudo que eso ocurra. Como tantas otras cosas, como que yo vuelva a salir de esta casa. Por más que lo intento, no lo consigo. Y es culpa mía. No me fío de nadie que diga que no lamenta nada. Se engaña. Todos lamentamos algo. Si me dieran la oportunidad de retroceder en el tiempo y cambiar mi vida, me subiría a esa máquina en menos de lo que se tarda en decir H. G. Wells.

De pronto oigo abrirse una puerta abajo y luego una voz. No la he visto subir la calle.

—¡Buenas noches! —grita Nina por las escaleras desde la primera planta—. ¿Hay alguien en casa?

—Solo yo —contesto y abro la puerta de mi cuarto. Desde donde estoy, bajo el dintel de la puerta, veo dos bolsas rebosantes de compra a sus pies—. ¿Has ido a comprar?

—Muy observadora —replica.

—¿Qué tal en el trabajo?

—Como siempre. Voy a hacer pollo guisado para cenar.

Odio el pollo guisado.

—Estupendo —digo—. ¿Hoy me toca cenar contigo?

—Sí, es martes.

—Ah, pensaba que era miércoles. Voy adelantada.

—Subo a buscarte cuando esté listo. No tardaré mucho.

—Vale —contesto y vuelvo a mi cuarto mientras ella desaparece. Me entretengo contándome las manchas de las manos. Llevo tanto tiempo sin ver el sol que no me ha salido ninguna nueva. Una pequeña ventaja en una larga lista de desventajas. Me veo reflejada en el espejo del tocador y me aplasto el pelo revuelto. Hace mucho que lo tengo ceniciento y ya no recuerdo de qué color era antes. Me pinto una sonrisa con un carmín intermedio y luego la raya del ojo. Me doy un poco de colorete en las mejillas, pero, como tengo la piel tan blanca, parecen los dos ronchones de una muñeca de trapo, así que me lo quito y me dejo la cara sin maquillar.

Inspiro hondo y me preparo para la noche que me espera. Hace un tiempo éramos amiguísimas, pero eso fue antes de que él se lo cargara todo. Ahora ya no somos más que los escombros que dejó.

# Capítulo 2

## NINA

Retiro la tapa de cristal de la fuente que tengo en la bandeja inferior del horno y se escapa todo el vapor. Dentro, las pechugas de pollo parecen de color blanco, así que las pincho con un tenedor para asegurarme de que están hechas. Sé que a Maggie no le gusta el pollo guisado, pero a mí sí y soy yo la que cocina en esta casa. Además, su fingido entusiasmo me divierte.

Vacío las bolsas de la compra antes de quitarme el abrigo. Ella prefiere tener los armaritos bien ordenados y los cajones limpios; yo no. Me reservo la limpieza y el orden para el trabajo, donde no me queda otro remedio que ser organizada. En mi propia casa no tengo por qué hacer nada que no me apetezca. Así que dejo los alimentos donde me place. Dudo que Maggie los vaya a recolocar a mis espaldas.

Había mucho jaleo hoy en Sainbury's, más de lo habitual. Un enorme despliegue de familias, ejércitos de padres asediados intentando hacer la compra semanal acompañados de los niños tirándolos de la manga, lloriqueando y pidiendo chuches, juguetes y cómics. Madres agotadas y con los ojos en blanco a las que yo miraba pensando que no saben la suerte que tienen.

Me ha llamado la atención un niño con una mata de pelo castaño oscuro. No tendría más de un año e iba sentado en el carrito de la compra, con las piernas regordetas colgando por los agujeros de la parte de atrás, un zapato puesto y el otro tirado junto a una malla de *satsumas*. Su sonrisa era tan amplia que le ocupaba media cara. Su madre lo ha dejado solo un momento mientras se acercaba a por algo a otro pasillo. He pensado en lo fácil que habría sido agarrarlo y llevármelo de la tienda. Cuando ella ha vuelto con un bote de kétchup, me han dado ganas de decirle lo descuidada que había sido.

Hoy había muchos productos de oferta y a punto de caducar, así que he comprado más de lo que tenía en la lista, pero, como no podía ir a casa andando tan cargada, he parado un taxi, y así he terminado gastando lo mismo o más. He reconocido al taxista por el perfil y la forma de los ojos, que le he visto en el retrovisor. Nathan Robinson. Fuimos juntos al colegio, primero a Abington Vale Middle y luego, por poco tiempo, a Weston Favell Upper. No ha cambiado mucho, salvo por las entradas y los horribles tatuajes tribales de las manos. Él no me ha reconocido a mí y yo no le he dicho nada. No me apetecía pasarme el trayecto a casa recordando a personas con las que ya he perdido el contacto o rumiando qué ha sido de los veinticuatro años que hace que nos vimos por última vez. Además, tampoco creo que me hubiera recordado. A los catorce di la espalda a mis estudios y jamás los retomé.

Mientras el taxi se alejaba, me he parado un momento a mirar mi casa y he levantado la vista a la ventana de la segunda planta. Sé que Maggie pasa casi todo el día detrás de esas persianas, viviendo las vidas de los demás, y me pregunto si echará de menos interactuar con otros seres humanos. Durante la cena, me pondrá al día de a quién ha visto y qué estaba haciendo, pero ¿añorará estar con esas personas? Mirar no es lo mismo que vivir, ¿no?

Procuro facilitarle la existencia, pero ella rara vez me pide ayuda. No me avisó cuando dejó de funcionar la tele. Hasta que no caí en la cuenta de que hacía tiempo que no la veía encendida, no reconoció que se había roto. Estaba a punto de ofrecerme a buscar a alguien que la arreglara cuando me comunicó que «las noticias son demasiado deprimentes» y que prefiere perderse en un libro, así que ni me he molestado. Sé que yo en su lugar ya me habría vuelto loca ahí arriba.

Salgo de la cocina, subo al comedor de la primera planta y pongo la mesa para dos. Estiro bien el mantel de encaje, el que le hizo a Maggie su abuela. Ella prefiere guardarlo «para las ocasiones». Yo le recuerdo que hoy en día ya no hay «ocasiones». Vivimos en una época en que todo es desechable, incluso nosotros. Vuelvo al horno para servir la comida y me subo los platos y una botella de *pinot grigio* al comedor.

Mientras pongo la mesa, miro alrededor. Este comedor antes era un dormitorio y sigue habiendo allí una cómoda que aún tengo que llevarme. A ver si un día busco un rato para redecorar. Para el gusto de la mayoría, esta casa es un poco caótica: en la planta baja hay una cocina con acceso al sótano, un salón, una habitación vacía (que antes era el comedor) y un baño; en la primera planta hay dos dormitorios, un baño familiar, un despacho y el nuevo comedor forrado de librerías, con todos los libros metidos en gruesas fundas de plástico, y la segunda planta es el desván reconvertido en ático al que Maggie llama hogar y en el que hay otro baño que solo usa ella, un descansillo y su dormitorio. Y ya está. Mi casa. Bueno, nuestra casa, supongo. Y nos guste o no, ninguna de las dos va a ir a ninguna parte.

Subo otro tramo de escaleras y la encuentro de pie junto a la ventana. Me quedo allí, observándola y preguntándome qué se le pasará por la cabeza estando ella sola aquí arriba. Y por un instante brevísimo casi la compadezco.

# Capítulo 3

## MAGGIE

Mientras espero a Nina, vigilo las entradas y salidas del callejón como si fuera un centinela pero sin autoridad para denunciar actividades sospechosas ni prohibir la entrada a nadie. Tengo la misma utilidad que un perro guardián desdentado. Pienso en cuando me mudé aquí, hace unos cuarenta años, y en que casi todas las casas eran idénticas. Estaban bien cuidadas y tenían un encanto semejante. Ahora las puertas de los garajes son de distinto color y algunas tienen unos marcos de plástico espantosos en las ventanas o puertas de plástico rígido. En muchas de ellas han reemplazado los exuberantes jardines por adoquines para poder alojar un segundo coche y hasta un tercero en algunos casos. Han transformado mi calle, en su día colorida, en una especie de impresión en escala de grises.

Sigo un patrón de vigilancia. Como estamos al fondo del callejón, veo ambos lados de la calle. Empiezo por las casas de la izquierda. Son fincas más caras porque, por detrás, dan a patios de colegio. La del veintinueve es la última casa que alcanzo a ver sin entornar los ojos y la que me trae los recuerdos más tristes. Hace unos años, un niño pequeño, Henry, estuvo a punto de morir allí en un incendio. Recuerdo bien a aquel pequeño, tan tierno y educado. Lo rescataron los bomberos, pero, por lo que dicen, sufrió terribles daños cerebrales. Su madre no fue capaz de perdonarse y eso hizo pedazos la familia, pero no hace mucho vi que el marido y las dos hijas, Effie y Alice, han vuelto a la casa, así que espero que hayan rehecho felizmente su vida.

Luego sigo con la otra acera. La casa de Elsie está al lado de la mía. Ella y yo debemos de ser dos de las residentes más veteranas de la calle. Nos instalamos aquí con tres meses de diferencia y enseguida nos hicimos amigas. Conoce más secretos de esta casa que Nina. De todas las personas que andan por ahí fuera haciendo su vida, con ella es con la que más echo de menos hablar.

Nunca corre las cortinas hasta que se va a la cama, aunque sea completamente de noche. Siendo una mujer mayor que vive sola, debería tener más cuidado, creo yo. Vislumbro en la enorme pantalla de su televisor una imagen en verde y blanco que me resulta familiar y decido que será la cabecera de *EastEnders*. A Elsie le gusta ver sus culebrones, como me gustaba a mí. Solíamos hablar de ellos con el café de los jueves por la tarde. Con el tiempo que llevo fuera de onda, ¿cuánto tardaría en ponerme al día de la trama que me he perdido? Vuelvo a pensar en pedirle a Nina que me arregle la tele, pero ¿en serio quiero que piense que me está haciendo un favor? A lo mejor estoy tirando piedras contra mi propio tejado.

Un cochecito blanco con el techo solar oscuro se detiene delante de la casa. Se habrá equivocado de dirección, porque enseguida se marcha otra vez.

De pronto me doy cuenta de que no estoy sola y, al volverme, veo a Nina, observándome. Intenta hacerme creer que acaba de llegar, pero me da que lleva aquí unos minutos. No es la primera vez que tengo la sensación de que me observa en silencio y probablemente me juzga, pero nunca le pregunto. Ninguna de las dos dice nunca lo que quiere decir de verdad. Con falsedades y falta de voluntad para comunicarnos de verdad, así es como funcionamos. O a lo mejor «disfuncionamos» sería una palabra más acertada.

—¿Estás lista para cenar? —me pregunta y yo le contesto con una sonrisa.

Me coge del brazo con delicadeza y me ayuda a bajar las escaleras, una a una.

Nina se sienta en la cabecera de la mesa del comedor, junto a la ventana de guillotina, y yo me instalo en uno de los laterales, a dos sitios de distancia. La mitad superior de la ventana está abierta unos centímetros y noto que una suave corriente de aire me corre por el pelo. Me eriza la piel del cuello y de los hombros.

El vino es una sorpresa inesperada, hasta que veo que solo se sirve ella. Me pilla mirándolo demasiado rato y sabe que, si me ofreciera una copa, probablemente se la aceptaría, pero entonces mira a otro lado para que no se lo mencione. En su lugar, bebo un sorbo de agua tibia de mi vaso de plástico.

Nina ha vuelto a poner en el tocadiscos el álbum de grandes éxitos de ABBA. Algunos de los surcos del vinilo se han desgastado literalmente de la de veces que ha puesto ese elepé con la misma aguja de siempre. Las canciones se oyen a saltos y el chisporroteo enmascara las voces. Una vez le sugerí que comprara el cedé, sin chasquidos ni interrupciones, y me miró con cara de asco, recordándome de quién había sido el álbum y asegurándome que sería un «sacrilegio» cambiarlo. «No vamos a empezar a reemplazar las cosas solo porque envejezcan, ¿no?», me dijo con toda la intención.

Me sé de memoria el orden de las canciones. Suenan los primeros acordes de «SOS» y río para mis adentros. Humor negro, creo que lo llaman. Nina coge una cuchara de servir y me otorga la más grande de las dos pechugas de pollo junto con una cucharada extra de verduras. También me sirve más salsa de la que se echa ella. Luego me dará el reflujo. Le doy las gracias de todas formas y vuelvo a decirle lo bien que huele.

—¿Quieres que te trocee el pollo? —me pregunta, y yo asiento agradecida.

Lo corta con su cuchillo en daditos y vuelve a su sitio.

—¿Ha ocurrido algo interesante en el trabajo hoy? —le pregunto.

—Pues no, la verdad.

—¿Mucho lío? Deduzco por la cantidad de niños que había hoy jugando en la calle que ya están de vacaciones de Semana Santa.

—No se te escapa nada desde tu pequeña cofa de vigía, ¿eh?

—Soy observadora.

Mi pollo aún está de un rosa pálido por dentro, pero no me quejo. Lo mojo en la salsa para disimular el sabor a crudo.

—Hoy era el club de lectura de los niños menores de siete años, así que ha habido lío esta mañana —se explica—. Algunos padres nos sueltan a sus hijos como si fuéramos canguros y se largan al centro de compras. La idea del programa es que participen y lean con sus hijos, pero algunas mujeres no tienen instinto maternal, ¿verdad? —dice con el tenedor en la mano.

Se le cae un pedazo de patata que aterriza en el mantel. Intenta atraparlo dos veces con los cubiertos, desplazándolo y consiguiendo que la salsa cale en el tejido de color marfil. Me fastidia que use este mantel. Es de encaje y fue lo último que hizo mi abuela antes de que el cáncer de mama se la llevara. Aun así, me muerdo la lengua y procuro ignorarlo.

—He visto que Louise vuelve a estar embarazada —prosigo.

—¿Quién es Louise?

—Ya sabes, Louise Thorpe, la del dieciocho. Su marido es taxista.

—¿Cómo sabes eso?

—Porque lleva uno de esos carteles iluminados en el techo del coche.

Nina menea la cabeza.

—Me refiero a que cómo sabes que está embarazada.

—Ah —río, pero no de verdad, claro—. La he visto con bombo. Se le empieza a notar y hacer un par de semanas no se le notaba.

Nada más decirlo me arrepiento de haber sacado el tema. Tendría que haberme callado, porque el tema de los bebés no está permitido en esta casa y sé cómo puede terminar este tipo de conversaciones.

—No te acuerdas de cuando se me empezó a notar a mí, ¿verdad? —me pregunta con los ojos entornados.

—No, creo que no —contesto y miro el plato.

Es como si la temperatura del comedor hubiera bajado de golpe varios grados.

—Yo creo que hasta el sexto mes no me lo empecé a notar de verdad —recuerda—. No tenía náuseas matinales, ni cansancio…, nada. Supongo que era afortunada.

Mantengo la cabeza gacha.

—Sí.

—Hasta cierto punto —añade—. Fui afortunada hasta cierto punto.

Lo dice en un tono con el que se asegura de que la frase queda suspendida entre nosotras dos. Tengo que cambiar de tema, pero apenas hemos empezado a cenar y ya me he quedado sin observaciones.

Suelta el tenedor y el cuchillo en el plato con un estrépito que me sobresalta. Saca el segundo disco del álbum y elige una canción: «Does Your Mother Know». Es uno de los temas más lentos de ABBA y a Nina se le ilumina la cara mientras tararea el primer verso.

—Solíamos bailar esto, ¿te acuerdas? —pregunta—. Y la cantábamos con un cepillo de pelo por micrófono cada una. Yo hacía de chico y tú de chica.

Se acerca a mí. Me encojo de miedo instintivamente hasta que veo que me tiende la mano. Niego con la cabeza.

—Soy demasiado mayor para eso.

—Nada de excusas.

Me llama enroscando los dedos y yo me levanto a regañadientes. Nos ponemos en una zona despejada y, mientras empezamos a bailar, me coge las manos. Lleva ella y, cuando me quiero dar cuenta, estamos las dos meneando el esqueleto por la habitación como un par de idiotas. Por un momento, me retrotraigo a los ochenta, cuando, igual que ahora, bailábamos y cantábamos con todas nuestras fuerzas, y por primera vez en no sé cuánto tiempo, conectamos. Es una sensación agradable, ¡agradable de narices! Entonces nos veo reflejadas en la ventana.

Nina ya no es mi chiquitina y yo ya no soy su madre.

Y a medida que el estribillo se va desvaneciendo, lo hace también el recuerdo de lo que un día tuvimos. Al poco estamos de nuevo en nuestro sitio, comiendo algo que a ninguna de las dos nos gusta y yo procurando hablar de trivialidades.

Le pregunto qué ha planeado para mañana y luego meto un puñado de nombres de compañeros suyos en la conversación y, para cuando ha terminado de ponerme al día de la vida de personas a las que no conozco, la cena ha terminado. Me noto ya la acidez que empieza a treparme por la garganta. Trago para aliviarla. Sé que me va a tener en vela toda la noche y que me la pasaré escupiendo saliva con mal sabor en la jarra que tengo junto a la cama.

—¿Recojo la mesa? —me ofrezco

—Gracias —contesta.

Empiezo a apilar los platos y amontonar los cubiertos.

—Voy al baño y después te acompaño arriba.

Miro por encima del hombro para asegurarme de que se ha ido y, en su ausencia, me bebo un trago de su vino, directamente de la botella. Me sabe a gloria, así que le doy otro lingotazo. Luego me preocupa pensar que lo haya hecho a propósito y que sea una prueba que no he superado, así que relleno la botella con el agua de mi vaso. Doblo el mantel y, mojando una servilleta con las últimas gotas de agua, intento limpiar la mancha que ha dejado la salsa de la patata.

—No te preocupes por eso —me dice con desdén cuando reaparece—. Lo lavaré con agua caliente en la lavadora.

—Pero es de encaje —replico demasiado rápido—. Se va a desintegrar.

—Si eso pasa, lo tiro a la basura y compro otro.

Me dan ganas de contraatacar, pero lo dejo correr.

—Bueno, ¿ya estás? —me pregunta. Yo miro afuera. No son ni las siete y aún es de día.

De pronto, Nina me agarra de la muñeca y me clava las uñas. Suelto un berrido y noto que me las hinca aún más, presionando los tendones hasta que no puedo soportar el dolor y abro la mano que tenía cerrada en un puño. El sacacorchos que me había medio escondido en la manga cae a la mesa con un golpe seco. Nina no me suelta, sigue clavándome las uñas, y yo me muerdo la lengua fuerte y procuro disimular el daño que me está haciendo. Al final, me suelta.

—Lo iba a poner con los platos sucios —digo.

—Te voy a ahorrar el trabajo —dice ella, pero se lo guarda en el bolsillo de atrás del pantalón—. Venga, vamos —dice en un tono más suave, como si los últimos treinta segundos no hubieran ocurrido jamás—, que te llevo a tu cuarto, ¿vale?

# Capítulo 4

## NINA

Sigo a mi madre por la escalera mientras sube los peldaños de uno en uno. Veo cómo se le tensan los músculos de los brazos fibrosos cuando se apoya en la barandilla para tirar de su cuerpo. Los dos últimos años le han pasado factura y ya no se sostiene con la misma seguridad de antes. Es como si temiera que, yendo más rápido, pudiera perder el equilibro y caer de espaldas. Si eso pasara, ya estoy yo aquí para agarrarla.

La mayoría de nosotros, en algún momento de nuestra vida adulta, nos resignamos a que nuestros padres van a ir apagándose poco a poco delante de nuestros ojos y que no vamos a poder hacer nada para impedirlo. No soy una excepción. A pesar de todo lo que ha pasado entre Maggie y yo, me encoge el corazón saber que llegará un día en que ya no la tendré aquí conmigo. A veces me sorprendo plantada al pie de la escalera con los ojos cerrados, escuchándola pasear nerviosa por el suelo de madera de su cuarto y leer en voz alta algún libro. Me pregunto si hará ruido para llenar el vacío de la habitación.

Una vez le dije que es como un fantasma deambulando por la casa mucho antes de morir. Rio y me contestó que ella siempre me estará vigilando, aun desde la tumba. Percibí cierta malicia en su comentario, pero, curiosamente, me consoló. Compartir la casa con un espíritu retorcido es mejor que estar sola. Quedarme sola me aterra más que ninguna otra cosa en el mundo.

Llegamos a su planta y gira a la izquierda por el corto descansillo y abre la puerta del baño de un empujón. Intenta cerrarla al entrar, olvidando que siempre se va a quedar algo entornada. La espero fuera, sentada en el primer peldaño de la escalera mientras oigo correr el agua del grifo. Es martes por la noche, así que se va a preparar un baño. Las rutinas establecidas, como esta y nuestras comidas juntas, son útiles porque nos permiten saber qué esperar la una de la otra. Salvo cuando se sale del guion y hace alguna estupidez como robar un sacacorchos. Entonces es como si diéramos un paso adelante y dos atrás. Aun así, no me rindo.

He encendido el calentador al llegar a casa, pero solo lo justo para que el agua esté tibia a lo sumo. Esta casa sale muy cara y mi sueldo y su pensión no dan para mucho. Hubo una ola de frío en enero y febrero, con lo que hace semanas que se nos acabó la subvención estatal de combustible para el invierno. En cuanto pase la Semana Santa, enseguida llegará el verano y ya no tendremos que poner la calefacción tan a menudo.

—Te he traído otro libro —le digo desde el descansillo y la oigo meterse despacio en la bañera.

—Gracias —contesta.

—Te lo dejo en tu cuarto.

Vuelvo a la planta baja y regreso con un libro en cuya cubierta aparece la silueta de un cadáver pintada con tiza. Me pregunto si sus lecturas favoritas serán un reflejo de la oscuridad que se oculta bajo su superficie.

Dejo el libro en una de las dos mesillas y me siento atraída por la ventana. A excepción de un coche en movimiento, todo está tranquilo fuera. Contemplo el parpadeo de las pantallas de televisión en el salón de algunos vecinos y me pregunto qué estarán viendo. A esta hora de la noche, será algún culebrón. Cuando era niña, solíamos reunirnos en torno a la tele para ver *Coronation Street* y *EastEnders*. Bueno, lo hacíamos mamá y yo. Papá terminaba de leer los periódicos o se subía a su despacho a diseñar edificios.

Fuera, nuestra vecina Louise sale de su casa y recoge algo del maletero del coche. Le veo el barrigón a la luz de la farola. Mamá tiene razón: está embarazada, clarísimamente. Sin pensarlo, me llevo las manos al vientre y me sorprendo acariciándomelo como si creciera una vida en mi interior. Sé que no; es imposible. Mis entrañas son como una máquina vieja y rota a la que le faltan piezas. Aun así, eso no frena el anhelo.

Levanto la vista al cielo de naranja tostado y púrpura y me alegra que hayan llegado ya las noches luminosas. Ahorré el dinero de la subvención que me pagan por cuidar de un familiar dependiente y me he regalado una mesa de jardín nueva con cuatro sillas de mimbre. No tardarán en llegar. No necesito tantos asientos, tampoco es que venga mucha gente de visita, pero una única silla solitaria quedaría muy triste.

Por un momento, me imagino cenando con Maggie en el jardín una noche cálida de verano. Estaría bien hacer algo que sea distinto para nosotras pero normal para otras familias. Luego lo descarto tan rápido como se me ha ocurrido. Si no la puedo dejar sola con un sacacorchos unos minutos, ¿cómo puedo estar segura de que no será un peligro para ninguna de las dos si la saco de casa?

Me miro de reojo el reloj; lleva quince minutos en la bañera y el agua se debe de estar enfriando. Camino de la puerta del baño, veo sus gafas de leer dobladas en la mesilla de noche. Algo brilla y me llama la atención, así que entro de nuevo en el dormitorio para verlo más de cerca. Ha intentado esconder un muelle del colchón debajo de la funda de las gafas, pero sobresale la punta. «Buen ojo», me digo, satisfecha de mí misma pero decepcionada por ese otro acto de rebeldía por el que ahora voy a tener que vengarme. Con el extremo afilado del muelle, le aflojo el tornillo minúsculo de una de las patillas de las gafas. Me guardo el tornillo y el muelle en el bolsillo del pantalón y dejo las gafas donde estaban, bien dobladitas.

—¿Ya estás lista? —le pregunto desde la puerta cerrada del baño.

—Me estoy poniendo el camisón —contesta, y vuelvo a oír un ruido metálico; luego aparece limpita y resplandeciente.

La sigo a su cuarto y la veo acercarse a la ventana arrastrando los pies.

—Vale —digo—, levanta la pierna —y ella me complace, porque ya conoce nuestra rutina bien ensayada. Saco la llave que llevo en el bolsillo y suelto el candado que lleva sujeto a la argolla del tobillo. La cadena cae al suelo con un golpe seco. Le engancho una cadena mucho más corta al tobillo y le echo la llave. Esa cadena no se extiende mucho desde la estaca. Una vez más, la tengo confinada en su cuarto—. Bueno, te he limpiado el cubo con lejía —añado y miro hacia el balde de plástico azul y el rollo de papel higiénico del rincón—. Te veo en un par de días.

Más tarde prepararé el desayuno y la comida de mañana y se los dejaré a la puerta de su cuarto por la mañana, antes de irme a trabajar. La cena puede esperar hasta que yo vuelva por la noche.

Cierro la puerta con llave al salir y me quedo plantada al borde de las escaleras con los ojos cerrados. Ojalá no tuviera que ser así, de verdad. Pienso en una frase que leí una vez en una carta escrita por una de mis autoras favoritas, Charlotte Brontë: «De los amigos me guarde Dios, que de los enemigos me guardo yo». Me pregunto si eso incluye también a los miembros de la familia.

# SEGUNDA PARTE

# Capítulo 5

## Nina

El autobús número siete me deja en la estación de lo que solía ser la lonja de pescados de Northampton. Aunque hayan derribado el antiguo edificio y lo hayan reemplazado por esta monstruosidad de ladrillo y cristal, si inhalo lo bastante fuerte, creo que aún percibo el olor a marisco, atrapado para siempre entre el pasado y el presente.

Cruzo una plaza de mercado vacía, recordando cuando era niña y este espacio de adoquines grises toscamente labrados era el corazón de la ciudad. Tres días seguidos a la semana era un hervidero de actividad, con los comerciantes vendiendo prendas asequibles, alimentos para mascotas, música, telas, frutas y verduras, cintas de vídeo. Ahora ya no hay suficientes puestos para llenar siquiera la mitad ni en el día de más jaleo.

Cuando paso la tarjeta para entrar en la biblioteca donde trabajo, faltan aún quince minutos para mi hora. Bajo los escalones de piedra, siguiendo los surcos que han ido haciendo miles y miles de pares de pies a lo largo de los ciento cincuenta años de historia del edificio. Vuelvo a usar mi pase para entrar en el sótano y dejo el bolso y el abrigo en la sala de empleados antes de volver a subir a la planta principal.

Les doy los buenos días con alegría a mis compañeros; hoy somos doce en este turno, todos de edades distintas. Mientras los veo interactuar unos con otros, se me ocurre que la gente tiene una percepción desfasada de los bibliotecarios. Dan por supuesto que las mujeres que nos dedicamos a esto somos calladas, modestas, estudiosas, que nuestro guardarropa está formado por una colección aburrida de rebecas y zapatos cómodos, que llevamos el pelo recogido en un moño prieto y nos pasamos la vida sentadas al otro lado de un mostrador chistando a la gente o poniendo multas a los que devuelven los libros con retraso. Nuestros compañeros, por su parte, hombres vírgenes igual de aburridos y sin sentido del humor, que visten chaquetas de pana y camisas de cuadros y aún viven en casa con su madre.

Nada más lejos de la realidad. En la biblioteca, sí, hablamos más o menos bajito, somos muy profesionales y adoramos nuestros libros, pero eso no significa que los vivamos y los respiremos. Tenemos una vida al margen de la palabra escrita.

Uno por uno nos contamos lo que hicimos el fin de semana. Danielle nos enseña los moratones azules y amarillos que tiene debajo de las costillas, donde se dio un golpe al aterrizar de mala manera con la tirolina en Wicksteed Park. Luego llega Steve cinco minutos antes de empezar la jornada y nos muestra orgulloso el film transparente con el que lleva envuelto el antebrazo. Se ha vuelto a tatuar, aunque, con el envoltorio y la vaselina, cuesta adivinar qué. Aun así, le digo que tiene buena pinta. Joanna toca en un grupo de *rock* y Pete, a pesar de ser cincuentón, se está formando para hacerse yogui.

Cuando Jenna me pregunta por el mío, le comunico que mi madre no ha tenido un buen fin de semana y me ha quitado casi todo mi tiempo. Asiente compasiva como si lo entendiera, aunque, por supuesto, no es así. Me fastidia que la gente se compadezca de la vida que suponen que llevo. Y no porque no sea digna de compasión, sino porque no es por las razones que ellos creen.

Muchos de nosotros llevamos años trabajando en este edificio o en el servicio de bibliotecas. Siempre decimos, en broma, que habríamos cumplido una condena menor por homicidio involuntario. Con algunos me llevo mejor que con otros, pero no hay una sola persona aquí de la que pueda decir sinceramente que me desagrade. Maggie me preguntó una vez si no me sentía sola al no poder pasar tiempo con nadie de mi edad. Así fue, durante mucho tiempo, pero la vida tiene por costumbre sorprenderte cuando menos te lo esperas, y ella no está al tanto de todas las cosas ni todas las personas con las que estoy en contacto. Es sano tener secretos.

Con una excepción, mantengo una distancia prudencial con casi todo el mundo. Si dejas que se forme un vínculo emocional, esa persona termina decepcionándote. Quizá lo hagan sin querer, pero, si se les presenta una oportunidad mejor, terminan decidiéndose por ella. He aprendido por las malas que las personas, incluso los seres queridos, son almas pasajeras.

Cuando se abren las puertas de la biblioteca y empiezan a entrar despacio los primeros usuarios, la furgoneta que trae nuevas existencias de libros llega antes de lo esperado. Steve empuja un carrito con cajas que hay que abrir y libros que hay que revisar, forrar, codificar y catalogar. Luego, una vez escaneados, los que no se hayan reservado hay que ponerlos en otro carrito. Hoy me ofrezco voluntaria para ayudarlos a colocarlos en las estanterías.

Hay miles de libros y cientos de estanterías y me conozco hasta el último centímetro de ellas. Llevo dieciocho años trabajando aquí, así que no estaría haciendo bien mi trabajo si no fuera así. Aun con todo, la biblioteca ha cambiado muchísimo desde que empecé, pero he avanzado al ritmo de los tiempos. Me han concedido un par de ascensos con los años, pero no los he solicitado yo, se han producido sin más. No soy una mujer ambiciosa y tampoco me preocupa no serlo. Algunos no tenemos el empuje necesario para trepar por la escalera profesional.

Asigno casi todos mis libros a las estanterías correctas en su ubicación correcta, con los lomos bien alineados y en orden alfabético por el apellido del autor. A veces me pregunto por qué me molesto en tenerlo todo tan ordenado si los usuarios no tardarán en hurgar en ellos como si estuvieran en el último rastrillo del planeta.

Solo queda un libro en el carrito, así que me dirijo a la sección de «Guerra e Historia británicas». Salvo que se acerque el aniversario de una batalla famosa y el interés se renueve, no suele haber lectores en la misma. Me saco un cúter del bolsillo, desenfundo la cuchilla, corto la página que contiene el código de barras y escondo el libro dentro de otro. Una de las ventajas de mi trabajo es que puedo escoger lo que me gusta entre los últimos libros recibidos. Voy a dejar este aquí y lo recogeré esta noche, cuando me vaya. Me lo guardaré en el bolso para pasar los controles de seguridad sin que salten las alarmas.

Podría sacarlo en préstamo, pero no me gusta tener que devolverlos cuando ya son míos. No quiero que salga nada de lo que entra en mi casa. No soy uno de esos acaparadores que salen en los documentales de la tele, que viven como topos en sus casas, abriéndose camino entre rascacielos de cajas repletas de porquerías de las que no saben deshacerse. Maggie es un poco así. El sótano era una especie de vertedero hasta que yo lo limpié hace un par de años. Sin embargo, los objetos valiosos, como sus libros, me resisto a deshacerme de ellos cuando ya ha terminado de leerlos. Así que se quedan eternamente en mis estanterías, amarilleando lentamente, sin que posiblemente se vuelvan a abrir o a tocar jamás.

Me ruge el estómago y compruebo en el reloj de recepción que ya es la hora de la comida. De camino a la sala de empleados, veo a una anciana con un carro de la compra al lado, uno de esos con la cubierta de cuadros escoceses que empujan todas las mujeres de más de setenta años. Aun de lejos, la huelo. Me deja un regusto amargo en la garganta y, por un momento, procuro no respirar a su alrededor. El hedor que desprende es la razón por la que no comparte mesa con nadie.

Tiene una buena mata de pelo blanco y platino, moteado en algunos sitios, que le llega por los hombros, los ojos de un azul lechoso, la piel de color moca y viste ropa raída y sin lavar. No sé cómo se llama ni me consta que sea socia de la biblioteca, pero viene a menudo, con más frecuencia en los meses de invierno, en que se esconde al fondo de la sala para absorber el calor de los radiadores de hierro fundido. Se quita la bufanda, los calcetines y los zapatos y los extiende encima para que, a la hora del cierre, los pies le duren calentitos un rato cuando vuelva a salir al frío implacable. Le gusta la novela romántica, sobre todo esas ñoñas de Mills & Boon. A veces devora dos de una sentada. Apostaría a que aún no ha encontrado en su vida un final feliz como el de los personajes sobre los que lee.

Vuelvo de mi taquilla con la comida envuelta: un rollito de salchicha, una manzana roja, un sándwich de jamón y queso y una lata de limonada. Lo meto todo en una bolsa de plástico y la dejo en la mesa, al lado de la anciana. Cuando entiende lo que he hecho, levanta la cabeza y me mira un segundo, juro que veo a Maggie en sus ojos agradecidos. Sin ofrecerle una explicación ni esperar su agradecimiento, la dejo sola.

—No deberías dar de comer a las palomas —me dice Steve cuando paso por su lado. Ha visto lo que he hecho—. Son alimañas.

—No soporto ver sufrir a la gente —contesto y salgo a comprarme algo de comer.

Ignoro qué ha perdido esa mujer para terminar atrapada en la vida que lleva ahora, pero sé cómo se siente uno cuando tu mundo se descalabra sin que tú tengas la culpa.

# Capítulo 6

Hace veinticinco años

El peso de mis libros de texto en la mochila hace que suene como un saco de patatas cuando la dejo caer al suelo. Me quito los aparatosos zapatos con cordones negros de una patada, lanzándolos contra el armario del hueco de la escalera y subo corriendo a mi cuarto para cambiarme el uniforme por un pantalón de chándal y una camiseta. Aunque los uniformes están muy bien para los críos, no se debería obligar a los adolescentes a llevarlos.

—¡Hola! —grito cuando vuelvo abajo, pero no contesta nadie.

Tiene que haber alguien en casa, porque la puerta de la calle no estaba cerrada con llave y mamá nunca llega del consultorio más tarde de las dos y media. Dice que no le gusta que llegue a casa y no haya nadie, como le pasaba a ella a mi edad. Yo no paro de recordarle que tengo catorce años y puedo sobrevivir aquí sola unas horas sin quemar el edificio.

Cojo el mando a distancia y pongo la tele de niños. Los programas son un poco infantiles, pero me gusta tener ruido de fondo mientras hago los deberes. Papá dice que no sabe cómo puedo concentrarme con tanto ruido; yo le recuerdo que soy mujer y está científicamente demostrado que somos más multitarea que los hombres. Además, hoy solo me queda por hacer una redacción de Literatura sobre las hermanas Brontë y son mis escritoras favoritas, aunque todavía siento debilidad por *Torres de Malory* y Judy Blume. Le dedicaré una hora antes de que empiece *Neighbours* y, si tengo suerte y papá llega tarde de trabajar, hasta podré ver también *Home and Away*. Él detesta las series australianas.

En circunstancias normales, mamá ya habría venido a preguntarme qué tal el día. La mitad de las veces mascullo monosílabos y le pido que se aparte de la tele, pero el que no ande por aquí hace que empiece a picarme la curiosidad, así que voy a buscarla. No está en la cocina, ni arriba, en la primera planta, ni en el desván que acaban de reconvertir en ático. Todo el mundo se ha puesto un solárium en casa, pero nosotros somos los primeros de la calle que hemos ampliado la casa hacia arriba y convertido, además, la bodega en sótano. Papá dice que, para cuando la vendamos dentro de un par de años, le sacaremos un beneficio que compensará el gasto. Yo no paro de intentar convencerlo de que me deje cambiar de cuarto y mudarme aquí arriba. No quiere, pero al final me lo camelaré, como siempre.

Miro por la ventana de lo alto de las escaleras al jardín, donde veo a mamá. Está plantada junto al tendedero con una toalla en las manos y un cesto lleno a sus pies, pero no se mueve. Es como si estuviera viendo una grabación de vídeo y alguien hubiera pulsado la pausa. Golpeo el cristal con los nudillos, pero ni se inmuta. Es impropio de ella.

Cuando llego a la cocina, ya se ha metido dentro. Tiene los ojos rojos e hinchados, como se me ponen a mí cuando me da la alergia primaveral y me los arrancaría de cuajo.

—¿No me has oído entrar? —le pregunto y veo que su sonrisa es forzada, porque yo hago lo mismo cuando me regalan algo por mi cumpleaños o por Navidad que no me gusta, para no ofender—. ¿Va todo bien? —digo, pero no sé si quiero saberlo.

—Dame un minuto, que termino de tender la ropa —contesta con voz cantarina y una sonrisa risueña y fingida. Está muy rara; esto no me gusta nada.

Miro el cesto de la ropa y no ha lavado más que toallas, paños de cocina, trapos e incluso esas alfombrillas mullidas que pone alrededor de la taza del váter y delante de la bañera. Estoy hecha un manojo de nervios y espero a que vuelva dentro.

—Ven aquí —dice, instándome a sentarme con ella a la mesa de la cocina. Se pone a mi lado, se saca un pañuelo de debajo de la manga y se enjuga los ojos con él. No sé qué está a punto de decirme—. Tengo que contarte una cosa —empieza—. Es sobre tu padre.

Me da un vuelco el corazón y me tapo la boca tan deprisa que me hago daño en los labios. Ya sé lo que me va a decir y me están dando ganas de vomitar. A Sarah Collins le pasó lo mismo en el cole las Navidades pasadas. La sacaron de la clase de Geografía y la señora Peck le dijo que su padre había tenido un accidente con la moto y que su madre iba a recogerla. Es la primera persona que conozco que ha perdido a uno de sus padres. El mío es mi mundo y no quiero existir en un mundo sin él.

—¿Ha muerto? —pregunto.

Mamá niega con la cabeza y de pronto albergo una esperanza.

—No —dice—, no ha muerto, cariño, pero… me temo que tu padre y yo ya no vamos a vivir juntos —añade, y me pone la mano en el brazo. Tiene la piel fría—. Esta mañana, mientras estabas en el colegio, tu padre me ha dicho que ya no podía seguir con nosotras y que se tenía que ir.

—¿Se ha ido? —digo con los ojos empañados y la voz temblona—. ¿Por qué?

—Últimamente no nos llevamos muy bien.

—Pero ¿por qué se tiene que ir?

—Porque piensa que es mejor así.

—¿Adónde ha ido?

—Ha buscado otro sitio donde vivir en Huddersfield.

—¿Dónde?

—A unas dos horas y media de aquí.

—¿Cuándo lo puedo ver?

—No podrás verlo durante un tiempo, pero nos ha dejado una dirección a la que dice que le puedes escribir.

—¡No quiero escribirle! Quiero verlo ahora. —Mamá me aprieta el brazo. No me duele y creo que pretende tranquilizarme, pero solo consigue asustarme más—. Os vais a divorciar, ¿verdad? Los padres de Mark Fearn lo hicieron y él se fue a vivir con su madre y ahora solo ve a su padre los fines de semana y no es justo.

—Lo sé, cariño, lo sé.

Mamá tampoco puede reprimir las lágrimas y llora conmigo. Intenta cogerme la mano, pero yo la retiro bruscamente sin darle tiempo a alcanzarla.

—¡No es justo! —grito—. ¿Por qué no ha esperado a que yo volviera a casa para decírmelo?

—Sé lo unidos que estáis. Quizá lo haya hecho así porque le habría resultado demasiado difícil despedirse de ti.

—Quiero ir a vivir con él.

Quiero hacerle daño como ella me lo está haciendo a mí. Funciona, porque parpadea como si le sorprendiera lo que digo.

—Seguro que podrás quedarte con él en vacaciones una vez se haya instalado.

Ya ha preparado la mesa para la cena y solo para dos. Me hierve la rabia dentro y barro de golpe con el brazo los cubiertos y los platos, que se hacen pedazos en las baldosas del suelo con gran estrépito. Ahora mamá parece asustada, casi aterrada, y yo me pongo en pie con dificultad.

—¡Te odio! —le chillo, pero no lo digo en serio—. No deberías haberlo dejado marchar. ¡Todo esto es culpa tuya!

Salgo corriendo de la cocina y oigo que mamá me sigue, pero soy demasiado rápida y subo las escaleras, me meto en mi cuarto y cierro de un portazo. Luego me tumbo en la cama, con la cara enterrada en la almohada, llorando desconsoladamente.

Me deja sola una hora o así y, cuando por fin sube, llama a la puerta antes de entrar. Le doy la espalda, ignorándolos a ella y al olor a pastel de pollo con salsa que trae consigo. Veo su reflejo en el espejo mientras deja la bandeja de comida y una bebida en mi escritorio y se dispone a marcharse sin decir nada.

—¿Por qué? —le vuelvo a preguntar—. Nunca discutís, siempre hacéis cosas juntos, parecéis felices de verdad.

—Cuando seas mayor entenderás que a veces las apariencias engañan —me contesta—. Nunca se conoce del todo a una persona, por mucho que la quieras.

Tengo la sensación de que me oculta algo, porque me sigue pareciendo absurdo.

—¿Por qué no habéis hecho un esfuerzo? Por mí.

—Aún me tienes a mí y aún tenemos nuestra casa y todo lo demás va a seguir como siempre.

—Pero no será como siempre, ¿no? Sin papá ya no será lo mismo.

Mamá abre la boca para decir algo, pero yo ya estoy harta de escucharla. Cierro los ojos hasta que se va. Después cojo el cuaderno de mi escritorio y le escribo una carta a papá, exigiéndole que vuelva a casa o por lo menos me llame. A mí me hará caso, lo sé. Soy «su niña». Me ha llamado así desde que tengo uso de razón. No se irá dejando a «su niña» aquí.

Más tarde, mamá escribe su dirección en un sobre, le pega un sello por delante y me promete que mandará mi carta por la mañana camino del trabajo. Si papá no me ha llamado mañana, volveré a escribirle para decirle que aún está a tiempo de volver a casa. Apuesto a que mamá lo recibiría con los brazos abiertos.

Cuando llega la hora de acostarse, mamá entra en mi cuarto, se tumba conmigo, me abraza y lloramos las dos en silencio. Lo último que recuerdo antes de quedarme dormida es que me da un beso en la coronilla y me dice que lo siente.

—Por favor, no me odies por ser la que se ha quedado —me susurra.

—No lo haré —le contesto, y lo digo en serio.

A pesar de lo que le he dicho antes, nunca podría odiarla. Es mi madre.

# Capítulo 7

## Maggie

No sé a qué hora me despierto, porque hace meses que Nina se llevó de mi dormitorio mi reloj de pulsera y el de sobremesa, una pieza antigua de caja dorada que perteneció a mi madre. Me hice con él cuando murió y mi hermana Jennifer se llevó las figuritas de porcelana. Lo tenía aquí, encima de la cómoda, y una noche, al volver del baño, había desaparecido sin explicación.

Aún no estoy preparada para levantarme de la cama. Apenas he descansado esta noche. No pude relajarme mientras leía porque con una mano sostenía el libro y con la otra tenía que sujetarme sobre el puente de la nariz las gafas con la patilla suelta. El muelle que había sacado del colchón ya no estaba en mi mesilla de noche y me reprendí por no haberlo escondido mejor. Supuse que Nina me estaba castigando dificultándome mi único placer: la lectura.

Los somníferos no me han hecho efecto. Antes me dejaban fuera de combate al poco de apoyar la cabeza en la almohada, pero con los años me he acostumbrado a ellos y ahora duermo a saltos casi todas las noches. Además, me despierto al menos dos veces todas las noches para orinar en el cubo del rincón y solo con suerte me vuelvo a dormir enseguida.

Cuando me incorporo para sentarme, la cadena que llevo atada al tobillo traquetea contra el suelo de madera. Me doy sin querer con el grillete en la otra espinilla y maldigo. Otro cardenal para el colorido tapiz de lesiones que me he hecho con este condenado sistema de retención. Debería haberme habituado ya y casi siempre soy consciente de ello, pero a veces se me olvida.

Masajeándome la espinilla, saco ambas piernas por el borde de la cama y noto en los dedos de los pies la madera fría de la tarima. Me acerco a la ventana, arrastrando los pies, e inicio la primera vigilancia del día. Prefiero estar aquí arriba, en mi cofa de vigía y con vista de pájaro que en el sótano como un gusano bajo tierra.

El día que desperté aquí, Nina me informó de que el cristal es blindado e insonorizado, aunque tampoco podría llegar hasta él a través de las recias lamas de la persiana. Ni la pata de la silla ni la lamparita que estampé contra ellas arañaron siquiera la superficie.

Me dispongo a prepararme para el día. Me lavo la cara con una toallita húmeda de un paquete medio lleno y después uso tres más para limpiarme el cuerpo. El aroma a naranja del baño de anoche aún perdura en mi piel y, aunque no me agrada (detesto el olor a cítrico), supongo que es mejor que no oler a nada. Me quito el camisón y cojo del armario un vestido de flores rosas y rojas. Ya no llevo bragas porque no me las puedo poner con la cadena ni el grillete del pie. Me pasa lo mismo con las mallas o los pantalones. Todo lo que llevo tiene que ser algo que me pueda poner por la cabeza o enroscarme a la cintura.

El armario sigue lleno de ropa mía que es más útil a las polillas que a mí. Seguro que Nina la ha dejado ahí como recordatorio de todo cuanto tuve un día; igual que los zapatos de tacón, los pañuelos, los guantes y los abrigos ya no sirven su propósito. Solo dispongo de siete conjuntos, uno para cada día de la semana. Todos los viernes, dejo la ropa sucia en un montón ordenado a la puerta de mi cuarto y al día siguiente vuelve a mí lavada y planchada. Es como el servicio de habitaciones de un hotel del que no me puedo marchar.

En la pared y a unos dos o tres centímetros del techo hay una fotografía de mi marido, Alistair, pegada al papel pintado. Sonríe a la cámara. Al principio de estar aquí arriba, era como si sus ojos me siguieran por la habitación. No podía escapar de él. Odiaba la sensación y lo odiaba a él. Pero, por la longitud de la cadena, no alcanzo a arrancarla. Una vez le tiré un vaso de zumo de naranja y lo único que conseguí fue darle un tono sepia a la foto, como si fuera de hace cien años. Lo cierto es que así de lejano veo nuestro matrimonio.

Tapo el cubo con una toalla para contener el hedor de mis evacuaciones de anoche. Nina solo lo vacía una vez cada dos días, pero ya me he acostumbrado al olor. Al poco de que esto empezara, perdí los nervios e intenté vaciarle el cubo encima, pero, como no estaba habituada aún a las limitaciones de la cadena, tropecé con ella, perdí el equilibrio y puse perdido todo el suelo. Nina rio hasta que se le saltaron las lágrimas y se negó a traerme nada con que limpiarlo hasta el día siguiente.

Antes también me dejaba una lata de ambientador, hasta que intenté rociarle los ojos con él y dejarla ciega. Esquivó el chorro justo a tiempo y no volví a ver otra lata. En su lugar, me deja un ambientador de coche para que lo cuelgue en la habitación, con lo que huele como un salón de exposiciones. Y el olor es cítrico, por supuesto.

Para tenerme prisionera, Nina alterna entre dos cadenas de distinta longitud. No sé de qué están hechas, pero son de un metal recio y macizo que he intentado en vano romper o separar en innumerables ocasiones. Se componen de eslabones sujetos a una argolla que me engancha el tobillo con un candado del que solo ella tiene la llave. Tienen un aspecto casi medieval.

La cadena de día está sujeta a una estaca metálica que hay en el centro de la habitación, fijada a lo que supongo que es una vigueta bajo las tablillas de madera. Se extiende exactamente la misma distancia en ambas direcciones, hacia la ventana y hacia la puerta, en la pared de enfrente. Supongo que por eso no echa la llave de mi cuarto. Sabe que no voy a ir a ninguna parte. La segunda cadena solo la usa cuando ceno con ella, cada dos noches. Tiene la longitud suficiente para que baje con ella la escalera hasta la primera planta, recorra el descansillo y entre en el comedor. También me permite entrar en el aseo de mi planta para que me dé un baño dos veces por semana, pero no llega hasta el siguiente tramo de escaleras ni a la planta baja.

Al abrir la puerta, me encuentro un libro y dos táperes transparentes en la moqueta. «Ha pasado el servicio de habitaciones mientras dormía», me digo. Dentro del táper más pequeño está el desayuno: dos rebanadas frías de pan tostado con mantequilla, una lata de macedonia y un yogur de albaricoque. En el grande hay un plátano verde, un sándwich de jamón y queso, una *satsuma* y un paquete de galletitas saladas con sabor a chédar. No hay cubiertos. Me lo llevo dentro y me siento en la cama, mordisqueando primero las tostadas; luego voy sacando la fruta de la lata con los dedos y me bebo como puedo el yogur. Después estiraré la comida todo lo que pueda a lo largo de la tarde hasta que llegue la cena.

Cuanto más tiempo paso delante de esta ventana, más claro tengo que me estoy convirtiendo en Jeff, el personaje de la silla de ruedas al que interpreta James Stewart en *La ventana indiscreta*. Como él, tengo poco más que hacer que espiar a mis vecinos. Jess cree haber sido testigo del asesinato de uno de ellos, pero lo único que se está muriendo en esta calle soy yo. Y mi hija es la única que lo sabe.

«¿Cuándo se torció nuestra relación?», me pregunto. Sé bien la respuesta, pero no quiero que me la recuerden.

Me vuelvo a coger el libro de hoy: *La habitación*, de Emma Donoghue. Leo la sinopsis de la sobrecubierta y veo que va de una madre y un hijo que viven juntos encerrados en una habitación. «Muy graciosa, Nina.» De vez en cuando le divierte traerme libros así. En ocasiones anteriores, me ha dejado biografías de Anne Frank, Terry Waite, J. Paul Getty III y Nelson Mandela, todas ellas personas retenidas en contra de su voluntad o confinadas en un espacio cerrado. Sé en cuales de ellos se proponen formas de escapar porque les ha arrancado páginas.

Cuando me dirijo a la cama para empezar a leer, me llama la atención algo que hay debajo, en el suelo. Titubeo, pensando al principio que mis ojos cansados me hacen imaginar cosas. No, está ahí, seguro. Me acerco y descubro lo que es: una caja de recuerdos de madera que Alistair le hizo a Nina hace unos treinta años. Hasta grabó su nombre en la tapa con letras doradas. Hacía muchísimo que no la veía.

Me agacho a cogerla y lo que contiene se desplaza cuando la pongo encima de la cama. ¿Cuánto tiempo llevará ahí? He registrado cada centímetro cuadrado de esta habitación en busca de formas de escapar y me extraña no haberla visto. La habrá metido Nina debajo de la cama alguna noche mientras yo estaba en el baño. ¿De dónde la habrá sacado? Entonces me acuerdo: estaba en el sótano.

Se me cae el alma a los pies. *A priori*, ya no me gusta lo que representa esta caja: cosas que yo preferiría olvidar y quizá mi hija no sepa. Cuando levanto la tapa, chirrían un poco las bisagras. El objeto en el que se posan mis ojos antes que en ningún otro es un recordatorio de la primera vez que Nina me partió el corazón.

# Capítulo 8

HACE VEINTICINCO AÑOS

Estoy encaramada al borde del sofá, sin darme cuenta de que ha finalizado la emisión del canal televisivo hasta que vislumbro la pantalla de texto de colorines en la que se presentan ofertas de vacaciones de última hora. La apago.

Es una costumbre horrible, pero cuando estoy nerviosa me muerdo la piel de alrededor de las uñas. Esa noche me he pasado y me noto en los labios el sabor metálico de la sangre. El salón ya está a oscuras, así que veo bien por la ventana toda la calle en penumbra. Cuando dirijo la vista hacia las farolas, diviso a alguien. Me levanto como un resorte y pego la cara al cristal, luego suspiro. No es Nina.

Según el reloj de la repisa de la chimenea, son más de las dos de la madrugada y mi hija adolescente aún no ha vuelto a casa. Está por ahí en plena noche y no tengo ni idea de dónde. La policía no hace nada hasta que lleve desaparecida al menos veinticuatro horas y solo han pasado seis desde que la vi subir a acostarse. En algún momento se ha marchado de casa sin que yo me enterara. La mujer policía con la que he hablado ha sido comprensiva, pero, en el fondo, sé que me estaba censurando. Y no se lo reprocho, porque yo también lo hago.

Ya ha sido un día terrible repleto de mentiras. Me han llamado los de la tarjeta de crédito de Alistair y los de la empresa en la que trabajaba para reclamarme, respectivamente, el dinero que debe y los sueldos que le abonaron antes de que desapareciera. No paro de decirles que hace meses que no lo veo y que ya no es responsabilidad mía, pero, cuando me he puesto en contacto con la Oficina de Asesoramiento al Ciudadano esta tarde, me han informado de que, legalmente, esos parásitos tienen todo el derecho a intentar recuperar su dinero. Me revienta el lío en el que nos ha metido a Nina y a mí.

Pasan unos minutos hasta que se detiene un coche a la puerta de casa. Voy corriendo a abrir y veo salir del asiento del copiloto a un hombre al que no conozco. Saca a Nina de uno de los asientos de atrás. Al ver que no se sostiene en pie, la deja caer al suelo como un saco de patatas.

—¿Qué le habéis hecho! —les chillo y me acerco corriendo a ella.

El tipo se encoge de hombros.

—Tómese una tila. Está borracha, nada más.

—¡Si acaba de cumplir los catorce!

—¡Pues no la deje salir! —replica el conductor desde la ventanilla abierta mientras su amigo vuelve a subir al coche, que se aleja con una música repetitiva atronando por los altavoces.

Nina apesta a alcohol y a tabaco. También me huele a vómito. Alargo la mano para levantarla antes de que la vean los vecinos.

—¡Que te den! —masculla e intenta apartarme.

—Tienes que entrar en casa, Nina. No puedes quedarte aquí toda la noche.

—Tú no me puedes decir lo que tengo que hacer —farfulla, pero no está en condiciones de protestar.

Al final se rinde y me deja que la ayude a levantarse. Le paso el brazo por la cintura y nos dirigimos despacio y tambaleándonos a casa. Prácticamente se cae en la silla de la cocina y descansa la cabeza en la mesa con un golpe seco. El alivio de que esté en casa y a salvo atempera mi rabia, pero no tengo ni idea de qué decirle a una niña a la que no reconozco. Ojalá pudiera pensar que lo de esta noche no se repetirá, pero sé que no es así. Ni mucho menos. Esa actitud ingobernable se está haciendo habitual y me siento incapaz de pararla. He probado gritándole, razonando, llorando y suplicándole, pero mis protestas caen en saco roto.

Controlo el impulso de chillarle. No sirve de nada porque dudo mucho que lo recuerde por la mañana. En su lugar, cojo un vaso del armarito, lo lleno de agua fría y se lo pongo delante. Lo aparta.

—Es para que tengas menos resaca mañana —le digo.

—Nunca tengo —contesta.

—Cariño, no puedes seguir así. No es justo para ninguna de las dos.

Tiene los ojos cerrados, pero me oye.

—Yo puedo hacer lo que me dé la gana. Y tú no me lo puedes impedir.

—No eres lo bastante mayor ni lo bastante responsable para salir y portarte así. Te vas a meter en algún lío.

—He estado en el centro con mis colegas. Nos hemos echado unas risas.

—¿Dónde? ¿En *pubs?* —Su falta de reacción es mi respuesta—. Es ilegal, Nina. Además, mira en que estado te encuentras; ¡a saber lo que podría pasarte cuando estás tan borracha! ¿Quiénes eran esos hombres que te han traído a casa? —Se encoge de hombros—. ¿Sabes siquiera cómo se llaman?

—Me han dicho que, si les hacía una mamada, me traían en coche a casa. —Le da la risa y yo retrocedo, pidiéndole a Dios que lo esté diciendo en broma. Me ve la cara de espanto—. No flipes tanto —me dice con desdén.

—¿Quiénes son esos salvajes? ¿Cómo se llaman?

Nina vuelve a encogerse de hombros.

—¿Qué más da?

—¡Eres una cría!

—Tengo catorce años. Eso es lo que hacen las chicas de mi edad. —Su versión de los catorce y la mía no tienen nada que ver—. Además, tomo precauciones.

—¿A qué te refieres?

—A que les hago ponerse condón... a veces. —Abre mucho los ojos, me mira fijamente, deja la afirmación en el aire y vuelve a reírse—. Por Dios, crees que aún soy virgen, ¿no?

No digo nada. Aun así, que sea tan descarada con su sexualidad me sienta como un bofetón. Me cuesta creer que no me haya dado cuenta de lo que ocurría delante de mis narices. No necesito que un psicólogo me diga por qué Nina se porta así. Ha pasado de ser aquella hija preciosa, inteligentísima y empática a la actual adolescente borracha y odiosa por culpa de su padre, por las cosas que yo sé y que jamás voy a poder contarle. Ahora estoy pagando caro el haber hecho lo que debía. Lo que ese hombre le ha hecho me parte el alma, pero, por el bien de la cordura de ambas, es preferible que no sepa nada. Debo protegerla a toda costa.

Empezó a portarse mal de inmediato: primero se subió el bajo de la falda del colegio; luego se perforó las orejas sin pedirme permiso. Sus profesores no tardaron en informarme de que no hacía los deberes, que faltaba a clase y que acosaba a una alumna más pequeña. No sé bien a quién trataba de convencer cuando les dije que no era más que una fase pasajera.

La primera noche que llegó a casa después de las nueve, su hora tope, la castigué sin salir. Me respondió «que me dieran». Cuando hizo lo mismo a la semana siguiente, le impuse el mismo castigo y esa vez se rio en mi cara. No era consciente de que se estaba escapando de casa hasta que un coche de policía la trajo hace quince días. Estaba bebiendo sidra con un grupo de amigos cerca de la zona comercial de la urbanización vecina. Después llegaron los múltiples chupetones que le bajaban sin decoro del cuello al pecho. Pero me dije que no habría llegado a más, que era demasiado joven. Y ahora se ofrece a practicar el sexo oral a cambio de que la lleven a casa en coche. Me enfurezco tanto de pensar en cómo se han aprovechado esos hombres de mi pequeña que me dan ganas de buscarlos y hacérselo pagar. Ya ha sufrido bastante sin necesidad de ser además presa fácil de unos pervertidos. Sigo mirándola iracunda, intentando decidir mi siguiente acercamiento. Quiero gritar, pero eso no nos haría ningún bien a ninguna de las dos.

—Ven, vamos arriba —le propongo, y trata de librarse de mí como quien espanta una mosca. Me vuelvo a acercar y esta vez intenta pegarme, solo que no lo consigue.

Al final, se pone de pie ella sola. Saco de debajo de la pila un viejo cubo azul y la sigo mientras sube tambaleándose las escaleras, agarrándose a la barandilla para impulsarse. En cuanto planta la cabeza en la almohada, se queda dormida. La pongo de lado por si vomita sin darse cuenta. No la cambio de ropa y le dejo un vaso de agua en la mesilla de noche. El cubo está en el suelo, por si le dan arcadas.

Al salir, me llama la atención algo que hay en la papelera dispuesta bajo su escritorio. Retrocedo para asegurarme.

Es un test de embarazo.

Me vuelvo para comprobar que sigue dormida y luego me agacho a recogerlo. Examino el prospecto de la caja que ha tirado y se confirman mis peores temores cuando veo las dos rayas azules en la ventanita de plástico. Me tapo la boca y me flojean las piernas. Me duele el pecho como si se me hubiera partido el corazón. Me agarro al marco de la puerta para no caerme, suelto el test de embarazo donde lo he encontrado, dejo la puerta entreabierta y procuro recobrar el aliento.

Paso los días siguientes paralizada mental y físicamente. Lo disimulo lo mejor que puedo en casa y en el trabajo, pero me está devorando por dentro. Esto es lo peor que podía pasar. Aun en circunstancias menos horrendas, Nina no estaría preparada ni mucho menos para la maternidad, y las circunstancias son verdaderamente horrendas. Intentar razonar con ella va a ser inútil porque es demasiado tozuda para que le interese nada de lo que yo le quiera decir. Me pregunto de cuánto estará o si sabrá siquiera cuándo sale de cuentas. No puedo arriesgarme, así que solo hay una solución. Debo encargarme de esto por ella.

Jamás lo habría creído posible, pero el odio que le tengo a mi marido ha alcanzado cotas insospechadas. Me alegra que no vaya a volver, porque Nina se merece algo mejor. Solo tengo que hacérselo entender.

# Capítulo 9

## Nina

La piscina está casi vacía. Yo voy por una calle y un adolescente cuyo padre ejerce a gritos de entrenador por otra. El niño es como un delfín, vuela de un lado a otro de la piscina practicando el estilo mariposa. Su padre lo sigue por el borde, con un crono pegado a la mano. Entre largos, no para de motivarlo con recordatorios como «piensa en la selección nacional» y «en las siguientes olimpiadas». Es un padre avasallador y es obvio que el hijo está harto cuando debería estar agradecido. Por lo menos tiene una figura paterna en su vida. Aun después de tantos años, todavía noto la ausencia del mío. Mis recuerdos de él no desaparecieron al desaparecer él.

Vuelvo a ponerme los tapones para los oídos resistentes al agua, me impulso con una patada en la pared de la piscina y empiezo a nadar a braza. Me gusta nadar en la piscina de Mounts dos o tres veces por semana antes de ir a trabajar. La biblioteca está a solo diez minutos andando y me he puesto como meta llegar a hacer cincuenta largos seguidos antes del verano. Aún no estoy ni a mitad de camino de mi objetivo, pero me voy acercando.

Esta mañana he conseguido hacer diecinueve largos y medio antes de hacer trampa y caminar el otro medio. Me va el corazón a mil y me arden los pulmones, pero es un dolor agradable, aunque dudo que la selección nacional vaya a contar conmigo en breve.

Me subo las gafas a la frente, salgo de la piscina, me ducho y, una vez recogida mi ropa de la taquilla, busco un cubículo vacío. Me quito el bañador negro y me quedo allí plantada, desnuda, mirándome al espejo. Alguien ha garabateado ZORRA ESPANTOSA con rotulador rojo en la superficie reflectante y me reconforta saber que hay quien tiene la autoestima aún más baja que yo.

En los libros de autoayuda que he leído, aconsejan dedicar un rato todas las semanas a estudiarte las verrugas, arrugas, celulitis, manchas, bultos, protuberancias y pelos sueltos. Por lo visto, reconocerse las imperfecciones es un ejercicio muy valioso para ir aceptándolas progresivamente como perfecciones. Menudo montón de sandeces. Son feas y punto.

Me agarro las lorzas y luego los pechos y me los subo hasta donde deberían estar. No he cumplido los cuarenta y ya los tengo como las orejas de un *cocker*. Me atrevo a imaginar el aspecto que tendré dentro de diez años si no empiezo a tonificar ya.

Hace tres meses, cuando reuní el valor necesario para subirme a una báscula por primera vez en años, vi de reojo que pesaba ochenta y nueve kilos. Y con metro sesenta de altura me cuesta cargar con ellos. Y no he ido sumando kilos por glotona. A los veinte, cuando mi cuerpo sufrió una menopausia excepcionalmente precoz, la terapia hormonal sustitutiva que me pusieron me hizo inflarme como un globo. Hace muy poco que he decidido hacer algo al respecto y, comiendo sano y haciendo ejercicio, he conseguido perder casi siete kilos y estoy entusiasmada.

Acerco la cara al espejo del cubículo y, con dos dedos, me bajo el labio inferior para leer lo que llevo tatuado ahí. Solo yo lo veo; nadie más se ha dado cuenta nunca, salvo quizá mi dentista y su ayudante, y no me han comentado nada. No me lo hizo un profesional y las líneas se han emborronado con el tiempo y algunos trozos se han difuminado.

Ojalá pudiera recordar el nombre del hombre que me hizo aquel destrozo, pero cada vez que intento ponerle cara al tipo que blandía la aguja me quedo en blanco. Los años centrales de mi adolescencia son como un rompecabezas al que le faltan demasiadas piezas para poder formar una imagen completa. A veces tengo la sensación de estar viviendo mi vida a medias, sin saber nunca si lo que he hecho hoy ya lo había hecho antes.

La pérdida de peso ha venido acompañada de un deseo de actualizar mi apariencia. Sorprendió a Maggie casi tanto como a mí que me plantara a la puerta de su cuarto preguntándole si podía enseñarme a maquillarme. Podría haber visto un tutorial de YouTube o ido a Boots y haberle pedido a una de las modelos supermaquilladas que están al otro lado de los mostradores que me hiciera una demostración, pero me pareció que aquello era algo que ella y yo tendríamos que haber hecho cuando yo era adolescente.

—Si quieres, te puedo enseñar a pintarte las uñas también —me propuso, y yo accedí.

Volví a su cuarto con una lima y la dejé que me las limara y me las pintara de un rosa bebé. Por un momento, fue como si volviéramos a ser una madre y una hija normales. No hubo mentiras ni andarse con tiento la una con la otra; solo éramos dos mujeres disfrutando de una conversación sobre maquillaje.

Cuando ya me iba me di cuenta de que Maggie me había escamoteado la lima. Se empeñó en fingir que no, pero la encontré fácilmente en la funda de su almohada. Chascando la lengua, la reprendí silenciosamente con un dedo amenazador y recuperé la lima para que no pudiera hacer daño con ella. Luego le quité las almohadas como castigo.

Casi sin darme cuenta ya estoy cambiada y a la puerta del edificio de Mounts. Miro la hora. Aún falta bastante para mi hora de entrada al trabajo, así que cojo el camino largo, pasando por el parque de bomberos, la comisaría de Campbell Square y la sala de conciertos Roadmender. Este último es otro de esos lugares que sé que están ligados a mi juventud pero solo lo recuerdo vagamente. Creo que pasé allí muchas horas viendo tocar a grupos, pero no podría mencionar ni a uno. Bueno, salvo aquel que me salvó la vida. A menudo me pregunto si mis mejores días serían precisamente esos que no consigo recordar.

Al poco de llegar a la biblioteca, ayudo a un hombre de mediana edad y pelo blanco a hacerse el currículum en uno de los ordenadores. Mientras teclea con un dedo y mira la pantalla con los ojos fruncidos, pasa por delante de nosotros una mujer joven con una sillita de bebé y una criatura en ella, sujeta con el arnés de seguridad. Dejo a mi alumno un momento y me acerco a ella. Según me aproximo, veo que no es una «mujer», sino una niña, porque no tendrá más de quince años. ¡Una cría con otra cría! Tal vez por la edad o por los desarreglos hormonales, le cubre la frente una franja de acné. Su intento de enmascararlo ha fracasado y su maquillaje se asemeja a una capa de azúcar glas espolvoreada de forma irregular por la superficie de un pastel.

La criatura es una niña pequeña. Viste una sudadera verde de la Patrulla Canina y vaqueros, y lleva en la mano una bolsa de chuches. Un anillo de chocolate blanco le rodea los labios. Sonríe de oreja a oreja y solo tiene dos dientes, uno arriba y otro abajo. Cuando sus grandes ojos pardos conectan con los míos, se echa a reír como una boba y yo no puedo evitar poner caras raras y reírme con ella. Parece limpia, bien alimentada y feliz, con lo que no parece que su madre lo esté haciendo mal a pesar de su edad. Eso no impide que me sienta molesta con ella por tener esa niña sana y feliz y, en contra de todo pronóstico, mantenerla viva. Es más de lo que yo he conseguido jamás.

No estoy preparada para poner fin a nuestro juego, así que sigo con disimulo a madre e hija hacia las estanterías de revistas. La madre hojea las de celebridades, deteniéndose solo a mirar por encima las fotos de personas de las que yo no he oído ni hablar.

Me gusta estar con niños, pero no tanto con bebés. Recuerdo que, cuando el verano pasado nuestra directora de zona, Suzanne, vino a vernos durante su baja maternal, se trajo al niño en una mochila portabebés, pegada a su cuerpo. De haberlo sabido con antelación, me habría pedido el día libre. La vi cruzar la puerta giratoria y me escapé enseguida y me encerré en los baños de minusválidos hasta que madre e hijo se fueron y pude salir tranquilamente.

Si me hubiera quedado, habría tenido que portarme como los demás y hacerle cucamonas al bebé y esperar pacientemente mi turno para cogerlo en brazos y decirle a Suzanne lo bonito que era su hijo. No podía pasar aquel trago. Si lo cogía en brazos, a lo mejor ya no era capaz de soltarlo.

Sin más aviso previo que un resoplido, la niña de la sillita suelta un estornudo enorme y un enorme moco verde le sale disparado de la naricilla y se le queda colgando como una estalactita. Es asqueroso pero divertido a la vez y ella ni se da cuenta. Su madre está demasiado absorta en un artículo sobre las Kardashian para notarlo, así que me saco un pañuelo de papel del bolsillo y le limpio los mocos a su hija.

—¿Qué hace?

La chica se ha vuelto y parece furiosa.

—Tenía mocos —respondo—. Solo se los estaba limpiando.

—Apártese —me grita, llamando la atención de otros usuarios—. No quiero que la toque sin mi permiso.

—Perdona —contesto, sorprendida por la violencia de su reacción.

Me pongo colorada y contengo las ganas repentinas de llorar. Ella espera un momento a que me vaya, humillada.

Inspiro hondo varias veces hasta que recupero el control de mis emociones. En vez de avergonzada, me siento molesta con esa madre de pacotilla. ¿Cómo se atreve a hablarme así? No entiendo a esas mujeres que, en cuanto tienen un bebé, se creen superiores a las demás. Si ella estuviera pendiente del bienestar de su hija, yo no habría tenido que intervenir. Pues lo va a lamentar.

Me surge la oportunidad mucho antes de lo que pensaba, cuando, unos minutos más tarde, la niña se vuelve a quedar sola. Cojo dos libros al azar de una estantería y, asegurándome de que no mira nadie, se los cuelo en la cesta de la compra que lleva la sillita por debajo, a los pies de su hija. Cuando se vaya a marchar, me aseguraré de que los libros con código de barras disparen la alarma. Dudo que llamen a la policía, pero ella se sentirá tan humillada como me he sentido yo.

# Capítulo 10

## Maggie

Hace un calor sofocante en mi cuarto. Las ventanas son de triple acristalamiento y están cerradas a cal y canto, con lo que la única forma de que circule el aire es abrir la puerta que da al descansillo, pero ni siquiera eso supone una gran diferencia esta noche.

Cojo un ventilador que lleva meses sin usarse en lo alto del armario y lo pongo más abajo, en el tocador. Hace meses, levanté el cierre de seguridad de delante y ya sé que las hélices son de plástico y de escasa utilidad para mí como arma. Tampoco me valen las tablillas levantadas del suelo; no se les pueden sacar los clavos, así no puedo usarlas ni usar la madera a mi favor. Lo enchufo y lo oriento hacia la cama y veo danzar las motas de polvo dentro de la corriente de aire que genera. Caigo en la cuenta de que a lo mejor estoy usando mi preocupación por la ventilación de la estancia como forma de justificar mi inquietud cuando la verdadera causa es la caja de recuerdos de Nina.

La cena con ella hace un rato ha transcurrido sin incidentes, pero ni ella ni yo hemos mencionado la caja y me pregunto cuál de las dos lo hará primero. Yo estaba deseando preguntarle por qué me la había dejado, porque todos sus actos tienen una explicación. Intento leer entre líneas, pero no consigo imaginar el propósito de la caja. No paro de procurar reunir el valor para echar otro vistazo, aunque sea uno rápido, pero aún no lo he conseguido.

Me abanico la cara. No puedo pedirle que baje la temperatura de la calefacción porque hace más o menos una hora la he visto salir de casa. Cada dos semanas, aunque en distintos días, va a algún sitio, pero nunca lo menciona. Me parece que le gusta tener su secretito, así que no le pregunto qué es. Suelo estar dormida cuando vuelve.

Aunque esté abajo, no me oiría si grito porque la puerta y el tabique que separan la primera planta de la segunda están hechos con aislamiento e insonorización profesionales. Y para mayor seguridad, ella incluso ha instalado hueveras de cartón en las paredes. No oigo absolutamente nada de lo que pasa abajo y me imagino que a ella le pasa lo mismo. Si no estoy junto a la ventana, no me entero de que ha llegado a casa hasta que abre el cerrojo de la puerta de la primera planta y aparece.

Me quito la camiseta y me quedo sentada solo con el sujetador y la falda cruzada y pienso en lo bien que me he adaptado a mi encarcelamiento. Me pregunto si habré superado las expectativas de Nina. Pasar tanto tiempo sola me ha dado la oportunidad de aprender mucho de mí misma. Necesito poco, y es una suerte porque eso es exactamente lo que me dan. No dispongo de muchos lujos, pero valoro los que tengo mucho más que cuando llevaba una vida normal.

A veces pienso que Nina no me ha privado de absolutamente todo para tener aún algún objeto que quitarme cuando decide que debe castigarme. Es lo que me ha pasado con los perfumes, la laca, el transistor, los zapatos, las almohadas, algo de maquillaje y las joyas. Han ido desapareciendo uno a uno «para que aprenda la lección». Pero ya no le permito ser testigo de lo mucho que me disgusta su crueldad. A lo mejor no es el planteamiento adecuado. Quizá necesita creer que me ha hecho polvo para que todo esto termine. Aun así, no tengo claro cómo terminará.

Vuelvo a pensar en la caja y en qué otra cosa habrá allí dentro, aparte de un test de embarazo de veinticinco años de antigüedad. En cuanto lo vi, cerré la caja y la metí de nuevo debajo de la cama. Quiero y no quiero saber qué más contiene. Tengo que dejar de pensar en ello.

Observo por primera vez que el ventilador está haciendo vibrar algo en una de las mesillas de noche. Vuelvo la cabeza y veo que Nina me ha dejado un recambio del ambientador y un paquete de gominolas. Ha debido de dejarlo ahí mientras yo estaba en el baño. No he comido un dulce desde que empezó mi suplicio y al ver las gominolas me entusiasmo como una cría. Con la impaciencia por abrir el paquete, el plástico se rompe y el contenido se extiende por todo el edredón como si fuera un arcoíris comestible.

Estoy a punto de meterme una roja en la boca cuando vacilo. Ya he caído en esta trampa antes: un acto arbitrario de amabilidad que resulta ser algo muy distinto. Me acuerdo de cuando me dejó una jarra de batido de fresas y plátano. Tan inesperado como las gominolas. A última hora de la tarde me dio la diarrea y caí en la cuenta de que le había echado laxante a la bebida. Aún no sé qué había hecho yo para merecerlo.

Aun así, me la juego, chupando la gominola con cautela al principio por si ha escondido en ella un alfiler o una esquirla de cristal. Luego no puedo evitar sonreír del inmenso placer que me produce un capricho tan sencillo. A lo mejor a Nina se le ha ocurrido una forma nueva de doblegarme, enseñándome lo que me estoy perdiendo, sorpresa a sorpresa. No va a funcionar. Ya me he resignado a que esto es lo que me toca. Y buscarle las vueltas a Nina no sirve de nada. A veces los motivos de mi hija no tienen pies ni cabeza.

Recuerdo que durante mis dos primeros meses aquí estaba convencida de que Nina me observaba todo el tiempo por una cámara sujeta a las molduras. Era una cajita negra pequeña que contenía una lente de cristal y una lucecita roja que parpadeaba cada dos minutos. La idea de que pretendiera poder ver y saborear mi desgracia siempre que quisiera me encogía como un muelle, pero, por más que intentaba retirar la cámara, la cadena no me daba de sí lo suficiente para alcanzarla. Una vez intenté romperla tirándole una taza y no le di por poco. El castigo de Nina fue obligarme a beber en los tapones de la laca y el desodorante. Un día la cámara se cayó de la pared, sin más. Aterrizó en el suelo y se abrió por la mitad. Cogí las piezas y vi que no era de verdad, que no era más que un armazón con el espacio justo para que cupiera la pila con la que funcionaba el pilotito rojo. Otro de sus juegos.

Por entonces me preguntaba cuánto tiempo me estaría aquí y si su amenaza de tenerme encerrada los próximos veintiún años era auténtica. Tengo sesenta y ocho, con lo que mis posibilidades de vivir hasta los ochenta y nueve son escasas, sobre todo con una dieta mínima, falta de ejercicio, aire puro y sol. Dudo que aguante siquiera diez años, menos aún otros trece.

He pensado en suicidarme, claro, como lo haría cualquiera en mi lugar, pero Nina no tiene a nadie más. No puedo dejarla sola, por muy mal que me lo haga pasar. Eso no quiere decir que no vaya a hacer todo lo posible por salir de aquí si se presenta la oportunidad. Entonces podremos estar juntas con mis condiciones, tan pronto como le busque la ayuda que necesita. Siempre será mi pequeña, aunque me trate con crueldad.

Además, en el fondo sé que merezco un castigo por lo que le he robado.

# Capítulo 11

### HACE VEINTICINCO AÑOS

Es lunes por la mañana y Nina lleva con calambres desde primera hora. Ya he llamado al colegio para decir que no va a ir hoy y al consultorio para avisar de que me tomo el día libre.

No he parado de moverme por la casa, incapaz de quedarme quieta en un sitio más de unos minutos. La oigo llorar al otro lado de la puerta cerrada del baño y no sé bien qué hacer. Al final me puede el impulso primario de consolar a mi pobre niña y no aguanto más. Llamo a la puerta, medio esperando que empiece a despotricar y me pida que me largue.

—¿Qué pasa, cariño? —le pregunto.

—Me duele, mamá —gimotea, y de inmediato quiero ser yo la que sufra en su lugar.

Giro el pomo de la puerta, pero no cede.

—Abre la puerta —la insto.

La oigo arrastrar los pies y la puerta se abre. Cuando la veo, me dan ganas de abrazarla y no soltarla nunca. El lápiz de ojos grueso que lleva últimamente se le ha corrido y le chorrea por toda la cara como manchurrones de tinta. Se agarra el vientre y aún lleva las braguitas por los tobillos. No recuerdo la última vez que la vi tan vulnerable. La estrecho en mis brazos, me la arrimo al hombro y le acaricio la espalda.

—Mi pequeña —digo, y se me empañan los ojos.

—Nunca me ha dolido así —dice, lastimera—. ¿Por qué sangro tanto?

Inspiro hondo.

—Creo que has tenido un aborto —contesto lo más suavemente que puedo.

Me mira fijamente, sorprendida de que esté al tanto de su embarazo, y en ese preciso instante me doy cuenta de que, en teoría, yo no debería saberlo. No había dejado el test en la papelera para pedir auxilio como yo había querido pensar, sino por despiste.

La tranquilizo diciéndole que no he venido a sermonearla, sino a ayudarla. La tomo del brazo y la llevo otra vez hasta el váter, pero cometo el error de mirar de reojo en el interior de la taza. Me estremece. Hay cosas que, una vez que las ves, ya no te las quitas de la cabeza. Tiro enseguida de la cadena y confío en que ella tampoco lo haya visto antes de que yo volviera a sentarla allí.

Tuerce el gesto cuando los calambres vuelven a apretar. Le pongo la mano con ternura en la frente como hacía para ver si tenía fiebre de pequeña. Está ardiendo; es normal, uno de los efectos secundarios. Humedezco un paño en agua fría, le enjugo la cara con él y luego se lo dejo ahí. Me retrotraigo a cuando tenía cinco años y cogió sarampión cuando hubo un brote en el colegio. Al año siguiente fue la varicela y recuerdo que Alistair y yo nos turnamos para cuidar de ella, calmándole el dolor con una loción de calamina y asegurándonos de que no se rascaba las pústulas para que le cicatrizaran. Aunque sea una adolescente, la sigo viendo tan indefensa como entonces.

Se hace el silencio entre las dos, un silencio que solo rompen sus sollozos y sus gruñidos de dolor mientras seguimos como estábamos, ella incómoda y yo acariciándole el pelo y besándole la nuca, hasta que la naturaleza sigue su curso. Sé que si llamo a uno de los médicos del consultorio, se ofrecerán a visitarla a domicilio, pero no quiero su ayuda. Ya la he decepcionado antes; ahora debo demostrarme que puedo ser la madre que necesita. Vamos a salir de esta solas. Puede que últimamente Nina no creyera que me necesitaba, pero me necesita y eso es lo que importa. No quiero decepcionarla y no voy a hacerlo más de lo que ya lo he hecho. «Vamos a empezar de cero», me digo. Tiene que ser así.

Pasa una hora hasta que nos trasladamos a su cuarto y, cuando la tumbo en la cama, su cuerpo se pliega sobre sí mismo como una frágil hoja de papiroflexia. Le echo el edredón por encima y la tapo hasta la barbilla; luego saco dos calmantes del blíster y se los ofrezco con un vaso de Red Bull.

—Gracias —masculla.

Me parece que hace una eternidad que no me daba las gracias por nada, así que me agarro a eso. Por primera vez desde que su padre desapareció de su vida, siento un vínculo entre las dos. La quiero más que a nada que haya querido jamás o pueda volver a querer en mi vida. Y nada de lo que haga cambiará eso jamás. Pero tengo que contarle algo mientras aún tenga fresco el recuerdo de lo que le ha ocurrido a su cuerpo, por si se ve tentada de cometer otra imprudencia.

—Tengo que contarte algo que te va a costar escuchar —empiezo—. Y lo siento, porque debería habértelo dicho hace tiempo, pero nunca he encontrado el momento.

—¿Qué? —pregunta—. ¿Es sobre papá?

—Sí y no —contesto.

Abre mucho los ojos, que aún tiene irritados. Está desesperada por una pizca de información, por poca que sea, sobre su paradero. El silencio de su padre la ha destrozado y lo culpo a él tanto como me culpo a mí por el camino de autodestrucción que ha elegido la niña.

—¿Sabes por qué no me ha enviado nada más que la tarjeta de cumpleaños?

Niego con la cabeza.

—No, lo siento, no lo sé —miento—. De lo que quiero hablarte es de algo que tu padre llevaba dentro y que te ha transmitido. —Hago una pausa y escojo con cuidado las palabras—. Tu padre era portador de una cosa que se llama holoprosencefalia y eso significa que, si tienes una hija y esa hija se queda embarazada, el bebé podría nacer con muchísimas malformaciones si consigue sobrevivir a los nueve meses de gestación. —Nina me mira perpleja. Le cojo la mano y le aprieto los dedos—. Un bebé con holoprosencefalia es muy probable que nazca con muchas complicaciones, Nina. Y te hablo de muchas muchas.

—¿Como qué?

—Como deformaciones faciales graves y un desarrollo cerebral incompleto. La mayoría de los bebés fallecen antes de nacer y probablemente eso es lo que ha ocurrido hoy. De modo que, aunque no lo parezca, esto es lo mejor que podría haber sucedido. Tu cuerpo ha notado que algo no iba bien y lo ha rechazado. En el peor de los casos, podrías haber cumplido los nueve meses de embarazo y haberte visto obligada a tener un bebé que muriese nada más nacer.

—¿C-c-cómo sabes tú eso? —pregunta.

—Cuando eras pequeña, tu padre tuvo unos dolores horribles de estómago y terminó hospitalizado un tiempo. Al final y después de toda clase de analíticas, los especialistas le dijeron que era portador de una deficiencia cromosómica que le estaba causando aquel trastorno y que era muy posible que tú la hubieras heredado. Y luego nos contaron lo que les pasaba a los bebés que nacían con eso.

—Pero ¿por qué yo nací bien?

—Es complicado —contesto—. Depende del número de cromosomas defectuosos que lleves y, cuando te hicimos las pruebas de pequeña, nos enteramos de que era un número muy alto.

—Entonces, ¿nunca podré tener un bebé normal?

Guardo silencio un momento y luego contesto en voz baja.

—No, me temo que no.

Oigo el murmullo del edredón al tiempo que ella se acerca las rodillas al pecho.

—Quiero dormir —me dice.

—¿Me quedo?

—No, gracias.

Le doy un beso en la frente y, a regañadientes, la dejo sola.

Bajo las escaleras hasta llegar a la cocina. Necesito dejar de pensar en este día infernal, aunque solo sea un momento. En la pila, hay platos sucios de ayer. «Voy a fregarlos», me digo. Pero antes de eso, sacó una caja de pastillas del bolso. CLOZTERPAN, dice la etiqueta, y dentro hay un blíster en el que faltan tres. Me lo meto en el bolsillo y me dirijo a la puerta del sótano. Pulso el interruptor de la luz y una bombilla ilumina la zona de trastero.

Mientras me acerco a las maletas escondidas bajo las escaleras, agradezco mi trabajo como recepcionista de un médico, que me ha permitido colarme en la consulta del doctor Fellowes cuando él estaba de visita domiciliaria y arrancarle una hoja a su recetario para hacerme mi propia prescripción. Después de ponerle el sello del consultorio, falsifiqué su firma, que conozco a la perfección, y fui a que me lo dispensaran en una farmacia del centro. Anoche, aplasté las pastillas con una cuchara y se las añadí a la salsa que le eché al asado de los domingos de Nina. No notó diferencia de sabor.

Viéndola comer, me pregunté si obligar a mi hija a abortar sin su conocimiento era lo correcto. Pienso en 1981, cuando llevaba ya dos años de formación como comadrona y me quedé inesperadamente embarazada de Nina. Mi plan de volver y terminar el curso no llegó a materializarse, pero sé con seguridad, por mis estudios, que Nina lleva embarazada más de lo que piensa. Me trago una buena cantidad de bilis que me sube de la boca del estómago.

«Has hecho lo correcto», me repito. Al librar a Nina de esto, le he dado mucho más.

# Capítulo 12

## NINA

El álbum de grandes éxitos de Madonna, *Celebration*, me suena por los auriculares en el autobús de vuelta a casa desde el trabajo. Cuando tenía seis años, cogía los tapetitos que colgaban del respaldo del sofá y me los ponía en la cabeza, me ataba unos cordones a las muñecas y fingía ser la Reina del Pop. Por lo visto, a papá no le gustaba que su pequeña canturreara «Like a Virgin», así que, en broma, mamá y yo le cantábamos «Papa Don't Preach». El recuerdo me encoge el corazón y me siento inundada por un anhelo de volver, aunque sea un instante, a aquella época inocente.

Aun después de casi un cuarto de siglo sin él en mi vida, sigo echando muchísimo de menos a papá. Muchas cosas se han difuminado con los años y me entristece no ser capaz de recordar su voz. Mamá se deshizo de todas las fotos de él conmigo, menos de la que llevo escondida en la cartera.

Recuerdo cuando nos la hicimos. Nos llevó en coche al centro para poder hacerse una foto de carné en el fotomatón. Yo esperé fuera mientras saltaba el *flash* al otro lado de la cortina. En la cuarta y última foto, chillé cuando de pronto sus manos me agarraron y me arrastraron dentro. Esa es la que he guardado todos estos años:

la de los dos partiéndonos de risa. Mamá no sabe que hay una foto de ese momento nuestro y yo la atesoro porque, sin ella, puede que tampoco fuera capaz de recordar su rostro.

Me vibra el móvil y aparece en la pantalla una notificación de correo electrónico. Según el buzón de entrada, se trata de una alerta de noticia de Google y me agarroto. Lo tengo configurado para que me avise solo cuando haya noticias de una persona. Me da miedo abrirlo. Me quito los auriculares y empiezo a dar golpecitos con el pie en el suelo metálico del autobús. Luego, con el teléfono pegado al pecho, me siento de pronto sudorosa y nerviosa, y necesito aire fresco.

Me abro camino entre los viajeros agarrados a las barras y salgo por las puertas de atrás antes de mi parada. Necesito tiempo para saber por qué es noticia y para digerirlo antes de volver a casa a cenar con Maggie. Plantada junto al bordillo de la acera, con los ojos entornados, leo el correo.

«Muere el atormentado solista», reza el titular. Debajo, pone: «El asesino convicto Jon Hunter muere tras una batalla de año y medio contra la leucemia».

Soy vagamente consciente del tráfico y de los peatones que pasan por mi lado, pero me encuentro a la vez congelada en el presente y soldada al pasado. No podría moverme aunque quisiera.

La fotografía de Jon me suena. Es la que usó la prensa durante el juicio, pero que yo vi por primera vez años después. No está nada favorecido ni le hace justicia a su atractivo. En la foto tiene el ceño fruncido y a alguien que no lo conozca como lo conocía yo podría parecerle un tipo frío y desalmado. No recuerdo mucho, pero sé que era más que eso.

De pronto, me asalta una serie de imágenes mentales, como fotografías colgadas de un cordel en el cuarto oscuro de un fotógrafo, revelándose poco a poco. Hago un esfuerzo por ordenarlas. Estoy en casa, en algún lado, sentada, con Maggie de pie a mi espalda. Se acerca y me habla, solo que lo hace en voz muy baja y no distingo lo que dice. Las imágenes se desvanecen tan rápido como han venido.

Sin darme cuenta, me he llevado los dedos a los labios y paseo la yema de uno por el tatuaje escondido en el interior de mi boca.

# Capítulo 13

Cruza el escenario a solo unos metros de mí y es tan guapo que me cuesta respirar, literalmente. Hago un aspaviento cuando vuelve la cabeza bruscamente y el sudor de ese pelo negro que le llega por los hombros me salpica la cara. Me lo noto en los labios. Ya me puedo morir, porque nada me va a hacer sentir nunca tan bien como este momento.

Cuando coge el micrófono con ambas manos, veo que lleva pintadas las uñas de negro. Mañana me las pinto yo también. Y cuando acerca la boca al micro imagino que es mi cara lo que sostiene y que está a punto de besarme. No es tan alto como el resto de los miembros de la banda y está un poco escuchimizado, pero llena el escenario entero.

El calor de la multitud enfervorecida en la sala principal del Roadmender genera una condensación que cae del techo como gotas de lluvia tibia. A mitad de la canción, vuelve a encajar el micro en el soporte y deja que el guitarrista ocupe el centro del escenario para hacer su solo, pero, aun entonces, todos los ojos están puestos en él cuando se levanta la camiseta, se la quita y la lanza al público.

Ahora está ahí, con el torso descubierto. Ninguno de los chicos con los que he estado se le parecen en nada y me los quito a todos de la cabeza. Solo existe él y quiero estar con él como no he querido nada más en toda mi vida.

«Te quiero, Jon Hunter.»

Saffron salta a mi lado. Grita tanto que a este paso me va a dejar sorda. No se da cuenta de que me está clavando las uñas tan fuerte en el brazo que me hace daño. Pero no me quejo. Ella, como todas las demás chicas del público, imagina que cada palabra que sale de los labios bonitos de Jon Hunter se la canta a ella. Pero se equivoca. Se equivocan todas. Porque va a ser mío, no suyo. Es a mí a quien mira ahora con esos ojos grises de mirada penetrante, a nadie más. Es a mí a quien le canta «*crazy Little woman-child*». Me conoce mejor que nadie y aún no nos hemos presentado siquiera. Si mi mejor amiga o cualquiera de estas zorras locas cree que tiene algo que hacer con él, es que son idiotas.

Saffron y yo llevamos meses siguiendo al grupo de Jon, The Hunters, desde que vimos su foto por primera vez en el diario *Chronicle & Echo*. Su cronista musical le puso cinco estrellas al EP de la banda y dijo que eran lo más emocionante que había salido de Northampton desde Bauhaus, allá por los ochenta. No los recuerdo. Se supone que The Hunters van a ser el gran nuevo bombazo del *britpop* y yo creo que podrían ser aún más populares que Oasis o Blur. Y todo gracias a Jon. Ahora mismo, él lo es todo. Y se va a enamorar de mí como yo me he enamorado de él.

Saffron ha venido mucho más pronto para empezar a hacer cola y poder ponernos en el mejor sitio, en primera fila. Desde que papá nos dejó a mamá y a mí, mamá se ha subido la dosis de las pastillas para dormir. Lo que toma podría tumbar a un elefante, creo yo. Espero a que se quede dormida antes de ponerme en marcha. No me cuesta mucho escaparme por la puerta de atrás sin que me oiga.

Mamá no ha dejado de pensar en papá. No lo reconoce y nunca habla de él, pero a veces la observo cuando se queda quieta, mirando al jardín, y estoy segura de que lo tiene en la cabeza. Un marido y padre no abandona a su familia sin motivo, lo que me hace pensar que lo trataba tan mal que no le quedó otro remedio que dejarnos a las dos. Por su culpa él no quiere verme ni contestar a mis cartas. Hace siete meses que se fue y lo único que he recibido de él ha sido una tarjeta de cumpleaños que decía «Con cariño, papá». Ni cartas ni llamadas telefónicas ni nada. La odio por lo que sea que haya hecho. No es justo.

La he dejado pensar que las cosas entre nosotras han vuelto a ser como antes del aborto y, ahora que confía más en mí, puedo hacer lo que me dé la gana y ella ni se entera.

Cuándo el grupo termina los bises y sale del escenario, me aterra quitarle los ojos de encima: sé que, en cuanto aparte la vista de él, volverá a ser una fantasía. Y menos mal que sigo mirándolo fijamente, porque, cuando ya está entre bastidores, se vuelve, me mira él también y me sonríe. Yo le devuelvo la sonrisa. Luego ladea la cabeza como diciendo «¡Vente!».

—Nina, ¿qué haces? —me grita Saffron cuando, unos minutos después, salto la valla de seguridad y me subo al escenario.

A mi espalda, el resto del público se va ya para casa, pero mi noche acaba de empezar. Lo presiento. Se me sale el corazón del pecho y oigo a Saffron gritarme algo, pero no contesto ni me vuelvo a mirarla.

Entre bastidores, aunque las paredes de cemento están pintadas de blanco, hay garabatos por todas partes: letras de canciones, nombres, firmas y dibujitos. Sigo adelante, esquivando al equipo y a los técnicos de sonido hasta que veo a Jon secándose el pecho y el pelo con una toalla mientras entra en un cuarto. Me tiemblan las piernas cuando lo sigo dentro. Se vuelve a mirarme de arriba abajo, después se sienta en un cajón de madera para embalaje, saca dos cigarrillos de una cajetilla de Marlboro, los enciende y me pasa uno.

—¿Cómo te llamas? —me pregunta, exhalando por encima de su cabeza un anillo de humo que es como un halo gris, y él es mi santo.

—Nina —contesto tímidamente. Me aclaro la garganta—. Nina —repito, esta vez más segura.

—Encantado de conocerte, Nina-Nina. Yo soy Jon.

—Ya lo sé —digo, y le doy una calada larga al cigarro.

No es la primera vez que fumo, pero esta noche he cantado tanto y tan alto que me arde la garganta. Procuro que no se me note.

—Está fuertecito, ¿eh? —dice él. Asiento por temor a decir algo, que me dé la tos y ponerme en ridículo—. Lleva un pequeño extra —añade, riendo y enarcando las cejas como dando por sentado que sé de qué me habla. Ni idea, pero río yo también de todos modos—. ¿Qué te ha parecido el concierto?

—Alucinante —contesto—. Pero no es mi primera vez.

—Apuesto a que no.

Me guiña el ojo y caigo en la cuenta de lo que acabo de decir. Procuro no ponerme colorada.

—Me refiero a que ya os he visto unas cuantas veces.

—Entonces, ¿eres fan? —Sonrío a modo de respuesta afirmativa—. Estás buena —dice, y esta vez no soy capaz de controlar el rubor de mis mejillas.

—Gracias —respondo—. Tú también.

—Me refiero a que vas buena, a que llevas la camiseta empapada de sudor —prosigue y de pronto entiendo lo hecha un asco que debo de ir—. Quítatela —me dice y, sin más, me la quito y me quedo en sujetador y vaqueros.

Normalmente necesito unos cuantos cubatas en el cuerpo para estar tan suelta, pero Jon Hunter consigue sacarme algo. Me lanza su toalla húmeda y me seco el pelo con ella. Espero a que se dé la vuelta y no me vea para olerla. Luego saca una camiseta de repuesto de una mochila y me la da. Solo que yo no me la pongo. Me quedo allí plantada, mirándolo con deseo mientras él me mira a mí. Entonces da el paso que yo estaba deseando que diera.

# Capítulo 14

## Maggie

Según mi viejo reloj de sobremesa, ahora instalado en el aparador del comedor, llevo diez minutos sentada sola a la mesa. Nina rara vez me deja sola tanto tiempo porque no se fía de mí. No me extraña: le he dado buenos motivos. ¿A qué se debe este cambio de actitud?

Con una mano tiro del grillete que llevo sujeto al tobillo mientras me doy una pomada antibiótica donde me ha estado rozando. El año pasado el grillete me hizo tal herida que me salió un absceso. Aunque le insinué que a lo mejor necesitaba ir al médico, Nina se resistía a ayudarme. Hasta que no le advertí que, si se producía infección o sepsis, la cosa podía resultar particularmente desagradable para las dos, no accedió y, solo entonces, por fin, me trajo la pomada. Ahora me cambia el grillete de tobillo cada dos semanas o así.

Van pasando los minutos y yo me pongo a pasear nerviosa por el comedor. La última vez que pasé tanto tiempo aquí por mi cuenta y riesgo era una mujer libre. Me veo tentada de gritar por la escalera para ver si va todo bien, pero decido saborear mientras pueda este tiempo a solas en una estancia que no es mi cuarto. La ventana está algo entreabierta por arriba y oigo el canto de un pájaro procedente del exterior. Parece un mirlo y, por ver si estoy en lo cierto, me acerco a la ventana y miro el jardín trasero, pero no sé de dónde viene.

Entonces caigo en la cuenta: «¡Me ha dejado sola en una habitación con la ventana abierta!». Sé que el cristal es irrompible porque una vez que discutimos estampé contra la ventana un plato de la cena, pero siempre ha estado cerrada y con la llave echada salvo en su presencia. Hasta ahora.

Lo primero que se me ocurre es subirme a una silla y empezar a pedir socorro a gritos con todas mis fuerzas por la rendija, pero dudo que vaya a conseguir decir más de un par de palabras antes de que Nina suba corriendo las escaleras y me aparte furiosa de la ventana. ¿O se trata de una prueba? He aprendido a ser cauta con las oportunidades, ya vengan en forma de gominolas o de ventana abierta. Sopeso los pros y los contras y decido que no me merece la pena arriesgarme cuando las posibilidades de que me oiga alguien son escasas. Mis esfuerzos deben ser más astutos. Confío en no vivir para lamentar esto.

Me quedo donde estoy, mirando afuera. Los nubarrones dominan el cielo platino y predigo que se nos viene encima una tormenta esta noche. Cuando el mirlo invisible reanuda su canto, reparo en la de tiempo que hace que no oía un ruido no generado por Nina o por mí. El ladrido de un perro, los chillidos de los niños que juegan en la calle, la voz de un locutor en la radio, el encendido del motor de un coche o incluso el rumor de una bolsa de plástico atrapada en las ramas de un árbol… Daba por sentadas todas esas cosas.

Recuerdo estar rodeada por un estrépito constante en el consultorio: pacientes con tos persistente, bebés llorando, el teléfono sonando o los archivadores abriéndose y cerrándose de golpe cuando buscábamos historias médicas… Rara vez era un entorno tranquilo. Pero me encantaba ese trabajo, razón por la que lo mantuve durante treinta y dos años. Uno no pasa tanto tiempo en un sitio sin trabar amistad con los compañeros y hasta con algunos pacientes.

Espero que aún me echen de menos. Al poco de ponerme bajo arresto domiciliario, Nina me recordó encantada que había informado a todo el mundo de que me habían diagnosticado «demencia vascular» tras una serie de «microictus». Les dijo que el daño que había sufrido mi cerebro era irreversible y que me iba a cuidar mi hermana Jennifer, enfermera jubilada, en Devon. Me pregunto si aún siguen llamando a Nina para preguntar por mí. Si lo hacen, no me lo ha dicho, y yo tampoco he querido preguntarle por no darle la satisfacción de que me responda que no.

Por fin, los pasos de Nina subiendo los escalones de la entrada rompen la quietud del comedor. Me quedo junto a la ventana y no me vuelvo a saludarla cuando abre con llave la puerta y me encuentra ahí plantada. Estudio su reflejo: de un solo vistazo explora la estancia y se muestra abatida al constatar su descuido por dejarme sola con una ventana abierta. Ahora está en desventaja, evaluando si habré aprovechado su desliz.

—No he hecho nada —digo, y la miro.

Lleva dos platos en una bandeja y trata de decidir si estoy siendo sincera o tiene que tomar medidas correctivas. Al final parece que me cree.

Cuando vuelvo a mi sitio, me pone delante uno de los dos platos, con cubiertos de plástico. Ya sabe que no soy de fiar con los metálicos porque le clavé un tenedor en el brazo al poco de que todo esto empezara. Hasta la fecha, mantengo que no era mi intención, que el Moxydogrel que me da para que esté dócil también me hace alucinar. Pensé que era un perro rabioso que quería abrirme el pescuezo a mordiscos. Me parece que sigue sin creerme.

Hay lasaña para cenar y viene con dos rebanadas de pan de ajo para cada una. Reconozco que huele muy bien, pero Nina sabe de mi intolerancia al gluten y supongo que la comida no es apta para celíacos. Sin embargo, tengo tanta hambre que ataco el plato con voracidad de todas formas. Ya lidiaré con los efectos secundarios en privado y en el cubo de mi cuarto.

—Gracias —digo—. Hacía tiempo que no comíamos esto. —Asiente, pero no dice nada. No hay ABBA ni un poco de conversación y está claro que a Nina le preocupa algo—. ¿Qué tal hoy en la biblioteca?

Se encoge de hombros.

—Como de costumbre.

—¿Has hablado con alguien interesante?

—No.

—¿Qué tal lleva Steve el tatuaje ahora que ya le habrá cicatrizado? ¿Mejor que el anterior? No te hizo mucha gracia, ¿verdad?

—No le he pedido que me lo enseñe.

Es obvio que no le apetece mucho conversar conmigo, pero, como va a ser mi única interlocutora hasta dentro de dos días, insisto de todos modos. Una compañía renuente es mejor que ninguna compañía.

—Te has perdido el dramón de esta tarde —prosigo, y le cuento que los agentes judiciales han desalojado a los estudiantes con todas sus cosas de la antigua casa del señor Steadman—. ¿Qué esperaban? —añado—. Han destrozado ese sitio. ¡Qué vergüenza para sus padres!

Nina deja de comer, se levanta, abre el cajón donde tiene sus cedés antiguos, mete un disco en la bandeja del equipo de música y pulsa el botón de reproducción. Es bastante más ruidoso que ABBA, muy guitarrero y con una fuerte percusión. El cantante lloriquea más que intentar afinar. No me gusta ni una pizca y me hace añorar a mis suecos.

—¿Qué es esto? —pregunto educadamente.

Me mira de soslayo y vuelve a ocupar su sitio.

—The Hunters —contesta, como si yo tuviera que saberlo. Suelto un suspiro y no intento reponer el aire—. ¿Los recuerdas?

—Vagamente —miento.

«Me pregunto cuánto recordará ella. Espero que lo mínimo.»

—Saffron y yo solíamos ir a sus conciertos.

—Hacía tiempo que no te oía nombrarla —respondo con la esperanza de poder desviar la conversación hacia aguas más tranquilas—. ¿Cómo está? ¿Sigues en contacto con ella?

—No. Hace mucho que no hablamos.

—¡Qué pena! Era tu mejor amiga.

—Tú la odiabas.

Ignoro cómo va a terminar esta conversación, pero me empieza a incomodar.

—No me parecía una buena influencia para ti en aquella época —digo—. Te llevaba por el mal camino.

—Más bien era al revés —dice, amagando una sonrisa, como si le hubiera sobrevenido un recuerdo concreto. Sonrío también, fingiendo que sé a qué se refiere, aunque no tengo ni la más remota idea. Hay muchísimas cosas de esa etapa de su vida de las que no estoy al tanto ni quiero estarlo. Sé todo lo que necesito saber y, a pesar del tiempo que ha pasado, a veces me sigue pareciendo demasiado—. Por entonces, me odiabas a mí también, ¿verdad? —continúa—. Venga, reconócelo.

—Pues claro que no. Yo jamás podría odiarte. Eres mi hija.

—Seguro que me odias ahora por tenerte encerrada arriba…

—No, no te odio.

—No te creo.

Anda buscando una discusión que no quiero tener.

—Eres sangre de mi sangre. No siempre me gusta cómo eres, pero jamás he dejado de quererte.

Nina parte en dos la rebanada de pan de ajo y me mira fijamente, con la cabeza algo ladeada, como si mis palabras le hubieran llegado hondo y despertado cierta ternura en ella. Por una décima de segundo, me parece volver a ver a mi hija, no a mi captora. ¡Cuánto la echo de menos!

—Pues yo sí te odio a ti —replica, y veo que me equivocaba.

No volvemos a hablar hasta que han sonado las cuatro canciones del cedé.

—No me has preguntado por qué he desenterrado esto —dice.

—A lo mejor te apetecía escuchar otra cosa que no fuera ABBA.

—¿Te acuerdas del cantante del grupo?

—La verdad es que no —vuelvo a mentir. Lo recuerdo perfectamente, casi desnudo, despatarrado en el sofá del sótano de su apartamento, pero su cara se me desdibuja.

—Jon Hunter. Ha salido hoy en las noticias.

Oír su nombre me revuelve el estómago. Lo disimulo tomando otro bocado de lasaña. Hace un instante, me sabía deliciosa; ahora, me cuesta tragármela.

—Ah, ¿sí? —contesto, pero no pregunto por qué.

—Sí. Ha muerto.

Dejo de masticar y la miro. Me ha dejado pasmada. Espero que esté diciendo la verdad, sinceramente, pero con Nina nunca se sabe.

—¿Qué le ha pasado? —pregunto.

—Cáncer. Leucemia, para ser exactos. Me ha entrado una alerta en el móvil. Ha muerto en prisión, defendiendo aún su inocencia.

—Bueno, había muchas pruebas en su contra.

—¿No dices que no te acuerdas de él? —me suelta.

—Me acuerdo de lo que pasó. Vagamente.

—Yo solo recuerdo cosas sueltas de esa época.

—El cerebro es una máquina compleja. Tiene la habilidad de almacenar muchísima información y también de esconder determinadas cosas que no precisan un examen constante.

—Se llaman recuerdos reprimidos —dice. Pongo cara de póker—. Son recuerdos bloqueados inconscientemente porque resultan muy estresantes o traumáticos, pero, al ocultárnoslos, el cerebro nos tiene anclados al pasado.

—Ah —digo, asintiendo con la cabeza.

—He pensado en ir al psicólogo, a ver si puedo desbloquear los míos —me dice con una mirada asesina, esperando de nuevo mi reacción.

Trago saliva y me ve hacerlo. Un indicio de que ha conseguido lo que quería: Nina me ha inquietado.

—Lo que tú creas conveniente —le digo, pero no quiero que recuerde nada de entonces.

No nos hará ningún bien a ninguna de las dos.

# Capítulo 15

## NINA

Se está haciendo tarde y el viento y la lluvia han empezado a aporrear las ventanas. Corro las cortinas y bajo las persianas para protegerme. Aun de adulta, las tormentas me incomodan. Además, esta noche ya estoy inquieta dándole vueltas a la noticia de la muerte de Jon.

Estoy haciendo todo lo posible por demorar lo inevitable: hacer clic en la notificación del móvil y leer algo más que el titular de la noticia. Es como si conocer los detalles fuera a hacer más real lo ocurrido. Ahora mismo no son más que palabras en internet y ya sabemos todos cuánto miente internet. Así que, de momento, intento convencerme de que es una noticia falsa. No lo consigo.

Me miro fijamente en el espejo del baño mientras dirijo el cepillo eléctrico a los dientes de la mandíbula inferior. Hago una pausa y me tiro del labio. Examino el tatuaje por segunda vez esta semana. LOLITA, reza. Recuerdo que fui a la biblioteca y saqué la novela favorita de Jon, de Vladimir Nabokov, para entender por qué me había puesto ese apodo. Me halagó ver lo atrapado que tenía al protagonista su amor por la chica. Nadie podrá convencerme jamás de que a Jon no lo movía una pasión similar por mí.

He podido reunir un puñado de recuerdos de entonces, como el de la noche que me hice el tatuaje. Fue en una fiesta en una casa y Jon estaba emocionado porque por fin iba a tener una prueba indeleble de lo mucho que lo quería. Se empeñó en que fuera la palabra «Lolita» porque significaba algo para los dos. Accedí encantada.

Me lo hicieron en un baño similar a este en el que estoy ahora. Me senté en el váter con la tapa bajada y oí el suave goteo de la tinta china sobrante en el recipiente mientras uno de sus amigos se disponía a perforarme la piel. No me dolió: las pastillas que me dio Jon me produjeron una especie de hormigueo en el cuerpo y fue como si estuviera flotando bocarriba en un mar de agua tibia al calor del sol. A los pocos minutos, cuando terminó, varias manos conectaron con las mías cuando sus amigos chocaron los cinco conmigo, diciéndome que era una «tía guay» por hacérmelo. Luego me enjuagué la sangre y el sabor amargo de la tinta con un trago de vodka, y me escoció una barbaridad. Lo escupí en el lavabo y me examiné la marca en el espejo como estoy haciendo ahora. La cara de Jon irradiaba orgullo. Le había demostrado mi compromiso como me había pedido.

Yo le pedí que se hiciera un tatuaje en la cara interna de uno de los labios con Heathcliff, mi personaje favorito de siempre de Emily Brontë, pero él dijo que no con la cabeza, rio y jamás me explicó por qué se había negado. Y ahí es donde termina el recuerdo. Como tantos otros, no es más que una instantánea de un tiempo pasado y siempre mejor.

Termino de lavarme los dientes, me siento al borde de la bañera con el móvil en la mano e inspiro hondo. No puedo posponerlo más, así que hago clic en el enlace de la noticia que me ha llegado por correo.

«El asesino convicto Jon Hunter muere tras una batalla de dieciocho meses contra la leucemia —empieza la noticia—. Hunter, de

cuarenta y seis años, fue condenado a cadena perpetua hace veintitrés años por el asesinato de su novia. La encontraron…»

—¡No! —susurro furiosa.

Me enfurece ver su nombre, así que dejo de leer porque sé qué
mentiras está a punto de repetir el artículo. Veo de reojo dos fotografías de Jon usadas para ilustrar la noticia. Una es del hombre al
que amo, tocando en el escenario, ese era su sitio. La segunda se la
hizo otro preso y se la vendió a la prensa. Jon aún tiene el pelo largo
pero blanco, igual que la barba. Aun en esa foto con tanto grano veo
que la luz de sus ojos se había extinguido hacía tiempo. Supongo
que es lo que pasa cuando llevas tantos años encerrado en una habitación. Ya se lo empiezo a notar a Maggie, y eso que ella solo lleva
arriba una parte minúscula del tiempo que Jon ha estado preso.

Deslizo el texto hacia abajo sin leer nada más hasta que llego a
la foto de esa chica. Está sentada en una playa, lleva un bikini azul y
unas gafas de espejo en equilibrio sobre la punta de la nariz. Sonríe
como si no tuviera una sola preocupación en el mundo, y supongo
que no la tiene. Nuestro parecido por aquel entonces es asombroso.

Me pego el móvil al pecho y hago todo lo posible por recordarla, pero sigo dudando que nos hayamos cruzado alguna vez. Ella
no salía con el grupo, no la conocí en ningún concierto ni en ninguna fiesta y sé bien que no era la novia de Jon, como dicen los
periódicos, porque su novia era yo. Que le pregunten a cualquiera
de los que iban siempre con nosotros por aquel entonces y les dirán
que estábamos enamoradísimos. Por eso me frustra tantísimo que
sigan hablando de ellos como si hubieran sido pareja.

Me asalta un pensamiento desagradable: «A lo mejor es que no
quiero recordarla. A lo mejor tenían una relación de la que yo no
estaba enterada y es una de las piezas que le faltan a mi historia».
«No», digo en voz alta. No es posible. Puede que mis recuerdos sean
vagos, pero no soy idiota.

Jon no fue mi primera pareja y, desde luego, yo tampoco la suya, pero sí fue el primer hombre al que quise en toda mi vida. Y el último. No hace falta que nadie me diga lo patético que suena eso: vivir una vida sin amor todos estos años.

Poco después de que pasáramos nuestra primera noche juntos, él se enteró de que yo tenía catorce años, a pesar de mi empeño en convencerlo de que tenía dieciocho. Él tenía veintidós y yo no quería espantarlo reconociendo la verdad. Cuando Saffron abrió su bocaza de envidiosa y me delató (para intentar que rompiéramos, supongo), le habría dado un bofetón. Sin embargo, su verdad tuvo el efecto contrario y Jon reconoció que lo excitaba saber que lo que hacíamos estaba prohibido. «A mí me gustan los plátanos verdes», dijo con una sonrisa.

Me hizo prometerle que no le contaría lo nuestro a nadie del colegio, tarea difícil cuando eres una adolescente que quiere que todo el mundo tenga envidia de tu relación con el cantante del grupo más de moda del pueblo. Pero Jon me advirtió que, si alguna vez lo hacía público, él lo negaría por el bien de su carrera y luego me dejaría. No merecía la pena presumir.

A veces, cuando Jon y yo nos veíamos en el centro después de clase, se enfadaba si yo me cambiaba en los baños de la estación de autobuses primero. Prefería que fuera con el uniforme. Dudo que nuestra relación hubiera durado mucho en la actualidad. Lo habrían acusado de acosador, pedófilo y pederasta. Pero él no era nada de eso. Quien no estuviera en nuestra relación no podía ni imaginarse lo que significábamos el uno para el otro. Él me quería, me cuidaba y quería lo mejor para mí. Era mi novio, mi mejor amigo y mi padre, todo en uno. Y desde entonces jamás he permitido que nadie me haga sentir tan especial como Jon.

Fueron las falsas acusaciones lo que le arruinó la vida a Jon cuando yo me enfrentaba a mis propias batallas. Tengo muchas lagunas y la culpa de todas ellas es de Maggie. Si no me hubiera hecho lo que me hizo, yo podría haberlo defendido. Podría haberle dicho al mundo que no era capaz de hacer las cosas horribles por las que lo metieron en la cárcel. Por su culpa ha muerto en prisión y ha echado a perder la mitad de su vida. Y, en consecuencia, la mía. Aunque yo no esté entre rejas, es como si lo estuviera.

Su pérdida me quema como si hubiera estado con él esta misma mañana. Noto que ya no tengo el móvil pegado al pecho, sino que me aprieto el vientre con las manos y me lo acaricio suavemente y recuerdo mi segundo embarazo. Recuerdo el hijo que tuve con Jon.

# Capítulo 16

Oír a mi hija pronunciar el nombre de Hunter me ha dejado agitada y desvelada. Ahora, tumbada en la penumbra de mi cuarto, alisando angustiada con los dedos las arrugas del edredón, reproduzco mentalmente la forma en que él se carcajeó de mí la primera vez que tuvimos contacto.

Esta noche la noticia de su muerte me ha pillado tan desprevenida que no he tenido tiempo de ensayar una reacción apropiada. No soy una mujer vengativa, pero espero que tuviera un final largo, lento y angustioso. Me alivia que, después de todo este tiempo, ya no tengamos que compartir los tres el mismo espacio en el planeta. Nos hemos librado de él y no podrá volver a hacerle daño a Nina. Se acabó. Tal vez ahora haya una posibilidad de que intente dejar atrás los recuerdos que aún tenga de él y recuperar la normalidad en medio del caos que ella misma ha creado. Bueno, toda la normalidad que se puede lograr cuando tienes a tu madre encadenada como un oso de circo ruso.

Me ha taladrado con la mirada mientras me comunicaba el destino fatal de Hunter, decidida a detectar falsedad en la ignorancia que yo fingía respecto al calado de mis recuerdos de él. Pues claro que recordaba perfectamente a Jon Hunter. No podría olvidar a un parásito como él en toda una vida. Sin embargo, por alguna razón, se me ha desdibujado su rostro, algo que carece de sentido, porque he pasado una veintena de años siguiendo su historia. Durante tres semanas, me senté en la tribuna del público del Tribunal Superior de lo Penal, en el asiento más alejado del banquillo de los acusados, donde estaba él, escuchando los testimonios en su contra y confiando en que no me reconociera con la peluca y el maquillaje. Cuando exploraba la sala con los ojos, no se detenía en mí más que en los demás.

A pesar de la gravedad de los cargos, conservaba la misma arrogancia que había mostrado durante nuestro enfrentamiento de hacía más de un año. Más tarde, cuando un jurado lo declaró culpable de asesinato, me dieron ganas de cruzar a toda velocidad la sala y abrazar uno por uno a todos sus miembros. En cambio, lloré en silencio de alegría. Mi hija estaba por fin a salvo de aquel depredador.

Luego, mientras lo llevaban del juzgado a una furgoneta para trasladarlo a una prisión de Durham, vi a su familia y a sus fans defender a voces su inocencia al tiempo que los familiares de la víctima lloraban la pérdida de su hermana e hija. Me compadecí de ellos. También había intentado arrebatarme a mi hija, pero yo la había rescatado delante de sus narices. Gané, pero lo he pagado con veintitrés años de remordimiento.

Entonces, ¿por qué lo recuerdo todo menos su cara? Me sobreviene la necesidad imperiosa de verlo una vez más. Enciendo las lamparitas de las mesillas, inspiro hondo y saco de debajo de la cama la caja de recuerdos de Nina. Evité intencionadamente esas fotografías la última vez que curioseé en su interior, pero ahora no. Aquí está Hunter, retratado con su grupo en el folleto de un concierto. Miro la fecha: fue uno de los últimos. Sus ojos grises, sus finos labios rojos y su piel clara encajan de pronto con mis recuerdos de él y forman una imagen completa de la época en que se cruzaron nuestros caminos.

A lo largo de los años siguientes, me mantuve al tanto de cada apelación y me alivió cada una de las desestimaciones. Reconozco que me sorprendió su negativa a reconocerse culpable para conseguir antes la libertad condicional. Así, languideció entre rejas más tiempo del necesario. A lo mejor, después de todo, bajo aquel exterior de serpiente, se ocultaba un hombre con agallas. La ironía de que terminara sus días en la cárcel no me pasa inadvertida. A los dos se nos ha castigado por lo mismo: por querer a Nina.

La condena de Hunter llegó en un momento en que ella había empezado a volver a mí. Yo la había mantenido a salvo bajo mi mirada protectora casi dos años completos cuando ella descubrió la verdad. Recuerdo con nitidez aquella conversación.

—¿Por qué no me habías contado lo que le ha pasado a Jon Hunter? —me preguntó tímidamente durante la cena. Lo hizo con cautela, como si temiera mencionar su nombre.

—Porque él ya es parte de tu pasado —le contesté yo—. No quería disgustarte.

Con esfuerzo, Nina me miró a los ojos.

—He leído lo que dicen que hizo y dudo que lo hiciera. No era un hombre violento.

—A veces no conocemos a las personas con las que tenemos más relación.

—Pero… yo conocía a Jon.

—Y yo creía conocer a tu padre.

—Jon no ha podido matar a nadie.

Solté los cubiertos.

—No es eso lo que han determinado la policía y los tribunales. Además, por lo que sé, tenía embobadas a las chicas. No me extraña, porque, a tu edad, yo habría estado como loca si una estrella del pop como él me hubiera hecho caso, pero tenía una novia que vivía con él, así que estaba dando falsas esperanzas a cualquier otra que pensara que tenía una relación con él.

Nina abrió la boca como si quisiera decir algo más, pero cambió de opinión. Sabía que aquella versión de mi hija ya no estaba segura de nada. Los últimos meses la habían dejado tocada e incapaz de fiarse de su propio juicio. Y eso quería decir que yo había hecho bien mi trabajo.

Tapo la caja de recuerdos y vuelvo a meterla debajo de la cama. Basta por esta noche. Apago las luces y clavo la mirada perdida en la pared que tengo enfrente. Las farolas arrojan sobre ella sombras danzarinas de los árboles al viento; se está desatando una fuerte tormenta tanto fuera como dentro de la casa. Ojalá supiera lo que está pensando Nina. ¿Qué recuerda de él? ¿Qué recuerdos suyos son nítidos y cuáles son un revoltillo de retales que no es capaz de juntar correctamente? Confío en que lo que ha dicho de que va a ir al psicólogo para que le desbloquee los «recuerdos reprimidos» no sea más que una amenaza hueca, porque, si lo dice en serio, la ayuda de un especialista podría ayudarla a atar cabos, y no puedo permitir que sepa hasta dónde he sido capaz de llegar por protegerla.

Cierro los ojos con fuerza y el rostro de Hunter vuelve a desvanecerse, pero, aunque haya muerto, revivirá en mis sueños esta noche, lo sé, porque su novia y él aparecen en ellos a menudo.

# Capítulo 17

## MAGGIE

### HACE VEINTICUATRO AÑOS

Mi intuición materna me advierte de que Nina me oculta algo y, aunque no sé exactamente qué es, me parece que no me va a gustar.

El momento es de lo más inoportuno porque he tenido que dejar un poco de lado a mi hija para centrarme en nuestra situación económica. Somos una familia con una sola fuente de ingresos y nos han cambiado el interés fijo de la hipoteca por uno variable, con lo que ha subido la cuota mensual. No pienso vender esta casa hasta que se congele el infierno, así que, además de trabajar como recepcionista en el consultorio, me he tragado el orgullo y ahora estoy haciendo horas extra como limpiadora. La necesidad obliga y aquellos de mis compañeros que están al tanto de mi situación conyugal me han apoyado mucho. Además, voy a presentar mi candidatura al puesto de coordinadora de consultas cuando se jubile Lizzy el año que viene.

Por haber ampliado mi jornada laboral, Nina y yo apenas nos hemos visto. Ella, al salir de clase, se ha encontrado con una casa vacía y, cuando yo llego, ella ya ha cenado y está encerrada arriba, en su cuarto, haciendo los deberes. No me gusta vivir así, pero tengo poca elección.

Camino de la oficina de correos, caigo en la cuenta de que hace más o menos un año que Nina tuvo el aborto y aún me ando con pies de plomo con ella. Ahora los jóvenes maduran mucho antes que en mi época, así que procuro acomodarme a los tiempos que corren y ser una madre más moderna. He restado limitaciones a sus salidas y le he puesto una hora de volver a casa algo menos estricta para cuando sale con sus amigos. Le he pedido que reduzca la ingesta de alcohol y la he obligado a prometerme que, si va a tener relaciones con un chico, no lo hará estando borracha y se asegurará de que él lleva protección. Dudo que esté preparada para este mundo adulto, pero, no pudiendo encerrarla en el ático, ¿qué otra cosa voy a hacer? Solo espero que con una correa lo bastante larga siempre pueda volver a casa.

A lo mejor me estoy obsesionando con querer ser su amiga y no estoy poniendo demasiado empeño en ser su madre, pero quiero caerle bien y que deje de verme como esa enemiga que espantó a su padre y le dijo que jamás tendría hijos propios. De entre todas las cosas que lamento, haberle dicho eso en su momento de mayor vulnerabilidad es una de las que más.

Quisiera pensar que hemos superado las peores secuelas de lo de Alistair, pero soy realista. A lo mejor estoy siendo hipervigilante, pero ando siempre al acecho de algún indicio por si está metida en algo que yo no aprobaría o me está mintiendo.

Anoche me la crucé por el pasillo cuando ella salía del baño, envuelta en una enorme bata blanca. Hacía meses que no se la ponía, pero, de repente, le ha vuelto a coger cariño. Al verme, se bajó las mangas y se la ciñó fuerte al cuerpo y, por un segundo, se me pasó por la cabeza que pudiera estar escondiendo marcas de pinchazos en los brazos. Luego me dije que no podía ser tan estúpida de estar drogándose, aunque eso explicaría sus constantes cambios de humor. Aun así, no me quito de encima la sensación de que está pasando bajo mi propio techo algo de lo que no estoy al tanto.

Nina me tiene tan preocupada que no oigo ni veo el coche cuando voy a cruzar hasta que me pita furioso. Retrocedo y veo al conductor hacerme la peseta. La maternidad me va a matar.

—¿Te encuentras bien, Maggie, cielo? —oigo que me preguntan a mi espalda. Al volverme, veo a la madre de Saffron, Erica.

—Ah, hola —digo, sonriendo.

—Casi te atropellan.

—Iba distraída pensando en mis cosas. —Veo que lleva puesto el uniforme de Tesco—. ¿Sales o entras?

—Acabo de salir —contesta Erica, poniendo los ojos en blanco—. He entrado a las siete de la mañana, así que por hoy ya está bien. ¿Qué tal tú?

Me dan ganas de contestar «Estoy sin blanca, no puedo ni pagar la hipoteca, mi hija me odia y la vida que antes adoraba ahora es una mierda», pero no lo hago.

—Bueno, ya sabes… —respondo vagamente.

—¿Qué tal Nina?

—Esta noche se queda a dormir en vuestra casa, ¿no?

—¿En la mía? —me pregunta perpleja.

—Sí, hoy es martes, ¿no? ¿No se queda siempre a dormir en tu casa los martes?

Le he dado permiso a Nina para pasar la noche en casa de Saffron dos veces por semana, los martes y los viernes. Su amiga no me entusiasma (es demasiado terca para mi gusto), pero he preferido hacer algunas concesiones. Como esta. Al menos si Nina está con Erica sé que está a salvo.

—¿Eso es lo que te ha estado diciendo? —replica Erica—. Perdona, cielo, pero lleva semanas sin quedarse a dormir en nuestra casa. Saffy y ella tuvieron una bronca de las gordas por un muchacho y no le he visto el pelo desde entonces.

Titubeo, incapaz de recuperarme lo bastante rápido para fingir que estaba enterada de esto pero me ha despistado. Noto que me pongo colorada. Ninguna de las dos sabe qué decir después, así que le dedico a Erica una sonrisa de medio lado y me marcho.

Nina termina de cenar justo cuando acaba *Neighbours* y sube corriendo a coger la bolsa de fin de semana y la mochila del colegio.

—Hasta mañana —masculla, cerrando la puerta de la calle al salir.

Merodeo por el salón, observándola desde detrás de los visillos y dándole un poco de ventaja; luego agarro el abrigo y el bolso y la sigo. Que haya hecho caso omiso de mi consejo de no ponerse los auriculares cuando va por la calle me favorece porque no tiene ni idea de que su madre le pisa los talones. Ataja por el Racecourse Park y rodea el casco antiguo hasta la estación de autobuses de Greyfriars. Entro detrás de ella al cavernoso edificio de ladrillo rojo y me escondo tras una máquina expendedora mientras ella se mete en los aseos públicos. Sale diez minutos después completamente maquillada y vestida de otra forma. Viste a la moda actual, holgada, algo que no favorece mucho su figura. Lleva los vaqueros rotos por la rodilla y le veo los tirantes del sujetador. Guarda la bolsa y la mochila en una taquilla y prosigue su viaje sin vacilación. Se mueve con demasiada soltura para que esta sea la primera vez que lo hace. ¡Qué estúpida he sido confiando en ella!

Nina se dirige al centro y se mete en el *pub* Prince William. Lleva aquí desde que tengo uso de razón, pero nunca he entrado ahí. Hay por lo menos una decena de motos aparcadas una al lado de la otra a la entrada, en la acera. Nina sonríe y habla con el portero como si se conocieran bastante. Él no le pide el carné y señala hacia el fondo del local de conciertos.

Me veo tentada de seguirla dentro, pero me arriesgo demasiado a que me vea y no quiero montarle un numerito en público. Desde donde estoy, en la acera de enfrente, la veo cruzar el *pub* y pasar a la terraza del fondo; luego la pierdo de vista.

No puedo dejarla así, sin más. Retrocedo unos pasos y exploro la zona. A la derecha del *pub* hay una cafetería de comida basura con dos plantas. Por el cartel de la puerta veo que está abierta hasta medianoche. Pido un té y un rollito de salchicha, subo a la planta de arriba y me instalo en una mesa junto al ventanal que da a la terraza del *pub,* donde veo a Nina. Me siento como una entrometida, observando a la gente desde allí arriba, pero no puedo quitarle los ojos de encima a mi hija ni a sus amigos. Se ha sentado encima de un hombre de pelo largo que, aun de lejos, veo que es bastante mayor que ella. Alrededor de su mesa hay más hombres y mujeres, ninguno de su edad. Me pregunto si sabrán que solo tiene quince años.

Se cogen la mano, con los dedos entrelazados, pero cuando piensa que nadie la ve, desliza la suya por debajo de la mesa y le acaricia la entrepierna. Por un lado me avergüenzo de ella, pero, por otro, nos culpo a su padre y a mí por haberla empujado a ser tan desvergonzada.

Lo único bueno de este horror de noche es que Nina es la única que bebe de una de esas botellas circulares tan características de Orangina. Los demás beben cerveza o vino. Además, aunque fuman, Nina se abstiene.

La observo un par de horas largas hasta que su amigo y ella hacen ademán de irse. Son los primeros en levantarse. Bajo corriendo las escaleras, salgo a la calle y veo que vienen hacia mí, cogidos del brazo. Me quedo helada cuando se detienen y el corazón me da un bote al pensar que Nina me ha visto. No es así. Lo empuja a un portal y lo besa. Me escondo detrás de una furgoneta, aterrada y sopesando mis opciones. Quiero llevármela a rastras a casa, pero mi lado racional me lo desaconseja. Nuestra relación es tan frágil que tirar de cualquiera de los hilos que aún nos unen podría distanciarnos para siempre. Podría intentar razonar con ella, pero sé por experiencia que no me va a escuchar. O puedo hacer lo que estoy haciendo ahora: nada. Hasta que tenga tiempo para valorar los pros y los contras de mi siguiente paso, opto por lo último. Así que me quedo donde estoy y dejo que pasen por delante de mí y desaparezcan en la oscuridad de la noche.

Me siento fatal y completamente inútil, pero antes de marcharme vuelvo al *pub* y veo que sigue de servicio el mismo portero.

—Hola —empiezo—. La pareja que se acaba de marchar... ¿sabe quiénes son? —Me mira extrañado—. Ah, no soy ningún bicho raro —aclaro—, es que me parece que él era alumno mío. Me resulta familiar.

—Lo habrá visto en la prensa —contesta—: Jon Hunter, el cantante de The Hunters. Muy buenos, por lo que dicen.

—Ah, lo he confundido con otro, entonces —digo, y emprendo el camino de vuelta a casa, sola.

# Capítulo 18

## NINA

Abro la puerta lateral que da a la parte trasera del jardín para que pasen los repartidores de Argos. Uno de ellos es mestizo y tiene la piel tostada más brillante y bonita que he visto en mi vida. Los bíceps están a punto de reventarle la camiseta azul. El otro es bajito y rechoncho y parece el hermano pequeño de Super Mario.

Dejan junto a la terraza, debajo de la ventana de la cocina, las cajas que contienen los muebles que he pedido. No sé si son imaginaciones mías, pero me da la sensación de que el más cachas de los dos me guiña el ojo cuando me entrega el albarán. Cuando se marchan, veo que me ha anotado su teléfono en él. Me halaga, pero a saber con qué frecuencia lo hará. No lo voy a llamar.

He salido con algunos hombres en estos años, pero aún no he encontrado a ninguno que me emocione tanto como Jon. Además, la mayoría de los hombres no quiere más que una cosa de una mujer, sexo sin compromisos o formar una familia, y, cuando descubren que no puedo cumplir uno de los dos requisitos, enseguida pierden interés.

Tenía diecinueve años y solo faltaban unos meses para hacer mis exámenes preuniversitarios cuando me enteré de que no solo había tenido la mala suerte de ser portadora de una anomalía cromosómica, sino que, además, todo mi sistema reproductor estaba pasando a mejor vida. Sin apenas aviso, mis reglas se volvieron esporádicas hasta casi desaparecer. Al mismo tiempo, cada vez me costaba más dormir. Me ardía la piel en circunstancias de lo más extrañas y, cuando mis niveles de ansiedad se disparaban, temía de verdad sufrir otra crisis nerviosa. Juré que antes me moría que pasar por eso otra vez.

Después de que me hicieran una serie de pruebas en el Northampton General Hospital, una especialista me comunicó que estaba sufriendo una menopausia tremendamente prematura. «Nunca había visto una a tan temprana edad —me dijo—. Se conoce como insuficiencia ovárica precoz. Es un trastorno muy poco corriente. Lo siento muchísimo.»

Iba a preguntarle si tenía algo que ver con mi holoprosencefalia, pero, tanto si era que sí como que no, me iba a dar igual. Me estaba pasando, era una mierda y no podía hacer otra cosa que joderme. Así que no se lo pregunté.

No lloré la pérdida de mis reglas ni mis óvulos secos. De todas formas, tener relaciones era lo último que se me pasaba por la cabeza. Hasta bien entrados mis veinte años no me vi preparada para encontrar pareja. La llegada de las aplicaciones de ligoteo facilitaba mucho el conocer a personas del otro sexo a alguien como yo, una fruta madura y no dispuesta a marchitarse y pudrirse en el árbol.

Solo hubo dos hombres con los que hice algo más que seleccionarlos en Tinder, pero a pesar de poner todo mi empeño en aquellas aventuras, ambos resultaron ser una inmensa decepción. Luego, después de renunciar a cualquier tipo de relación e incluso a hacer nuevas amistades, apareció alguien que lo cambió todo. Durante los últimos dos años, ha sido la única persona que me importa. Solo pensar en él ya me hace sonreír de oreja a oreja. Es la razón por la que quiero perder peso y ponerme en forma. No necesito la aprobación de nadie más que la suya. Y es el mayor secreto que he guardado jamás, aún mayor que el de Maggie.

Corto los precintos de plástico de las cajas de los muebles de la terraza y luego desmonto las cajas de cartón en pedazos que quepan en el contenedor de reciclaje. El conjunto no necesita montaje, así que, después de disponerlo sobre la tarima, pruebo las sillas una por una con distintas vistas del jardín. Luego me sirvo una copa de vino blanco de aguja y disfruto en soledad de la tarde de sábado de finales de primavera.

En la casa vecina, oigo a Elsie cantar desafinando lo que suena en la radio de la cocina. Parece Michael Bublé o algún otro de esos cantantes melódicos mediocres que hacen que a las mujeres de cierta edad les flojeen las rodillas artríticas. Río como una boba cuando la oigo abrir la puerta de servicio, porque sé lo que viene a continuación. Por entre los huecos de los tablones de la valla la veo bajar con dificultad el escalón de la puerta para llegar al jardín. Lleva al cuello uno de esos colgantes de plástico rojo que, cuando pulsas el botón, avisan a una centralita de que necesitas ayuda. Mamá solía ser uno de sus contactos de emergencia, pero cuando se «mudó a Devon» le pedí a Elsie que quitara su número de la lista. No me apetece tomarme molestias con una mujer que ni siquiera me cae especialmente bien.

Me quedo muy quieta con la esperanza de que no se asome por encima de la valla, pero lo hace, claro.

—Ah, hola —empieza al verme con los pies encima de la mesa—. Hace mucho que no nos vemos.

Me escudriña con recelo, como de costumbre. Nunca se ha llegado a creer del todo mi historia sobre la enfermedad de mamá.

—¿Cómo está, Elsie? —le pregunto educadamente.

—No estoy mal, a pesar de mis dolencias, pero Barbara viene a ayudarme todas las mañanas y todas las noches. Suerte que tengo una hija tan buena. Otras madres no son tan afortunadas. —El desprecio que le inspiro es evidente—. Derrochando, ¿eh? —dice, señalando los muebles.

La ignoro.

—Dele recuerdos a Barbara de mi parte —le digo y miro a otro lado para indicar que la conversación ha terminado, pero Elsie no pilla la indirecta o, si la pilla, prefiere obviarla.

—¿Cómo está tu madre? —continúa.

—Ahora mismo no muy bien.

—¿Vas mucho a verla? Te veo por aquí casi todos los fines de semana…

«No se te escapa nada, ¿no? Aparte de que tu mejor amiga está encerrada en el ático.»

—Bajo a verla en tren una vez al mes —contesto—, pero es muy caro.

—No se puede poner precio a la familia.

—Se puede cuando el billete de tren cuesta casi el sueldo de una semana. Además, mamá no se acuerda de quién soy.

—A lo mejor se acordaría si fueras a verla más a menudo o no la hubieras mandado tan lejos.

—Como ya le he explicado muchas veces, Elsie, fue mamá la que quiso irse con su hermana. Quería volver a Devon, donde se crio. Además, desde donde vive ahora tiene unas vistas preciosas de la costa. Es un sitio muy íntimo, no como esto.

Elsie saca unas rebanadas de pan de una bolsa de plástico y las esparce por el césped, para los pájaros.

—Sigo sin entender lo rápido que fue todo —dice, meneando la cabeza—. Siempre estuvo muy lúcida.

—Así funciona el cerebro. La cosa puede cambiar en cuestión de segundos.

—Si tú lo dices…

Por un instante, nuestras miradas frías parecen reflejarse la una en la otra. Siempre me ha mirado con desconfianza, incluso cuando era adolescente, y nunca he sabido por qué. Por fin se despide de mí con la mano, por pura cortesía, y emprende el lento camino de vuelta a la puerta de la cocina. Me prometo que, cuando llegue el invierno, le voy a tirar agua a ese escalón de entrada hasta que se congele. Entonces veremos de qué le sirve el botón de emergencia cuando esté tirada patas arriba con una cadera rota e hipotermia.

De nuevo sola, estudio el jardín. Como todos los de este barrio, es de proporciones mucho más generosas que sus equivalentes modernos, porque los solares no eran tan caros en los años treinta. Cubriendo los bordes con una membrana para el control de malas hierbas con corteza y viruta de madera por encima, he conseguido que me dé poco trabajo, de forma que en los meses de verano solo tengo que cortar el césped y recortar los bordes cada quince días.

Un sendero de baldosas de hormigón continúa desde la puerta de servicio por el jardín hasta perderse detrás de unos manzanos sil-vestres. Escondido detrás, está el cobertizo de papá. El tejado ahora tiene goteras y hay que sacudir con fuerza la puerta para poder abrirla. Dentro están sus herramientas entelarañadas y los restos de aspecto acartonado de un avispero de la primavera pasada. A la valla de algo más de dos metros del fondo del todo le ha crecido alrededor una hilera de coníferas tan altas que nadie que viva detrás o a nues-tro lado puede ver nuestro jardín y viceversa.

Cojo la copa de vino y me dirijo a esa zona apartada y me siento en la hierba junto al único lecho de flores del jardín. A menudo paso ratos ahí, recordando todo lo que he perdido y lo que está por venir, mientras pasan las horas. Me encanta la privacidad que ofrece este rincón y entiendo por qué lo ha elegido Maggie: es el único punto ciego, ideal para una tumba.

# Capítulo 19

## MAGGIE

«¿Te conozco?», pienso mientras miro fijamente desde la ventana al hombre plantado a la puerta de nuestra casa. Soy consciente de que, con el tiempo que llevo aquí sola, empiezo a confundir un poco los acontecimientos que transcurren en el exterior y, aunque se me dan bien las caras, no logro recordar por qué la de ese individuo me resulta familiar. Me devano lo sesos, pero no consigo ubicarlo.

A esta distancia, no parece muy mayor. Viste ropa moderna y está plantado con los brazos en jarras, explorando mi casa como lo haría un agente inmobiliario. Por una décima de segundo, me pregunto si Nina habrá puesto la casa en venta. Pero no lo ha hecho, claro que no. Menudo susto se llevaría el agente cuando empezara a tomar medidas del interior y descubriera que la casa viene con un fantasma que vive en el ático. Me pellizco el dorso de las manos solo para recordarme que, en realidad, no soy un demonio. Duele y eso es buena señal.

Parece que el tipo quiera acercarse, pero no se atreve a enfilar el sendero que conduce a la puerta de entrada. Eso me hace pensar en qué pasaría si un ladrón intentara entrar en casa. ¿Llegaría a la primera planta, vería que está cerrada con llave y daría por sentado que hay algo de valor en el ático? ¿Se dejaría vencer por la tentación y terminaría encontrándome? ¿Conseguiría convencerlo de que me liberara?

Es pura especulación, porque el individuo me da la espalda, sube al cochecito blanco en el que ha llegado, hace una maniobra de cambio de sentido y se va. Le veo el techo solar negro y recuerdo que estuvo aquí hace unos días. Algo pasa, lo presiento. Y reconozco que la idea de que se cuele alguien en casa a robar hasta me ilusiona.

Cuando me vuelvo a coger el táper con manzana troceada, la caja de recuerdos de Nina vuelve a llamarme la atención, pero no me repele. Hoy me siento fuerte, me siento preparada. Así que la pongo encima de la cama, la destapo y empiezo a sacar lo que contiene, cosa por cosa. Entre boletines del colegio y dibujos, hay una fotografía de Alistair y yo hecha al salir del registro civil. ¿Dónde la habrá encontrado? Creía haber tirado todas esas fotos. Me trae un recuerdo feliz e inesperado de aquel día y de que, a pesar de que solo acudió un puñado de invitados, nos bastó con eso. Fue un momento tan gozoso… Pero no quiero darle vueltas a ese recuerdo, ni a ningún otro recuerdo de los años que pasé con él. Lo ocurrido después ha contaminado todo.

Dentro de la caja encuentro también una tarjeta de cumpleaños para «mi niña». El apodo me hace estremecer. Hay una botellita de arena de colores que Nina hizo aquellas vacaciones que fue a Devon a ver a su tía Jennifer, fotos de carné del colegio de distintos cursos, un libro de ejercicios de Lengua y unas redacciones. Hay una figurita de madera que lleva un traje azul, recuerdo que era uno de los muñecos con los que nos representaba, a su padre, a mí y a sí misma, cuando jugaba con la casa de muñecas. Los tres muñecos solían ser inseparables. También hay un clavel rojo disecado de cuando fue dama de honor en la boda de Jennifer y un estuche de lápices de *Las gemelas de Sweet Valley* con fotos del reparto en el lateral.

Caigo en la cuenta de que todo lo que hay en esta caja está relacionado con cosas que pasaron antes de que cumpliera los trece. Es muy posible que la cerrara entonces. ¿Será ese su propósito: recordarme lo que le arrebataron la última noche que vio a su padre, la noche en que yo la decepcioné? ¿Será que, después de tanto tiempo, está empezando a recordar lo ocurrido? ¿Están representados los sucesos de esa noche, y lo que perdió, en esta caja? A lo mejor está atando cabos y me pide ayuda para que la empuje hacia la recta final…

O quizá estoy viendo más de lo que hay. Sí. Probablemente…, no, casi seguro que esta caja de recuerdos no es más que otra forma suya de hacerme sentir cada vez más culpable.

—Pues no va a funcionar, Nina —digo, desafiante—. Nada de lo que hagas me va a hacer sentir peor de lo que ya me siento.

Vuelvo a meterlo todo menos la foto de mi boda y el folleto del concierto de The Hunters con la foto de él. No quiero en este cuarto fotos de ninguno de los dos hombres que me recuerden lo que me arrebataron. Las rompo en dos y después en pedacitos diminutos hasta convertirlas en un montoncito de confeti tirado en el suelo.

# Capítulo 20

No sé nada de música moderna ni lo que escuchan los críos ahora, pero sé que el hombre con el que está saliendo Nina está en un grupo de aquí. Me vuelvo loca pensando en dónde puedo averiguar más sobre ese grupo para tener un punto de partida. Tomo un par de atajos cuando limpio el consultorio y termino pronto; después, cojo un bus al centro. Desde allí, Spinadisc, una tienda de discos de la que habla Nina, está a escasa distancia a pie, cuesta abajo.

Hay una decena de adolescentes en la tienda, con el uniforme del colegio aún puesto, ojeando los expositores de los cedés o probándose camisetas con nombres de grupos que yo no conozco estampados en la pechera. Por los altavoces de las paredes atruena una música *rock* que me sacude los huesos. No entiendo cómo los empleados pueden centrarse en su trabajo rodeados de ese ruido un día sí y otro también.

¿Cuándo me he quedado tan desfasada? A los cuarenta y cuatro, soy prehistórica comparada con el resto de las personas de la tienda. Por el aspecto, distingo a Oasis de Blur cuando los veo en Top of the Pops y, por supuesto, recuerdo a los que empezaron en los ochenta, como Madonna, George Michael y Prince, pero todas esas caras nuevas apiladas en los expositores me son completamente ajenas.

Repaso los sencillos hasta que encuentro uno de The Hunters y reconozco al amigo de Nina en el centro de la foto de cubierta. Miro alrededor y las paredes están forradas de pósteres de vivos colores. Algunos anuncian el lanzamiento de discos nuevos, otros son pósteres a la venta. Hay una sección dedicada a la escena musical de Northampton. Exploro las paredes con la vista y encuentro una imagen mucho más grande del grupo de Hunter. Debajo hay una lista de fechas de los conciertos que van a dar este mes por todo el país. Enseguida me llama la atención una: es de un concierto que hay esta noche, a solo diez minutos de donde estoy ahora. Miro el reloj. Son las cinco de la tarde. Me pregunto si Jon Hunter ya estará allí con su grupo, preparando el equipo. No esperaba esta oportunidad. Vacilo mientras lo medito. Que yo vea, no me queda otra que plantarle cara. Necesito que deje en paz a Nina.

Mi corazonada es cierta. Cuando llego, las puertas del Roadmender están cerradas, pero, a la vuelta de la esquina, en uno de los laterales, hay una salida de incendios con las puertas abiertas y sujetas por unos extintores rojos. Dos jóvenes repulsivos están descargando amplificadores y estuches de guitarras de una furgoneta y metiéndolas en el edificio. Merodeo por la acera, en parte porque quiero ver a Hunter en terreno neutral y en parte porque aún no sé bien que decirle. Pasan cinco, diez, quince minutos hasta que por fin sale y se dirige al rincón de un aparcamiento pequeño, se pone de espaldas a la calle y se enciende un cigarrillo con una cerilla. Inspiro hondo antes de abordarlo.

—Jon Hunter —empiezo, y las palabras casi se me atragantan.

Se vuelve a mirarme. El blanco que rodea sus iris grises está sonrosado y enmarcado por anillos oscuros. Su piel es tan clara que parece que lleve años sin ver la luz del sol. Tiene las mejillas hundidas y está delgado como un palo, pero, a pesar de esos defectos, es asombrosamente guapo para ser hombre. Le da otra calada al cigarro y, por el olor, me queda claro que no es solo de tabaco lo que fuma.

Sin abrir la boca, enarca las cejas como preguntando «¿Y usted quién es?».

—¿Puedo hablar contigo un minuto, por favor?

—¿De qué?

—De mi hija.

—¿Que es…?

—Tu novia. —Su cara me dice que no tiene claro de quién le hablo, con lo que o Nina y él no van en serio o no es de los monógamos. Teniendo en cuenta a qué se dedica, me inclino por lo último—. Nina Simmonds —le aclaro.

Abandona de inmediato la chulería y se pone a la defensiva.

—No sé lo que le habrá contado, pero…

—Por favor, no me insultes negando vuestra relación —lo interrumpo, disfrutando de la sensación de tener la sartén por el mango—. Sé que estáis saliendo. Os he visto juntos con mis propios ojos, besuqueándoos en un *pub*.

—Besuqueándonos —repite, y se ríe, o de la palabra o de mí, no estoy segura—. No tiene de qué preocuparse, no vamos en serio.

—Eso espero, porque es una colegiala de quince años —digo—. Pero ¿ella lo sabe?

—¿El qué? ¿Que tiene quince años? Digo yo que sí. De todas formas, me dijo que tenía dieciocho, así que yo no tengo la culpa.

A mi recién recuperada seguridad se une una recién adquirida frustración.

—No me tomes por imbécil. ¿Sabe ella que probablemente no es más que una de una larga lista de tontorronas?

—Mire, no me está gustando nada esta conversación —dice—. ¿Qué quiere?

—Quiero que me prometas que no la vas a volver a ver.

Hunter suelta otra carcajada y se le escapa una bocanada de humo de la boca.

—¿Que quiere que «le prometa»? ¿No prefiere que hagamos un juramento de pulgares o un voto de *girl scout*?

—A lo mejor tú prefieres que vaya a la policía y te denuncie... —espeto.

Se le borra la sonrisa de la cara.

—Dudo que lo vaya a hacer.

—¿No? La comisaría de Campbell Square está a cinco minutos de aquí. Voy a ir ahora mismo.

Doy media vuelta y noto su mano en el hombro. Me obliga a mirarlo. Estoy a punto de protestar, pero él habla primero, con la cara más pegada a la mía de lo que me gustaría. Le huelo el tabaco en el aliento.

—Dudo que lo vaya a hacer —repite—. ¿En serio cree que a Nina le va a gustar que se entrometa?

—Acabará entendiéndolo.

—No se engañe. Lo único que va a conseguir es verla menos todavía. La odiará por acabar con lo nuestro y seguirá huyendo de usted para volver conmigo.

—Es mi hija, no un juguete con el que entretenerte.

—Es las dos cosas. Ya me ha contado lo mucho que le fastidia estar con usted y que es la culpable de que su padre se marchara. Basta que yo chasque los dedos para que se venga a vivir conmigo y usted se quede sin nadie.

—La policía no permitirá que eso ocurra.

—Si me investigan, también les dirán a los servicios sociales el peligro en que la ha puesto usted dejándola quedarse a dormir en mi casa.

—¡Yo no sabía que estaba contigo! Me dijo que iba a casa de una amiga.

—Da igual. Mire, su hija es muy complaciente, le gusta hacer feliz a la gente. A usted no, claro. Pero le aterra pensar que yo vaya a desaparecer como hizo su padre. Y eso significa que ella hará lo que yo le diga con tal de no perderme. Y si para eso tiene que mentir sobre usted, lo hará también. Si usted me jode, yo la voy a joder también. —Me suelta el hombro, le da una calada larga al cigarro y lo lanza al aire con dos dedos. Aterriza detrás de una mata de dientes de león—. Doy por sentado que hemos llegado a un acuerdo —dice, y no me queda otra que asentir—. Por cierto —añade—, lástima que no tenga usted más hijas. Uno o dos años más joven habría sido perfecta.

Luego me guiña el ojo y vuelve dentro con parsimonia.

# Capítulo 21

## Maggie

Estoy sola cuando la veo. Está en un rincón del comedor, encajada entre la moqueta y el zócalo. Nina no usa horquillas, así que debe de ser una de las mías y llevará años ahí. A lo mejor se ha soltado sin que ella lo haya advertido al pasar la aspiradora y por eso la estoy viendo ahora.

Su ubicación es demasiado sutil para ser otra de sus pruebas. No es como cuando se dejó el móvil en la mesa del comedor, tapado en parte por su bolso, mientras bajaba a la cocina. Llamé como una histérica a emergencias y luego descubrí que le había sacado la tarjetita que permite hacer llamadas.

Llego a la conclusión de que me he tropezado con esto de casualidad. Nina está haciendo la cena, así que no oye el traqueteo de mi cadena cuando me acerco a cogerla y me la guardo, como una urraca que se lleva un objeto brillante al nido. La sostengo a la luz; es de metal y podría ser justo lo que necesito para quitarme el candado del grillete.

El hallazgo me tiene hecha un manojo de nervios. Me guardo la horquilla en la copa izquierda del sujetador. Nina me quitó los aros de todos los sujetadores cuando al hacerme la colada descubrió que faltaba uno, prueba de un intento fallido previo de abrir el candado. Aun así, ese metal no era tan recio como el de esta horquilla.

Inspiro hondo unas cuantas veces para calmarme y echo un vistazo a la habitación, que es mi equivalente al patio de una cárcel. Si Nina se sale con la suya, estaré encerrada en esta casa el resto de mi vida. Pero mi fortaleza de ánimo me impide perder la esperanza: de escapar, de que alguien me encuentre, de que Nina se dé cuenta de que lo que me está haciendo está fatal. Sin esperanza, no tengo nada. Y aún no la he perdido. No me he rendido.

Llevo confinada en casa dos años ya, o al menos eso me dice Nina. Los días, las semanas y los meses se me desdibujan, así que no estoy segura. Para celebrar mi primer aniversario, me encargó un bizcocho de dos pisos y pagó al repostero para que añadiera un glaseado decorativo con barrotes carcelarios y una vela encendida. El segundo año, cuando clavé el cuchillo de plástico para cortar un pedazo, me encontré una lima dentro. Bueno, una de esas de cartón que a mí no me sirve para nada. No sé qué tendrá pensado para el tercer aniversario, si es que llego. A lo mejor esta horquilla es lo único que necesito para asegurarme de que no voy a estar aquí tanto tiempo.

Cuando pienso en mis otros intentos de escapar, los recuerdo temerarios y desesperados. La primera vez fue poco después de que esto empezara. Llevada por la frustración, estampé un taburete contra la persiana, que no sufrió ni un arañazo. El taburete, en cambio, se hizo pedazos y se le cayeron dos patas. Con todo el dolor de mi corazón, resolví atacar a Nina con una de ellas cuando vino esa noche a cambiarme la cadena y dejarme salir a cenar, pero, mientras cogía impulso, vio mi sombra y se agachó, de forma que le di en el hombro en vez de hacerlo en la cabeza. Forcejeamos y me arrebató la pata, que usó para amoratarme las costillas. La rabia de su mirada me dejó helada porque sé bien adónde puede llevar. Y eso es muchísimo peor. Sin embargo, en vez de desanimarme, me decidí aún más a huir de ella.

Con la súbita decisión de estampar el plato de la cena contra la ventana del comedor, conseguí que me atizara en la cabeza con una botella de vino y me dejara inconsciente. Al despertar, me encontré la cadena no solo sujeta al tobillo, sino enroscada en el cuerpo, ciñéndome como si fuera una momia egipcia. Me tuvo dos días así, tirada en mis propios excrementos, hasta que por fin decidió liberarme.

He usado todo lo que he tenido a mano para salir de aquí, hasta he aplastado pilas con la tapa de la cisterna pensando que el ácido quizá disolviera alguno de los eslabones de mi cadena. Huelga decir que no conseguí más que me salieran ampollas en la piel. Lo único que no he probado es provocar un incendio con el que poder escapar, pero solo porque no he tenido acceso a nada inflamable.

También he inundado el baño y atascado el váter para obligarla a llamar a alguien que lo arreglara. Cuando vino el fontanero, ni se enteró de que estaba a solo unos metros de la madre atada, encadenada y drogada de su clienta.

Y nuestro pulso continúa: yo al acecho de nuevas ocasiones de escapar y ella desbaratándome los planes e impartiéndome castigos acordes con mi delito. A lo mejor con la horquilla consigo desequilibrar un poco la balanza.

Nina aparece por fin con dos platos de otro guiso mediocre. La cena transcurre acompañada de una conversación intrascendente y cortés sobre nada en particular. Para alivio mío, no vuelve a mencionar a Hunter ni su muerte.

A pesar de lo forzado de la situación, en el fondo espero con ilusión estos momentos porque son mi única vía de interacción humana. A mis sesenta y ocho años, lo que más miedo me da es perder mis facultades y a veces tengo la sensación de que ya estoy perdiendo algunos detalles del pasado. Se ha demostrado que la soledad exacerba el progreso de la demencia y el alzhéimer, con lo que mantener el cerebro activo con conversación y libros solo puede beneficiarme. Me fastidiaría terminar siendo prisionera no solo de la crueldad de Nina, sino también de mi propia mente.

Esta noche, en cambio, es una excepción porque estoy deseando que termine nuestro encuentro. Rechazo el postre con la excusa de que me duele la cabeza y le pregunto si puedo volver a mi cuarto. Con inusitada compasión, desaparece un momento y vuelve con dos pastillas para el dolor de cabeza. Aún están en el blíster, así que sé que no son laxantes. Me ayuda a subir, me cambia la cadena del tobillo por la pequeña y me da las buenas noches. Dispongo de dos días para liberarme con esta horquilla.

Me pongo manos a la obra enseguida, desdoblándola y convirtiéndola en un hierro recto pero curvando ligeramente un extremo en forma de gancho. Llevo las gafas con una sola patilla y oriento la luz led de la lamparita de noche hacia la horquilla para ver bien lo que hago. Salvo por lo que he visto en las películas, tampoco es que tenga la menor idea de cómo hacer saltar una cerradura. Empiezo meneando el hierro sin más y el resultado es, lógicamente, cero. Habría recelado si hubiese funcionado a la primera.

Pruebo a mover la horquilla en direcciones opuestas: en el sentido de las agujas del reloj y al revés, arriba y abajo, adelante y atrás, por ver si topo con algo en el interior del candado que lo abra. No sé cuánto rato paso intentándolo, pero, cuando levanto la vista, ya es de noche. Estoy a punto de dejarlo por hoy cuando algo en el interior del tambor hace clic. Inspiro hondo. «¡Ya está!»

Me quedo pasmada cuando tiro del candado y no se abre. Meneo la horquilla un poco más y la noto suelta. ¿Por qué no se ha abierto? La saco y la examino de cerca. El extremo en forma de gancho se ha partido y se ha quedado dentro del candado.

—¡Ay, no! —mascullo y junto los dedos delante de la cara como si rezara.

Vuelvo bocabajo el candado y lo sacudo con la esperanza de que caiga la pieza rota. Ni se inmuta. Lo estampo contra la cama y después contra el suelo de madera, pero sigue sin aparecer. «Tranquila», me digo. «Tengo dos días para sacarlo y entonces lo intentaré de nuevo con el otro extremo de la horquilla».

Dios quiera que funcione, porque no sé si me quedan fuerzas para enfrentarme a mi hija otra vez.

# Capítulo 22

Noto que algo va mal en cuanto abro la puerta del cuarto de Maggie para invitarla a que baje a cenar. Su mirada es como la de un conejillo asustado, deslumbrado por mis faros. Me pongo en alerta máxima de inmediato. Ha hecho algo que no debería haber hecho. No puedo perder el tiempo con tonterías, que esta noche tengo planes, pero ahora hay que volver a jugar al ratón y al gato hasta que averigüe qué trama.

—Hola —empiezo en un tono deliberadamente amistoso. Exploro la habitación en busca de indicios de algo raro. Salvo por el incidente del sacacorchos, hace tiempo que no intenta escapar de mí. No sabría decir si eso significa que por fin la he doblegado, pero eso habría sido en sí una espada de doble filo porque, aunque significara que he ganado, necesito que anhele el mundo que ve por la ventana. En cuanto deje de ansiar lo que no puede tener, ya no la estaré castigando. No voy a echar de menos que me clave un tenedor o me tire un plato a la cabeza, pero al menos esos desafíos demuestran que aún le quedan ganas de pelear y, mientras haya pelea, sé que está sufriendo. Quiero que sufra para que entienda lo que ha hecho—. ¿Va todo bien? —continúo.

—Sí, gracias —contesta, demasiado rápido para mi gusto.

Opto por desconcertarla con mi amabilidad.

—¿Aún te duele la cabeza? Si quieres, te puedo traer más aspirinas.

—No, estoy bien.

—A lo mejor necesitas un poco de aire fresco. Quizá podríamos salir al jardín trasero unos minutos…

—De momento, estoy bien. Solo necesito tumbarme un rato… sola.

Ahora tengo la certeza de que algo no va bien, porque en otras ocasiones me ha suplicado que la dejara salir, aunque solo fuera cinco minutos.

—Vale —respondo y me acerco a ella con cautela, explorando de nuevo la habitación. Hasta levanto la vista al techo para asegurarme de que no me va a caer un yunque en la cabeza como en los dibujos animados.

Se levanta, se vuelve de espaldas y yo meto la llave en el candado y me dispongo a cambiarle la cadena corta por la larga. Le tiembla un poco la pierna, pero no sé si es porque tiene miedo o porque lleva sentada demasiado tiempo. De todas formas, la llave no entra. Frunzo el ceño y vuelvo a intentarlo, pero sigue sin entrar entera. Miro a Maggie desde abajo y por fin lo entiendo. No es la primera vez que intenta hacer saltar la cerradura: ya lo ha probado dos veces, una con el aro de un sujetador y otra partiendo en dos unas pinzas de depilar. «Aún tiene ganas de guerra, esta perra vieja», me digo, procurando disimular el respeto que me inspira.

—¿Qué has usado? —pregunto.

—Una horquilla —contesta sin dudarlo.

—¿Dónde la has encontrado?

—En el suelo del comedor, entre el zócalo y la moqueta.

—¿Y el resto de la horquilla? —Levanta la sábana bajera y me la da—. Vale —digo con calma—. Vas a tener que darme unos minutos para que vaya a por la caja de herramientas de papá.

La dejo sola con su angustia y al poco vuelvo con un juego de cortacadenas, dando por supuesto que es consciente de que habrá consecuencias. Me quedo a la puerta unos minutos más, disfrutando de la tensión que genero.

A la tercera, consigo cortar el candado, que cae al suelo con un estrépito metálico. Y entonces ocurre. Entonces es cuando me distraigo.

De repente, Maggie levanta el pie y me da una patada en la cara, de forma que el grillete metálico que lleva al tobillo me acierta de lleno en el pómulo. Suelto un alarido de dolor. La fuerza del golpe y la sorpresa me tumban. Cuando caigo en la cuenta de lo que ha hecho, Maggie ya ha salido corriendo.

Está asombrosamente ágil para su edad y, antes de que me dé tiempo a levantarme, ha cruzado la habitación y está bajando la escalera. Yo me quedo arriba, viéndola girar el pomo de la puerta que separa la primera planta de la segunda y que he cerrado con llave. Vuelve a intentar abrir, más histérica esta vez, pero yo me quedo donde estoy, observándola y masajeándome la mejilla dolorida. ¡Dios, qué dolor! Me noto sangre en la boca y me paso la lengua por los dientes. Creo que me ha roto uno.

De repente, Maggie empieza a pedir socorro a voces y a gritar con una fuerza que no le he oído ni visto en mi vida. Arranca las hueveras pegadas a la puerta y las paredes y las tira a su espalda. Se está quedando ronca y llora a la vez que grita.

Maggie no ha planificado mucho su huida. Le ha entrado el pánico y creo que la patada que me ha dado ha sido un acto espontáneo que le ha salido rana. Y ahora sabe que lo va a pagar muy caro. Retraso lo que está a punto de ocurrir bajando muy despacio las escaleras, una a una.

Se vuelve y pega la espalda a la puerta, tapándose la cara con el brazo y la mano izquierdos y agitando el derecho como para defenderse de mí. No me cuesta mucho agarrárselo y retenerlo, retorcérselo a la espalda y obligarla a subir las escaleras. Me sorprende lo fina que resulta su piel al tacto.

La fuerzo a entrar en el baño y, agarrándola del cuello, la empujo a la bañera. No sé cómo, en el forcejeo, cae de espaldas y echa las manos al aire intentando agarrarse a algo para no aterrizar de mala manera, pero es demasiado tarde y las dos oímos el crujido de hueso contra los grifos metálicos. Se ha dado un golpe en la cabeza, un golpe fuerte. Por un instante, esperamos juntas a ver qué pasa. Resulta que nada. Se lleva la mano a la nuca y después se la mira. No hay sangre. Ha sonado peor de lo que era.

Agitando los brazos, consigue agarrarse al borde de la bañera para incorporarse. Yo no puedo pensar más que en lo mucho que me duele la mejilla y el diente que supongo roto por su culpa, pero, por segunda vez esta noche, no soy lo bastante rápida como para anticiparme a sus movimientos y me tira a la cabeza un frasco de gel de ducha de naranja y me acierta en la cara, casi en el mismo sitio donde me ha dado antes con el grillete. Esta vez un dolor horrendo me recorre la cara cuando el diente partido se rompe del todo y me traquetea por la boca. Me lo escupo en la mano.

Me muevo ya sin pensar. La rabia y la adrenalina me propulsan hacia delante cuando agarro a Maggie, la empujo hacia atrás y vuelve a clavarse los grifos en la cabeza.

—¿Crees que eso me va a detener? —me oigo gritar.

Escupo mientras grito, disparando las palabras como balas por la boca, y empiezo a darle bofetones en la cabeza y la cara. Ya no puedo disimular mi rabia y pierdo el control. Quiero hacerle daño de formas que no se me habían ocurrido antes. Maggie vuelve a protegerse la cara con los brazos cuando cojo una botella de lejía que hay junto al váter y le quito el tapón de seguridad.

—¡Me estás obligando a hacer esto! —bramo—. Me has hecho pensar que nadie iba a quererme, que merecía todo lo que me pasaba, ¡pero te equivocas!

—Por favor, Nina, no —me suplica y resulta patética, intentando salir de la bañera y haciendo sonar el grillete en el fondo de plástico con su inútil esfuerzo.

—¿Por qué sigues intentándolo? —continúo, dirigiéndole la boca del bote de lejía a la coronilla, dispuesta a echarle un chorro encima. Un ligero movimiento más y le correrá por la cara y el cuello—. ¿Por qué te empeñas en abandonarme?

—Lo siento —lloriquea—. Lo siento. No lo volveré a hacer. Te prometo que me voy a quedar. Voy a ser buena.

De repente, solo veo los colores del mundo en dos tonos, rojo y negro, y temo estar a punto de desmayarme. Me obsesiono con Maggie, de pronto cubierta de sangre. Hay tantísima que parece que esté empapada en ella. Debe de venir del golpe que se ha dado en la cabeza, pero ¿cómo se ha extendido tan rápido? Me entra el pánico cuando echo un vistazo a la habitación y veo que rezuma más sangre del suelo y hay salpicaduras y rastros de ella por las paredes. Las toallas y la alfombrilla también están empapados de rojo. Miro incrédula a Maggie y, por primera vez, observo que lleva un cuchillo en la mano. Retrocedo enseguida hasta que choco con la pared. ¿De dónde demonios lo ha sacado? Mientras me esfuerzo por entender lo que veo, noto que empiezo a convulsionar como si me estuviera dando un ataque epiléptico.

Parpadeo tan fuerte que los ojos se me quieren esconder en las cuencas y, cuando vuelvo a abrirlos, la sangre ha desaparecido. No hay rastro de ella por ninguna parte, ni del cuchillo que llevaba Maggie en la mano. Solo está ella, suplicándome que no la rocíe de lejía. Suelto el bote, cae al suelo y el líquido moja la alfombrilla.

Nos miramos furiosas, con la respiración rápida y entrecortada, y el corazón tan acelerado que casi nos lo oímos. Me doy cuenta de que además estoy llorando y no sé por qué. Por un instante, vuelvo a ver a Maggie como mi madre, la mujer que me dijo que me quería todos los días de mi vida hasta que la encerré en su dormitorio. Y siento momentáneamente que la he echado de menos.

Me acerco a ella, pero esta vez no se encoge de miedo. Ve que he salido del hechizo bajo el que me encontraba y me ofrece nerviosa la mano. La ayudo a levantar la pierna por encima del borde de la bañera y a volver a ponerse de pie.

Me enlaza el brazo mientras nos dirigimos despacio al dormitorio.

—La cena estará lista en media hora —digo en voz baja, y me agacho a engancharle la cadena larga al grillete—. Voy a por más calmantes.

# Capítulo 23

## MAGGIE

Estoy temblando, no de frío, sino de la conmoción. Estoy sudando y mareada, y no sé si es por el golpe que me he dado en la cabeza o por haberme visto expuesta a la peor manifestación de rabia de una Nina que me aterra. Tampoco sé si quiero llorar, vomitar o gritar… o las tres cosas. Pero no puedo hacerlo delante de ella. En su lugar, aprieto los puños y me clavo las uñas en las palmas de las manos hasta que creo que me voy a hacer sangre. «Tengo que aguantar, capear el temporal.»

No protesto cuando me engancha la cadena larga al grillete con un candado nuevo ni me giro para verla salir de mi cuarto. No quiero mirarla a los ojos porque no sé a quién me voy a encontrar. Ya temo el momento en que me llame para que baje a cenar. ¿Cómo me voy a sentar enfrente de ella y entablar conversación después de lo que acaba de pasar?

Vuelvo a masajearme la zona de la nuca donde me he dado dos veces con los grifos. Me está saliendo un chichón del tamaño de un huevo. De pronto, siento una fatiga inmensa y solo tengo ganas de tumbarme en la cama y cerrar los ojos, pero sé que hay peligro de conmoción cerebral, así que me obligo a mantenerme despierta.

He visto a mi hija consumida por su lado oscuro en otras dos ocasiones y rezaba para no tener que volver a ser testigo de esos arrebatos. La primera vez me sorprendió tanto como a Alistair. Fue tan rápido que ninguno de los dos lo vio venir. Y la verdad es que no se lo reprocho. Por esa razón decidí no permitir que lo que ella había hecho le destrozara la vida entera. Cuando la ira hizo acto de presencia por segunda vez, yo no estaba con ella y lo lamentaré mientras viva, pero me tocó hacerme cargo del estropicio. Una madre debe proteger a sus hijos de sí mismos.

Esta noche ese lado oscuro ha vuelto a manifestarse. Y he sido yo quien lo ha desatado. Y tampoco se lo reprocho esta vez porque la culpa es mía. Le he dado una patada en la cara sin pensar. Me ha entrado el pánico: o atacaba o huía, y he decidido hacer las dos cosas. Y es lo peor que podía haber hecho.

Cierro la puerta y me tumbo en la cama bocarriba, pero no aguanto mucho porque me duele la cabeza una barbaridad. Me vuelvo de lado y me hago un ovillo prieto e impenetrable. Procuro serenarme, inspirando hondo, tranquila, y abrazándome el cuerpo para no temblar. No funciona ninguna de las dos cosas. «Deja que pase la cena —me digo—. Después todo volverá a ser como antes.»

Ojalá lo creyera de verdad.

# Capítulo 24

## Nina

Dejo a Maggie en su cuarto y bajo las escaleras, procurando convencerme de que lo ocurrido esta noche es de lo más normal y que hemos vivido esta situación muchas otras veces. Pero hasta yo sé que mi reacción ha sido exagerada. He perdido la cabeza por un minuto. En realidad, he perdido el control por completo y no sé cómo ha sido. Era algo más que rabia o ira. Algo muchísimo más oscuro. Y me aterra. Me ha desenterrado algo de lo más hondo de mi ser que no quiero volver a experimentar jamás.

Cruzo la puerta del descansillo, la cierro con llave desde el otro lado y enfilo el segundo tramo de escaleras, agarrándome a la barandilla. Me noto débiles las manos, los brazos, la espalda…, el cuerpo entero. «¿Qué ha pasado ahí arriba?»

Entro en la cocina e intento reconstruir mentalmente lo ocurrido. Sé que tenía todo el derecho del mundo a ponerme furiosa con Maggie. Tanto si me ha atacado intencionadamente como si no, se ha pasado de la raya. Al parecer, después de más de dos años encerrada allí arriba, aún no le hecho comprender que debe pagarme el tiempo que me robó. No hay vuelta de hoja. Me debe otros diecinueve años.

Siempre he conseguido refrenar mis emociones, aun cuando Maggie me ha buscado las cosquillas. Ni una sola vez se me han cruzado los cables como esta noche. Se me pone la carne de gallina cuando recuerdo el momento en que he estado a punto de echarle la lejía por la cabeza, reprimiendo esa vocecilla interior que me pedía que apretara fuerte el bote y la achicharrara. Ha sido como si me hubiera poseído otro ser y me estuviera controlando.

Me inclino sobre la pila de la cocina, abro el grifo y me echo agua fría en la cara; luego me seco con un paño. Me enjuago la boca con agua y me estremezco con el dolor agudo del diente roto. Se supone que tengo que hacer la cena; en lugar de ello, estoy recordando de pronto lo que he creído ver en el baño. La sangre de la bañera, las toallas manchadas de rojo en el suelo... Parecía todo tan real...

No puedo dejar de ver la cara de horror de Maggie y tengo que resistir la tentación de ir a ver si está bien. De todas nuestras peleas y escaramuzas, esta es la primera que me ha producido una especie de remordimiento. También es la primera vez en años que pienso en ella como mi madre y no como Maggie. Me ha cambiado algo en la cabeza y no sé cómo devolverlo a su sitio.

En principio, esta noche iba a ver a la única persona que me centra, pero, aunque me duela cancelar, cojo el teléfono y me disculpo con un mensaje. Nos vemos cada quince días para ir a cenar, a tomar una copa o a pasar unos días fuera. Aunque él también lo ha pospuesto un par de veces últimamente, y eso me preocupa. Nunca he puesto peros a ninguno de nuestros encuentros, pero ahora no estoy en condiciones de ver a nadie. No puedo justificar el hematoma ni el bulto que me está saliendo en la mejilla. Es demasiado perspicaz para creerse que me he caído. Además, el diente roto me ha debido de dejar algún nervio al aire, porque el dolor me está matando. Cojo un trozo de algodón del baño de la primera planta, me lo meto en la boca a modo de mullido y lo muerdo para parar la hemorragia.

Me viene un olor a quemado de la planta de abajo y recuerdo que he dejado los chiles con carne demasiado rato en la sartén. Cuando llego a la cocina, está reseco por los bordes. Parte del arroz se ha quemado porque el agua se ha consumido. No me apetece preparar nada más ahora.

Vuelvo a estudiar mi reflejo en el cristal y me cuesta reconocerme. ¿Cómo me he convertido en esta mujer?

# Capítulo 25

## Maggie

Cuando oigo a Nina subir la escalera para llevarme a cenar, me acobardo. Corro a refugiarme en un rincón de mi cuarto, cogiendo la lamparita de la mesilla antes de tomar posiciones. Si viene a por el segundo asalto, me pienso defender, por mucho que esta cadena me limite los movimientos.

Al llegar a la puerta cerrada de mi dormitorio, oigo el traqueteo de una bandeja que deposita en el suelo. En cuanto la oigo bajar otra vez, suelto un suspiro. Me alegro de que se haya pensado mejor lo de cenar juntas: prefiero estar completamente sola a quedar de nuevo a merced de su ira.

Espero un momento hasta que la oigo cerrar con llave la puerta de abajo y entonces abro la mía y veo lo que me ha dejado: tres sándwiches de pavo caseros, un cuenco de patatas fritas, dos manzanas, un paquete de pastelitos Mr. Kipling y una botellita de vino tinto. Es la primera vez que me da alcohol. ¿Es su forma de disculparse? ¿Sabe que ha ido demasiado lejos e incluso puede que también ella esté asustada?

Aun así me mantengo en guardia y apenas pego ojo. Me da demasiado miedo tomarme una pastilla para dormir y convertirme en un blanco fácil si Nina decide volver a atacar. No sería la primera vez que discutimos, se marcha airada y luego, por la noche, me la encuentro plantada junto a mi cama, lanzándome improperios después de estar rumiando un rato la discusión.

En algún momento de la noche, debo de haberme quedado traspuesta, porque me despierto por la mañana, sobresaltada, desorientada y convencida de que está en mi cuarto conmigo. Abro los ojos y compruebo aliviada que no. Entonces espero un segundo, con la oreja pegada a la puerta del dormitorio, por si anda al acecho fuera, pero no oigo nada que indique que anda ahí. Estoy sola. Orino en el cubo y me acerco a la ventana justo a tiempo de ver a Nina alejándose de la casa. Veo al lechero e intento averiguar qué día es hoy; va puerta por puerta cobrando, así que será sábado.

Nina nunca trabaja los fines de semana. ¿Adónde irá? En el fondo me da igual, porque mientras no esté bajo este techo yo estoy a salvo. Aunque me deja intrigada. ¿Habrá quedado con alguien? ¿Tendrá un amigo? ¿Habrá encontrado novio? O a lo mejor no ha quedado con un hombre, sino con una mujer. Puede que sea lesbiana y no me lo quiera decir porque piensa que soy demasiado anticuada para aceptarlo. Pero a mí me daría igual, de verdad. Yo tenía varios álbumes de Dusty Springfield, así que siempre he sido de mentalidad bastante abierta.

Me gustaría que supiera cómo es que alguien te quiera en el sentido romántico de la palabra, al menos una vez en su vida. A pesar de todo, se lo merece. Todos nos lo merecemos. Antes pensaba que tener un bebé significaba que siempre habría alguien que me querría hasta el día en que muriera. Me equivocaba. Ser madre no es garantía de nada.

# Capítulo 26

Hace veintitrés años

—Buenos días —digo, sonriente, y veo que la tripa de embarazada ya le sobresale por debajo de la camiseta blanca.

—Hola —contesta y suelta un suspiro largo.

—¿Hoy te lo notas?

—Uy, sí —responde y asiente con la cabeza—. Me he pasado casi toda la noche en vela con ardores y un dolor de estómago que no me puedo ni mover.

—A mí me pasaba exactamente lo mismo cuando estaba embarazada de Nina —le digo con la esperanza de que entienda que es completamente normal sentirse fatal en las últimas semanas.

No lo está pasando muy bien y ha venido a menudo al consultorio durante el embarazo. Solo tiene dieciocho años y es demasiado joven para ser madre, creo yo. Es una chica guapa con carita de duende y me recuerda mucho a Nina. Lleva un pirsin de plata en la nariz al que se me van los ojos sin querer cada vez que la miro y la melenita castaña recogida en una coleta con un coletero. Por muy mal que le esté sentando el embarazo, aún no la he visto un solo día sin maquillar.

—¿Has venido a ver a Janet, la comadrona? —le pregunto.

—Sí, pero no tengo cita. ¿Me podría colar?

Miro la agenda y veo una cancelación. El consultorio acaba de empezar a informatizar alfabéticamente las historias clínicas de los pacientes y dudo que hayamos llegado aún a la suya.

—¿Cómo te apellidabas, Sally Ann?

—Mitchell.

Asiento con la cabeza.

—Janet está libre en media hora. Tienes que subir a la consulta ocho.

Sonríe agradecida.

Unos minutos después le llevo su historial a la consulta de Janet. Sally Ann está en la sala de espera, leyendo uno de los números de *NME* de Nina que he traído de casa.

—Son de mi hija —le digo—. No conozco a casi nadie.

—Mi novio está en un grupo y aquí hablan de su nuevo sencillo.

Con todas las veces que hemos hablado, nunca le he preguntado por el padre de la criatura. No lleva anillo de casada y él no la ha acompañado a ninguna de las citas, así que he dado por supuesto que se había largado.

—¿Es un grupo famoso?

—Está empezando a serlo —contesta, y se le nota el orgullo en la sonrisa.

—¿A ver…?

Me pasa la revista.

—Son estos, The Hunters —dice, señalándolos.

Se me acelera el corazón.

—¿Y de todos ellos quién es tu novio? —le pregunto, con la esperanza de que sea el melenudo del centro de la foto que hace bien poco me advirtió que no había nada que yo pudiera hacer para impedir que se liara con mi hija menor de edad.

—Es él, Jon.

Hago una pausa hasta que recupero la voz.

—Seguro que lo adoran todas las chicas —le digo.

—A mí me lo va a decir. No lo dejan en paz.

—No sé cómo lo llevaría yo en tu lugar. ¿Pasa mucho tiempo fuera de casa?

—Se va de gira un par de meses después de que tengamos el bebé. Pero me fío de él. Él ya sabe lo que hay.

—Seguro que sí. ¿Cuánto tiempo lleváis juntos?

—Desde que yo tenía catorce, pero no se lo cuente a nadie —dice con una risita—. A mis padres no les gusta y piensan que estoy cometiendo un inmenso error sentando cabeza tan joven, pero cuando lo tienes claro, lo tienes claro y punto, ¿no?

Asiento, pero no estoy de acuerdo. Hunter le está haciendo a mi hija exactamente lo mismo que le ha hecho a esta pobre chica. A saber cuántas víctimas más tendrá repartidas por todo el pueblo. Me dan ganas de decirle que se está riendo de ella y que el pervertido de su novio es un caradura, pero no quiero ser yo quien le parta el corazón en su estado, así que me marcho con una sonrisa y vuelvo a recepción.

La jornada se me hace eterna y, cuando dan las cinco de la tarde, agarro el abrigo y salgo por la puerta. De camino a casa, ensayo lo que le voy a decir a Nina. Sacaré el tema de Sally Ann mientras cenamos. Le preguntaré como si nada si sabe quiénes son The Hunters y luego le diré que he conocido en el consultorio a la novia embarazada del cantante. Su imaginación hará el resto.

Desde que descubrí su relación, no le he dicho nada al respecto. Ella ha continuado mintiéndome con lo de quedarse a dormir en casa de Saffron y yo le he seguido el juego. Hunter me tiene entre la espada y la pared. No puedo arriesgarme a perderla.

Meto la llave en la cerradura de la puerta, pero ya está abierta. Inspiro hondo y me digo que, si pongo cara de circunstancias, todo irá como la seda.

—¿Hola? —grito, y recorro la planta baja hasta llegar al pie de la escalera.

Entonces lo oigo: un gemido procedente del otro lado de la puerta cerrada del dormitorio de Nina. Me detengo en seco, aguzo el oído y le pido a Dios que no haya metido a Hunter en mi casa y en su cama. Sabe que vuelvo del trabajo más o menos a esta hora; ¿tan embobada la tiene que es capaz de jugársela? Subo las escaleras y vacilo al llegar a la puerta. Se oye otro gemido seguido de una respiración entrecortada. Me tapo la boca con la mano, furiosa por la tesitura en la que me está poniendo, pero no puedo irme sin más y hacer como que no pasa nada. No puedo dejar que Hunter se salga con la suya. Aporreo la puerta con la palma de la mano.

—Nina —digo en voz alta y rotunda—, vístete, que voy a entrar.

La forma en que dice «¡Mamá!» es lo que me alerta de que a lo mejor me he equivocado. Agarro el pomo, abro y me encuentro a Nina sola, pero me cuesta entender lo que veo: va en camiseta y pantalón de chándal y su tripón al aire me deja pasmada. Entonces es cuando me doy cuenta de que mi hija no solo está embarazada, sino de parto.

# Capítulo 27

## NINA

### HACE VEINTITRÉS AÑOS

Oigo el leve «Hola» de mamá en la planta baja y sé que ya no puedo mantener en secreto mi embarazo más tiempo. He hecho todo lo posible por ocultarlo, pero tengo muchísimo dolor y la necesito. Cuando abre la puerta, tarda un momento en procesar lo que está viendo.

—Lo siento, lo siento —empiezo, antes de ponerme a aullar otra vez.

—Estás... —dice, pero no termina la frase.

—Me parece que ya viene. Aún es demasiado pronto y no sé qué hacer.

Solo hay otras dos personas en el mundo que saben que estoy embarazada: la mujer del centro de planificación familiar que me lo confirmó y no me perdió de vista hasta que dejé de hiperventilar y Jon, que se enteró hace apenas unas semanas.

Yo estaba tirada en un colchón en la casa de un amigo suyo donde nos habíamos quedado a dormir después de una fiesta. Cuando desperté de madrugada, lo tenía frente a mí. Estaba desnudo, sentado y fumándose un cigarrillo. A veces pienso que no duerme nunca o que es como un vampiro que solo cobra vida por las noches. Vi que me miraba fijamente la tripa. Pensaba que me había tapado con una sábana, pero me había dejado un trozo al descubierto. Al darme cuenta, tiré de la sábana para taparme entera, pero ya daba igual. Jon tenía los ojos clavados en lo que yo llevaba semanas ocultándole y la luz de la mañana lo iluminaba perfectamente. El juego había terminado: Jon sabía que estaba embarazada.

Oí el chisporroteo del cigarrillo cuando lo apagó en la pared y vi caer al suelo la ceniza incandescente. Luego me noté su mano caliente en la tripa. Me miró a los ojos, pero no pude sostenerle la mirada.

«Ya está —pensé—. Aquí es donde termina lo nuestro.» Hasta hacía nada había tenido suerte porque casi no se notaba. Después, a medida que se iba agrandando, empecé a ponerme ropa más gruesa y amplia. No me quitaba ninguna prenda cuando lo hacíamos, y menos si llevaba el uniforme del colegio, que a Jon le ponía muchísimo.

No estaba preparada para tener aquella conversación con él porque sabía que aquello lo espantaría como mamá había espantado a papá después de haber hecho algo para disgustarlo tanto que se había visto obligado a abandonarnos. Los hombres son así, ¿no? Cuando pasa algo gordo que no saben gestionar, lo usan de excusa para dejarte y no los vuelves a ver. Como papá: no paraba de decirme que yo era «su niña», pero eso no bastó para que se quedara. A lo mejor por ello yo había empezado a acostarme con tíos casi inmediatamente después de que se largara: andaba buscando a alguien que me quisiera tanto como él, pero me lo planteé mal.

Y no sabía cómo iba a superarlo si Jon me dejaba también, porque él lo es todo para mí. No podía perder a nadie más. Así que cerré los ojos y me volví de lado.

—¿Estás… embarazada? —me preguntó Jon—. ¿Es mío? —Me volví bruscamente y le lancé una mirada asesina. Supo enseguida que había metido la pata—. No me lo puedo creer —dijo, meneando la cabeza—. ¡Es genial! Voy a ser papá.

Titubeé, convencida de que lo había oído mal.

—¿Cómo?

—Que voy a ser papá —repitió—. ¡Es increíble!

—¿En serio? —repliqué sin aliento—. ¿Lo dices de verdad?

—¿Por qué no iba a decirlo de verdad? —Me cogió la cara y me besó apasionadamente. Yo no quería que parara, pero, cuando lo hizo, se encendió un canuto y, cuando le dio unas caladas, alargué la mano para darle una yo también y él apartó la suya—. No puedes fumar esta mierda si llevas un bebé dentro —me advirtió—. Ni tabaco ni alcohol ni pastillas, todo eso se va a acabar. Podría producirle malformaciones al bebé.

«Producirle malformaciones —me dije—. Producirle malformaciones.»

La súbita constancia de la realidad me paralizó. Deseaba tanto ser feliz que, por un momento, había olvidado mi enfermedad, había olvidado que aquel nonato ya sufría malformaciones irreparables. Aunque la gestación llegara a término, el bebé no sobreviviría. Ya había estudiado mi trastorno en una revista médica de la biblioteca y también había visto la foto de un bebé con holoprosencefalia. Me puse malísima. Supe que no tendría un cerebro útil y que su carita no sería una cara normal, sino un pedazo de boca aquí y de nariz allá y un ojo en el centro de la cabeza, como los cíclopes. Y que moriría a los pocos minutos de nacer. Así que, por muchas bebidas energéticas, anfetaminas y coca que me metiera y por más canutos me fumara, no podía hacerle más daño a mi bebé que el que mi propio cuerpo ya le había hecho.

Pero no podía contarle nada de eso a Jon porque no quería perderlo. Me eché a llorar otra vez.

—Tranquila —me dijo, y me hizo la cucharita sin quitarme la mano del vientre—. Mi Lolita va a tener otra Lolita —añadió en voz baja.

Pasaron las semanas y mi cuerpo se expandió. Era como si el hecho de que Jon lo supiera le hubiese dado pie a inflarse como un castillo hinchable. Y en vez de obsesionarme con lo inevitable, me permití imaginar un final feliz para los tres.

Empecé a decirme que mamá y las pruebas que me habían hecho de niña estaban equivocadas y que yo no era portadora de aquellas alteraciones cromosómicas. Me convencí de que el aborto del año anterior no se había debido a mis entrañas dañadas, sino que había sido cosa de mala suerte y que, cuando aquel bebé naciera, estaría sano. Era más fácil refugiarse en la fantasía que en la verdad, y yo no paraba de recurrir a ella.

—¿Qué pasará cuando lo tenga? —le pregunté a Jon una tarde.

Habíamos quedado en una cafetería de camioneros situada a las afueras de la ciudad. Aun estando ya en el interior, llevaba las gafas de espejo y se había peinado el pelo hacia atrás con gomina. Tenía toda la pinta de estrella del *rock*. Una gotita de sangre le había calado la manga larga de la camiseta blanca y le había dejado una mancha.

—¿A qué te refieres? —respondió, arrastrando las palabras mientras removía el azúcar del café.

Yo estaba demasiado cansada como para haber ido a verlo tocar la noche anterior, pero di por supuesto que estaba resacoso.

—Me refiero a que dónde vamos a vivir los tres. ¿Podemos vivir contigo?

Bostezó y se despatarró en el asiento.

—Mi piso no es sitio para un crío, ya lo sabes.

—No lo sé porque no he estado nunca.

—Ni creo que quieras porque es un tugurio y es donde ensaya el grupo. No es lugar para un niño, por eso duermo siempre en casa de algún colega. ¿Por qué no te quedas con tu madre?

—Porque se va a poner como un basilisco cuando se entere de que estoy embarazada.

—Pues pide una vivienda de protección oficial. Están obligados a cuidar de las mamás adolescentes.

—Podríamos pillar una juntos —propuse esperanzada.

—Sabes que no puedo hacer eso.

—¿Por qué?

—Por tu edad. Tienes quince y te quedaste embarazada con catorce. Si eso se hace público, podrían detenerme y sería el fin de lo nuestro y del grupo. Y estamos a puntito de firmar con una discográfica grande —dijo, señalando ese «a puntito» con el índice y el pulgar para darle mayor énfasis a lo cerca que estaban del éxito—. No querrás estropeármelo, ¿verdad? Todo esto lo hago por nosotros. Solo tienes que esperar a que pase, después nos iremos a algún lado juntos. Te lo prometo.

Imaginé por un instante la casa que tendríamos, la vida que llevaríamos y lo felices que podríamos ser, hasta que me sacudió la realidad: por mucho que quisiera convencerme de otra cosa, los médicos no se habían equivocado. Yo no estaba destinada a tener la vida que tanto ansiaba.

Me eché a llorar y esperaba que Jon me preguntara por qué estaba tan triste de repente, pero no me dijo nada. Luego, cuando el sol me dejó ver los ojos que ocultaba tras las gafas, vi que los tenía cerrados. Se había quedado dormido.

Aunque querría que Jon estuviera aquí, me alegro de que sea mamá la que está conmigo ahora. En cuanto se recupere del susto, sabrá lo que hay que hacer. Siempre lo sabe. Y ella podrá decirle que lo que le ha pasado a nuestro bebé no es culpa mía. Ella se lo hará entender y él no me dejará.

# Capítulo 28

Hago un aspaviento.

—¿Estás…?

No termino la frase.

—Me parece que ya viene —llora Nina—. Aún es demasiado pronto y no sé qué hacer.

El dolor le hace contraer la cara y el cuerpo y agarrarse fuerte el vientre. De pronto caigo en la cuenta de la razón por la que le he estado escribiendo tantos justificantes para que se saltara la clase de gimnasia en las últimas semanas. Decía que era por dolores menstruales cuando, en realidad, era lo contrario: no quería que nadie la viera con el chándal de uniforme para las clases de educación física y le notaran la tripa. ¿En cuántas cosas más me ha mentido?

—Avisa a Jon, necesito a Jon —me suplica.

—No sé quién es Jon. —No debería fingir ignorancia teniendo a Nina, como la tengo ahora, en su momento más vulnerable, pero me sorprendo haciéndolo. Aunque esté conmocionada, sé que no quiero a ese miserable cerca de mi hija ni en esta casa—. Tú céntrate en respirar.

—Se llama Jon Hunter y es mi novio —dice, sollozando e hipando—. Tengo su dirección en el bolsillo del abrigo. Lo necesito, no puedo hacer esto sin él.

Me repugna oírla hablar de su relación.

—¿Tienes su teléfono?

—No.

—Entonces, no creo que me dé tiempo a ir a buscarlo. Además, no quiero dejarte aquí sola.

Ella no está tan convencida como yo.

—¿Pedimos una ambulancia? —dice, y se pliega sobre sí misma con una nueva oleada de contracciones que le sacuden el cuerpo entero.

—Esto lo podemos hacer tú y yo… juntas —le aseguro.

No es la respuesta que espera. Por fuera parezco serena, pero por dentro estoy histérica porque no sé qué hacer. Mi hija de quince años está embarazada por segunda vez, pero no puedo cortarlo de raíz con medicamentos obtenidos ilegalmente como la vez anterior. Este bebé está en camino.

Debo recomponerme, tomar las riendas de la situación y hacer lo mejor para mi hija, que no es precisamente pedir una ambulancia. No quiero llamar la atención innecesariamente sobre nuestra vida. Si intervienen los servicios sociales, Nina podría no salir bien parada del interrogatorio. Un estrés inoportuno puede tener consecuencias catastróficas y podrían privarme de la custodia. Tengo demasiadas cosas que ocultar.

Así que solo puedo hacer una cosa: traer al mundo a mi nieto yo misma. Ayudé en partos durante mi formación como matrona y, aunque fue bajo supervisión, dudo mucho que el procedimiento haya cambiado en los últimos dieciséis años. Pediré ayuda solamente si hay complicaciones y la salud de Nina corre peligro.

Me mira aterrada. Tengo que recuperarme de la conmoción y tranquilizarla.

—Te prometo que podemos salir de esta. ¿Te he mentido alguna vez?

Niega con la cabeza y yo doy gracias a Dios de que no sepa la verdad. Me acerco a la puerta y la oigo decirme muerta de miedo:

—¿Adónde vas? No me dejes, por favor —me suplica y me desborda la emoción de que me necesite tan desesperadamente.

—Vuelvo enseguida, tengo que ir a por unas cosas —digo.

Me quedo plantada al borde de la escalera, tapándome la boca para que no me oiga desmoronarme. ¿Qué clase de madre soy que permito que esto le pase por segunda vez sin haberme dado cuenta de su estado hasta que ya ha sido demasiado tarde? Todo esto es culpa de Alistair. Si pudiera, lo mataba con mis propias manos por habernos desbaratado así la vida.

Vuelvo a su cuarto lo más rápido posible, haciendo varios viajes cargada con toallas y sábanas limpias, cuencos de agua con antiséptico diluido en ella y tijeras esterilizadas. Luego me preparo y dispongo la habitación para lo que se avecina.

Mientras pasan las horas, le acaricio el pelo a Nina como lo hacía cuando era pequeña y estaba malita. Le aseguro que todo va a salir perfecto, a pesar de que sé que en cuanto el bebé asome la cabecita la vida de mi hija va a ser cualquier cosa menos perfecta.

—Me aterra lo que pueda pasar —dice.

—Todo va a ir bien. Estoy aquí.

—No, me refiero a cuando nazca el bebé. He estado leyendo cosas sobre mi enfermedad, sobre la holoprosencefalia. He visto fotos del aspecto que tendrá mi niña.

—¿Tu niña?

—Creo que es niña. Es lo que quiere Jon.

—No nos preocupemos ahora por el aspecto que tendrá —digo, aunque es lógico que Nina esté aterrada.

—No me veo capaz de verla… morir.

No sé qué decirle.

—Vale —digo, eso es lo único que se me ocurre—. Ya estaré yo con ella.

—Prométemelo.

—Te lo prometo.

Entre contracciones, Nina me habla a grandes rasgos de una vida en la que llevo muchísimo tiempo sin participar. Me cuenta cómo conoció a Hunter y que no estuvo segura de haberse quedado embarazada hasta que fue demasiado tarde para hacer nada al respecto. Me explica cómo ha conseguido mantenerlo en secreto, me dice que su novio está deseando ser padre, pero que le partirá el alma descubrir que el bebé tiene malformaciones. Manifiesta su arrepentimiento por la forma en que se ha comportado. Se lo perdono todo.

La tarde se convierte en noche y después en madrugada hasta que, por fin, sé que el bebé está a punto de llegar. Y, en cuanto el feto corona, ya tengo en brazos a mi nieta. Ahora que la parte difícil de Nina ha terminado, me ocupo yo.

—¿Es niña? —pregunta mientras le corto el cordón umbilical con las tijeras impregnadas de antiséptico Savlon y lo pellizco con la pinza de plástico que uso para cerrar las bolsas de congelación.

Después de tanto dolor, Nina está casi inmóvil, demasiado asustada para incorporarse y verle la cara a su hija.

—Sí —contesto.

—Y tiene…

—Tengo que salir de la habitación un momento, cariño —respondo, envolviendo al bebé en una mantita calentita que he tenido en el radiador y dirigiéndome a la puerta—. Lo siento.

—No hace ruidos —dice Nina en voz baja—. ¿Puedo verla?

—Es mejor que no —contesto y cierro la puerta al salir.

Bajo corriendo las escaleras. No quiero hacerle más daño a Nina, con todo lo que ha sufrido ya, pero no dejarla ver al bebé es lo mejor. Esta es la decisión más difícil que he tomado en mi vida y debo ajustarme a la misma, por el bien de Nina.

Dejo a mi nieta sola en el sótano y vuelvo con Nina para ayudarla a expulsar la placenta y meterla en un cuenco donde enjuagarla antes de tirarla. Compruebo si hay desgarro y, para su edad, ha tenido suerte. El desgarro es pequeño y no ha habido rotura de fibras musculares, se curará solo. Nina no llora; de hecho, no expresa ninguna emoción. Le doy dos pastillas y un vaso de agua y espero a que se las trague.

—Dylan —dice de pronto—. Dylan.

—¿Qué es eso?

—Mi bebé. Así es como la voy a llamar.

—No es un nombre muy habitual para chica.

—Es por el cantante, Bob Dylan. Es el favorito de Jon.

—Pues así se llamará, entonces.

Intenta mover las piernas para bajarse de la cama.

—Tengo que contarle a Jon lo que ha pasado —dice, pero yo le aconsejo que se quede donde está—. Es que estará preocupado por mí…

«Lo dudo.» Quiero mantenerlos separados todo el tiempo posible.

—Ya habrá tiempo de sobra para explicárselo todo —le digo yo y ella está demasiado débil para discutírmelo—. Vuelvo enseguida —susurro, y regreso al sótano para hacer lo que hay que hacer.

# Capítulo 29

No conozco esta zona de la ciudad, a pesar de que está a solo diez minutos en coche de donde yo vivo.

Con un plano detallado que llevo en la guantera llego a la dirección escrita en el papelito que he encontrado en el bolsillo del abrigo de Nina. Dentro encuentro también unos guantes de conducir de Alistair, de piel. Me los pongo. Aparco cerca de la calle pero no demasiado y espero. Al ser primera hora de la tarde, me he librado de casi todo el tráfico de la hora punta de la comida y aún falta para la del té. Sé que la hora es fundamental, pero, si me precipito y cometo un error, me arriesgo a que me vean. Dejo que pasen unos minutos y, cuando confirmo que no viene nadie ni a pie ni en bici, me armo de valor y bajo del coche. No echo el cierre para poder volver a subir rápido cuando termine.

La hilera de casas de cuatro plantas da al Racecourse, un parque histórico a tiro de piedra del centro de Northampton. Las viviendas de esta zona son de la época victoriana, pero muchas se han reconvertido en pisos. En el papelito pone 14a de Winston Parade, así que doy por sentado que los inquilinos viven en uno de esos edificios reconvertidos. Me sudan las manos según van descendiendo los números y llego por fin allí. Unos escalones de piedra conducen a la planta baja. Otro tramo de escaleras lleva al piso del sótano adonde me dirijo.

A la entrada del 14a, echo un último vistazo a mi alrededor para asegurarme de que nadie me ha visto y pulso el botón del portero automático. Aunque no hace ruido, espero por si los inquilinos lo oyen pero yo no. No contesta nadie.

Me asomo a la ventana, pero las persianas venecianas protegen el interior del exterior. Esta vez opto por llamar con los nudillos y, en cuanto mis dedos entran en contacto con la puerta, esta se abre suavemente. Lo he visto en películas de sobra para saber que el que una puerta se abra tan fácilmente no es buena señal, pero no me puedo ir. Quiero demasiado a Nina para hacerle eso, así que sigo adelante.

—Hola… —digo medio susurrando. Deseo con desesperación que alguien conteste, pero no hay respuesta. Me tiemblan los dedos y aprieto el puño para detener el temblor. Ahora me tiemblan las dos manos. Me las meto en los bolsillos del abrigo—. ¿Hola…? —repito, pero tampoco contesta nadie.

El interior está limpio y ordenado. Las paredes del pasillo que conduce a lo que supongo que es el salón, al fondo, están revestidas de papel tapiz de viruta de madera y pintadas de un color magnolia intenso. A la derecha la cocina estrecha y alargada está limpia y en la encimera hay una serie de frascos de espaguetis y otras pastas alineados junto a una panera. De la puerta del horno cuelga un paño con un estampado de un perro y hay unos cuantos platos en el escurreplatos.

Sigo avanzando con cautela y paso por un dormitorio. Dentro hay una cama de matrimonio que está hecha y cubierta con un edredón de vistosos colores. Me detengo a mirar atentamente. No sé qué me esperaba, pero desde luego era algo mucho peor cuidado que esto. Veo maquillaje y perfumes esparcidos por la superficie de una cómoda. Son de las marcas económicas de Yardley y Avon. Encima del cubrerradiador hay una foto enmarcada de Jon Hunter, con unas gafas de sol oscuras en lo alto de la cabeza, besando en la mejilla a su novia embarazada, Sally Ann Mitchell, que sonríe a la cámara.

Asomo la cabeza al interior del segundo dormitorio. En él solo hay una caja de cartón grande con una foto de una cunita de bebé en un lateral y cuatro láminas enmarcadas de personajes de Disney que aún no están colgadas de la pared. «Sally está preparando el nido», me digo y, por un instante, se me parte el corazón al pensar en todo lo que se está perdiendo Nina.

Cuando llego al salón, me doy cuenta de que estoy conteniendo la respiración. La suelto e inspiro hondo al verlo. Hunter está tirado en el sofá, en calzoncillos, completamente despatarrado, con la cabeza colgando hacia delante y la respiración profunda. O está inconsciente o dormido como un tronco, no lo tengo claro. Las cortinas están medio corridas, con lo que no lo veo bien, así que me acerco.

El televisor está en silencio pero encendido y la imagen parpadea y produce repentinos estallidos de luz por toda la estancia. Veo una cucharilla ennegrecida y vuelta bocabajo encima de la mesita de cristal, con un mechero al lado. Hunter lleva un tubo de goma enroscado al brazo fibroso y aún tiene una aguja clavada en la vena. Esa imagen de depravación choca con la normalidad de su hogar. El pecho le sube y le baja y decido que ha debido de perder el conocimiento durante el subidón. ¿Cómo demonios ha podido enamorarse mi hija de este desastre de hombre?

Me sobresalta un ruido a mi espalda. Vuelvo la cabeza y veo otra puerta. Está entornada y parece un baño. No soy una persona agresiva, pero estoy preparada para protegerme si fuera necesario. Pero el ruido no se acerca; es como el de un neumático desinflándose, solo que más esporádico. Me dirijo a él, abro la puerta con el pie y retrocedo enseguida por si sale alguien de repente.

Los goznes chirrían y la puerta se detiene bruscamente. Algo impide que se abra del todo. Me acerco muy despacio y entonces es cuando veo a Sally Ann Mitchell. Me mira, con sus grandes ojos azules abiertos al máximo. Está claro que la sorprende tanto verme como a mí verla a ella y por un momento ninguna de las dos se mueve, a la espera de que la otra reaccione primero.

No tengo mucha elección. Asiendo el cuchillo de cocina que llevo en el bolsillo, me acerco rápidamente a ella.

# Capítulo 30

Ya no puedo pensar en línea recta; mi cerebro avanza en zigzag y me tiene confundida. Es como un avispero agitado donde los pensamientos, furiosos y descontrolados, vuelan en todas las direcciones. Ahora mismo todo me parece un borrón, como si el mundo siguiera moviéndose a su velocidad normal pero yo fuera a cámara lenta, incapaz de acelerar y reincorporarme a él.

Cuando estoy despierta, mamá siempre está cerca y me habla, pero no proceso todo lo que me dice. Mi mente está tan débil como mi cuerpo y no tengo fuerzas para pedirle que me lo repita, así que asiento con la cabeza y vuelvo a sumirme en mi propio mundo de confusión. A veces despierto y creo oír ruidos y murmullos, pero nunca estoy segura.

No sé cuánto he dormido hoy ni cómo he llegado al baño, pero supongo que me ha ayudado mamá. Me encuentro sentada en la bañera, en un agua tibia y espumosa que huele a menta. Estoy de espaldas a ella, que me enjabona el pelo con champú y me hace recordar cuando papá me lavaba la cabeza de niña. Sintonizo un instante con lo que me dice y veo que está nombrando a personas a las que ha visto cuando ha ido a por mis medicinas a la farmacia.

Me ha preguntado si me acuerdo de que el doctor King ha venido a visitarme. La verdad es que no. Al ver que me estresaba no recordarlo, me ha dicho que no me preocupara y me lo ha refrescado ella. No le ha dicho al doctor King que había perdido el bebé, sino que me estaba costando digerir el abandono de papá. El doctor me ha diagnosticado una «depresión profunda» y le ha dicho a mamá que era como si mi cerebro intentara superar la pérdida y se protegiera bloqueándose por un tiempo, como cuando un aparato eléctrico se sobrecalienta y hay que dejarlo apagado un rato.

Si no me tomo las pastillas que me ha recetado para la depresión y la ansiedad, me dan ganas de hacerme un ovillo y dejarme morir, pero, cuando me las tomo, me generan un aturdimiento tal que no soy capaz de distinguir lo real de lo imaginario. Cuando se lo he explicado a mamá, me ha reconocido que el doctor King había intentado convencerla de que me ingresara en un centro especial donde me recuperaría más rápido. Sé a cuál se refiere: a St Crispin, al otro lado de la ciudad. Todo el mundo sabe que ahí es adonde mandan a los grillados. Nos lo contaron en el colegio. Cuando lo abrieron, hace un montón de años, era un psiquiátrico infantil y, aunque ya no lo usan para eso, si me mandan ahí, jamás me libraré del estigma. Le he suplicado a mamá que me cuide ella y me ha prometido que lo hará, siempre que yo ponga de mi parte y siga tomándome las pastillas.

Mamá abre la ducha, espera a que el agua salga a una temperatura agradable y me aclara el champú del pelo. Cuando abre el armarito del baño para sacar el acondicionador, veo el sacaleches en un estante. Dice que tengo que usarlo unas cuantas veces al día porque mi cuerpo idiota e insensible está produciendo leche para un bebé al que él mismo ha matado. Me promete que pronto se acabará.

La tristeza me llega por oleadas y no soy capaz de controlar cuándo ni por qué se me saltan las lágrimas. Como ahora. De repente me he empezado a angustiar y me he echado a llorar otra vez. Mamá no dice nada, pero me pone la mano en el hombro como para tranquilizarme. Yo le pongo la mano en el suyo. Me creía tan mayor y resulta que no. Y desde luego no soy lo bastante fuerte para cargar con esta pena yo sola. No sé dónde estaría si no pudiera compartirla con ella. Bueno, sí. Me estaría tirando desde la azotea del aparcamiento del Grosvenor Centre.

Sigue reconcomiéndome el remordimiento, por lo que la mierda de mi cuerpo le ha hecho a mi hija y por dejar que mamá se la llevara antes de que pudiera siquiera cogerla en brazos. Cuando envolvió el cuerpecito diminuto de Dylan en toallas, lo único que vi fueron cinco deditos sonrosados asomar por ellas. Me dieron ganas de alargar la mano para tocarlos. Ahora caigo en la cuenta de que no le dije hola ni adiós. Simplemente salió de mi cuerpo y se acabó.

Una parte de mí habría querido sentir el contacto con su piel caliente siquiera un segundo. Tendría que haberla mirado bien, aunque mamá me aconsejara que no. Igual tenía razón, porque de ese modo Dylan puede ser lo que yo quiera. En mi imaginación es una chiquitina preciosa y perfecta que no era lo bastante fuerte para este mundo.

Como dijo mamá, quizá es preferible que muriera antes de nacer, porque yo no habría podido soportar verla sufrir ni un segundo. Espero que se fuera mientras dormía dentro de mí y que lo único que sintiera durante su corta vida fuese el amor que nos tenemos Jon y yo.

—¿Dónde está la niña? —pregunto.

—¿No te acuerdas? —me contesta mamá. Me paro a pensarlo, pero niego con la cabeza—. Le busqué un sitio bonito en el jardín porque si se lo contamos a alguien se la llevarán. Así se queda aquí y podemos ir a verla cuando queramos.

—Quiero verla ahora.

—¿Por qué no esperas a estar un poco mejor?

No tengo noción del tiempo.

—¿Cuánto hace?

—Una semana.

De pronto reparo en la ausencia de Jon.

—¿Sabes algo de Jon?

—No, lo siento —contesta.

—Pero me prometiste que irías a verlo y le contarías lo ocurrido —digo, balbuciendo.

—Te prometo que fui a buscarlo, pero no estaba interesado en venir a verte. Lo siento mucho, cariño.

Rompo a llorar otra vez.

Unos días después, mamá me ayuda a salir de la cama y me lleva al jardín. El sol me calienta la cara mientras ella avanza conmigo, pasándome el brazo por la cintura para sujetarme. Vamos por el caminito hasta el fondo, más allá de los manzanos silvestres y cerca del cobertizo. Delante tengo un parterre repleto de plantas de vivos colores y un rosal plantado en el centro con una sola rosa amarilla.

—¿Por qué no nos sentamos? —me propone, y yo le hago caso.

Paseo las palmas de las manos y las yemas de los dedos por las suaves briznas de hierba. Por un instante, vuelvo a sentirme viva. Pero es fugaz.

—¿Está aquí? —pregunto, contemplando las plantas.

Mamá asiente.

—Elegí un lugar apartado donde pudieras venir y sentarte a hablar con ella sin que nadie te viera.

Pienso en lo duro que ha debido de ser para mamá traer al mundo a su nieta y tener en brazos su cuerpecito sin vida. Nunca me habla del efecto que tuvo en Dylan mi deficiencia cromosómica, pero seguro que no debió de ser fácil verlo.

—¿Con qué ropita la enterraste? —le pregunto.

—Le puse un pijamita tuyo que tenía guardado y, para que estuviera calentita, la envolví en aquella colcha de retazos de varios colores que te hizo Elsie cuando eras bebé. Luego lavé una caja que encontré en el cobertizo y la metí con cuidado dentro.

Dylan. Mi Dylan. Dejo que la tierra en la que está enterrada se me escape entre los dedos y se esparza.

Según se me va pasando el efecto de la medicación, entiendo que siempre va a ser así. Todas las personas a las que quiero me dejan: papá, Jon, mi hija… Nunca podré gestar un hijo sano ni sentar cabeza y formar una familia porque ningún hombre querrá saber nada de una mujer tan rota por dentro como yo. Si Jon no ha querido, ¿por qué iban a ser distintos los demás? La única constante que tendré siempre es mamá y ni siquiera ella estará siempre a mi lado. Al menos, mientras ella siga aquí, yo continuaré siendo su prioridad. Ella jamás me decepcionará.

De repente, me siento abrumada. Miro a mamá y ella, instintivamente, sabe qué hacer. Me ayuda a levantarme, me acompaña dentro, sube conmigo a mi cuarto y me da otro par de pastillas.

Creo que empiezo a preferir el atontamiento porque duele menos.

# Capítulo 31

## NINA

El aroma dulce del bizcocho de chocolate que estoy haciendo impregna la cocina. He batido la harina, los huevos, el azúcar, el cacao en polvo, la levadura y la sal con una cuchara de madera y con la fuerza bruta humana de toda la vida, como solía hacer papá. Ahora se están enfriando las dos mitades en una rejilla metálica, sobre la encimera.

Antes de fregar el bol, no puedo resistir la tentación de pasar el dedo por lo que ha quedado para probarlo. No he comido mucho en los últimos días, desde que el dentista me extrajo los restos del diente que Maggie me partió. La inflamación ha bajado, pero aún hay hematoma.

He pensado mucho en papá esta semana y, estando en la cocina, me viene a la memoria un recuerdo suyo de mi infancia. Yo estoy a su lado con un trapo rojo en la mano y él me pasa los platos limpios para que los seque. No tendré más de diez años y estamos cantando los grandes éxitos de ABBA que suenan en el equipo de salón, la estancia contigua. Todos los fines de semana papá nos hacía un bizcocho o un pan desde cero y yo lo ayudaba.

Ahora, siempre que horneo algo, que tampoco es tan a menudo, la verdad, imagino que estoy justo donde me encuentro ahora, delante de la pila, y mi yo de diez años está a mi lado, tan dispuesta a ayudar como yo entonces. Puedo ver el reflejo de Dylan en la ventana y me sorprendo explicando en voz alta qué ingredientes hay que echar en el bol primero y por qué, y que hay que tener paciencia mientras se hornea el bizcocho y no estar abriendo el horno todo el rato para ver cómo va. Cuando pestañeo, se desvanece.

Recuerdo poco de lo ocurrido después de que mamá se llevara a Dylan. Sé que me encerré completamente en mí misma y que durante casi un año me desvinculé de todo el mundo. Poco antes de cumplir los dieciséis, mamá me ayudó a ir dejando poco a poco los antidepresivos y fui volviendo despacio al mundo. Pero enseguida quedó claro que yo ya no podría llevar la vida que había llevado hasta entonces. No encajaba en la misma rutina, las mismas pandillas ni el mismo colegio. Había sufrido demasiadas pérdidas como para volver a ser aquella chica. Así que tuve que convertirme en otra persona.

Maggie empezó a trabajar en tres sitios distintos para poder pagarme un profesor particular que me pusiera al día y, después de un año de esfuerzo, aprobé por los pelos los exámenes de siete de las asignaturas necesarias para obtener el diploma de secundaria. Bastó para que entrara en Northampton College y pudiera prepararme las pruebas preuniversitarias de Lengua y Literatura.

Por el bien de mi cordura, me había quitado a Jon de la cabeza. Ya no escuchaba su música…, ni la suya ni la de nadie. No iba al centro, no mantuve mis amistades ni leía revistas ni periódicos. Dejé de hacer todo lo que me recordara la vida que había terminado tan dolorosamente, pero seguía preocupándome encontrarme con Jon por la calle cualquier día. No obstante, estaba convencida de que sería ya una estrella del *rock* de esas que hacen giras mundiales y habría dejado ya muy atrás este poblacho.

Fue una nueva amiga de la universidad la que me hizo pedazos ese sueño.

—¿Viste el informativo local anoche? —me preguntó Stacie Denton mientras comíamos en la cafetería de la facultad. Stacie, una chica rolliza que vestía de gótica, toda de negro, se alejaba demasiado de la norma para tener muchos amigos, pero las dos adorábamos a Charlotte Brontë—. ¿Te acuerdas de aquel chico de la zona que cantaba en The Hunters?

De pronto resucitó en mi cabeza una imagen de Jon tocando en el Roadmender.

—Más o menos —contesté.

—¿Recuerdas que lo metieron en la cárcel por asesinar a su novia embarazada? Pues ayer presentó una apelación brutal para que le repitan el juicio, pero se la han denegado. A mí me gustaba bastante.

Era demasiada información para procesarla de golpe. Me fingí enferma para librarme de las clases, me despedí de Stacie y fui corriendo al *Chronicle & Echo*. Una vez allí, me senté en la recepción y empecé a hojear números antiguos del diario y a ponerme al día de lo que me había perdido. Buena parte de la historia no tenía sentido. Su novia embarazada era yo, no esa tal Sally Ann, y yo estaba vivita y coleando. Jon jamás había sido agresivo conmigo. Además, cuando se metía, Jon estaba tan colgado que era incapaz de moverse siquiera y menos aún habría podido hacer daño a nadie. Solo pude suponer que mamá lo había sabido desde el principio, pero no me lo había contado por no hacerme daño.

Me suena el móvil y me devuelve al presente. No sé cuánto tiempo he estado absorta en mis pensamientos, pero el agua de fregar ya está tibia y yo tengo las manos blancas y arrugadas. En la pantalla del teléfono veo que es tía Jennifer, la hermana de mamá, la que llama. Dejo que salte el buzón de voz. Llama cada quince días para saber cómo está mamá de «su enfermedad» porque su propia incapacidad, la esclerosis múltiple, le impide venir a ver a Maggie a la residencia que me he inventado. Anoto en un cuaderno las cosas que le digo cada vez para no contradecirme, pero ¡Dios, qué complicado es no perder el hilo de tus propias mentiras!

Me seco las manos, le mando un mensaje y toco con un par de dedos la superficie del bizcocho para comprobar si está a la temperatura adecuada antes de extender la *mousse* de chocolate por la base. Cojo la manga pastelera, la lleno de crema de mantequilla y empiezo a decorar el bizcocho con el nombre DYLAN. Por último, añado veintitrés velas que compré ayer en el supermercado, una por cada año que hace que di a luz.

—¡Felicidades! —digo y las dejo arder un minuto o así antes de soplarlas yo misma y pedir un deseo que jamás se cumplirá.

# Capítulo 32

## Maggie

Solo de verlo se me acelera el pulso.

No sé quién es ni qué se propone, pero, por tercera vez, se ha plantado aquí en su coche blanco y mira fijamente mi casa, pero hoy enfila despacio el sendero de entrada. Estiro el cuello para verlo mejor, pero las puñeteras persianas me lo ponen difícil. Arrastro la otomana y me subo encima, de forma que me quedo justo en la parte más alta de la ventana, mirando hacia abajo. Lo veo por los pelos; creo que está curioseando por la ventana del salón mientras yo lo observo desde aquí arriba. Si es un ladrón, no es muy bueno, le falta sutileza. A lo mejor es un policía de paisano o incluso un detective privado. A lo mejor alguno de mis conocidos no se traga lo que dice Nina de que estoy viviendo con mi hermana en la costa. Quizá me echan de menos.

De repente veo a alguien más: me parece que es Elsie, ella sola compone semejante patrulla de vigilancia vecinal que pocas cosas pasan sin que ella se entere. Se acerca al hombre con su andador, pero no tengo ni idea de qué hablan. Luego señala el móvil que lleva en la mano y el tipo vuelve corriendo a su coche. Sé que intenta ayudar, pero si ese individuo pensaba colarse en casa, puede que Elsie haya echado por tierra la posibilidad de que me encuentren.

Cuando el vehículo se aleja y la vecina vuelve a su casa, vuelvo a explorar la calle y me llama la atención una estancia de la casa de enfrente de la suya. No conozco a la familia; se mudaron unos meses después de que yo terminara encerrada aquí arriba. Dos adultos y dos niños, un chico y una chica, probablemente de menos de diez años. El marido nunca me ha gustado. Es un hombre rechoncho con los brazos tatuados de arriba abajo y, aun desde lejos, detecto cierta arrogancia en la forma en que mece los hombros al caminar. No le veo bien la cara a su mujer, pero me la imagino con un rostro anguloso e igual de desagradable a la vista que su esposo. Además, nunca he visto a los niños jugar en la calle, como hacía Nina a su edad. Sospecho que no son muy buenos padres.

Los observo a los dos en uno de los dormitorios de arriba con la hija. Está encendida la luz, pero la bombilla no tiene pantalla. Están decorando la habitación y han tapado la ventana con una emulsión que no deja ver el interior mientras las cortinas no están corridas, solo que desde esta altura y este ángulo, veo por la sección superior de la ventana de guillotina, que no se han molestado en cubrir.

Me fijo sobre todo en la mujer: señala a la niña con un dedo acusador y está inclinada hacia ella como si le gritara, pero, cuando el marido da media vuelta y se dispone a salir, ocurre algo. No veo lo que ha ocurrido a sus espaldas hasta que él se mueve, pero la hija se estampa contra la pared y veo impotente cómo se derrumba al suelo, donde ya no me alcanza la vista. Creo que su madre le ha dado un bofetón.

—¡No! —grito.

Aprieto los puños, deseando que la niña se ponga en pie. La madre vuelve a abrir mucho la boca como si aún estuviera gritando a la pobre criatura; luego se va ella también y cierra la puerta al salir. Al final, para alivio mío, la hija se levanta y vuelvo a verla: se frota los ojos y se masajea el lado de la cabeza con el que ha golpeado la pared. Se acerca a la puerta y supongo que intenta girar el pomo, pero no cede. Prueba unas cuantas veces hasta que por fin acepta que la han encerrado dentro. Se me encoge el corazón al verla desaparecer otra vez.

Quiere mirar por la ventana y limpia parte de la pintura que le obstaculiza temporalmente la visión. Pienso en lo espantosamente sola que se debe de sentir, encerrada y sin que nadie sepa cuánto está sufriendo. Ojalá pudiera decirle que yo estoy aquí y que a mí sí me importa.

Se me ocurre una idea.

Agarro la lamparita de la mesilla de noche, arrastro el cable hacia mí y empiezo a encender y apagar la luz, una y otra vez, muy deprisa, con la remota esperanza de llamar su atención. Lo he intentado muchas veces, pero nadie se ha dado cuenta, ni siquiera Elsie, y menos aún de día. Creo que es por la posición de las lamas de la persiana, que no permiten que se vea la luz por debajo de determinados ángulos.

—Venga, venga —repito impaciente, hasta que oigo un ruido que me deja sin respiración, una especie de pitido: se ha fundido la bombilla—. ¡No, no, no, no! —grito.

Sin pensarlo, agarro la bombilla para apretarla por si se ha aflojado, me abraso las yemas de los dedos y maldigo. Me desplazo enseguida a por la otra lamparita, pero no llega hasta la ventana. La desenchufo, pero el cable está atrapado detrás de la vitrina. Aparto el mueble de un tirón, pero pierdo el equilibrio, se me enreda el pie en la cadena y caigo de bruces en la cama.

Me levanto, enchufo la lamparita donde estaba la otra y vuelvo a empezar. Pasan quince minutos largos hasta que la niña, por fin, se vuelve a mirar hacia donde estoy, pegando la cara al cristal. Aunque la persiana le impida verme la cara, sabe que hay alguien aquí arriba. Entonces planta la palma de la mano en la ventana, como diciéndome «¡Hola!».

Me embarga la emoción. Aparte de Nina, esta es la primera interacción que tengo con alguien desde hace dos largos años. ¡Por fin alguien de fuera de esta casa sabe de mi existencia! Hago un esfuerzo por contener las lágrimas. No quiero que esto termine.

La mano de la niña se mueve de izquierda a derecha, como si me saludara. Desaparece de mi vista un momento y su cuarto se oscurece un poco. Fuerzo la vista hasta que enciende y apaga la luz y luego vuelve a la ventana y hace lo mismo con la lamparita. Estoy a punto de echarme a llorar como una cría.

Pero de pronto aparece su madre en la puerta e interrumpe de golpe nuestra interacción. Sorprende a su hija jugando con la lamparita. La agarra del brazo, la luz se apaga y la niña vuelve a desaparecer. Me juro a mí misma que voy a ayudar a esa niña. Y al hacerlo quizá consiga que ella me ayude a mí. Pero no voy a poder hacerlo sola.

# Capítulo 33

## NINA

—Tengo que enseñarte una cosa —dice Maggie con urgencia. Se acerca aprisa a la ventana, haciendo sonar la cadena como el fantasma de Marley—. Ven.

A pesar del hematoma facial y el diente perdido, esta noche he decidido que debemos pasar página y cenar juntas. Es la primera vez que nos vemos cara a cara después de su intento de fuga de hace diez días. Esta no es la bienvenida que esperaba y la miro con el recelo habitual.

Examino enseguida toda la habitación. Ha puesto la otomana debajo de la ventana y la huella del asiento mullido parece indicar que ha estado un buen rato allí sentada. No veo nada más fuera de lo normal, pero eso no significa que no lo haya. Solo puedo fiarme de Maggie mientras yo tenga la sartén por el mango. Sin embargo, después de lo ocurrido la otra noche, quiero pensar que no cometerá el mismo error dos veces.

—¿Qué pasa? —contesto mientras me saco del bolsillo la llave del grillete.

Ni caso. Está plantada junto a la persiana, señalando hacia la casa de enfrente de la de Elsie.

—¿Ves esa ventana? —me pregunta, y creo que se refiere a aquella que está tapada casi por completo con pintura blanca—. Veo perfectamente lo que está pasando dentro.

—¿Y ese es el notición? ¿A quién llamo primero, al *Daily Mail* o a la CNN?

—Déjame terminar —espeta y luego se da cuenta de su error. Espera a ver cómo me lo tomo, pero lo dejo correr.

—Vale, sigue.

—¿Conoces a la familia que vive ahí?

—Nos hemos saludado un par de veces que he pasado por ahí, creo. No me he fijado mucho.

—Porque anoche vi a la madre zurrarle a la niña.

—¿A qué te refieres con «zurrarle»?

—Me refiero exactamente a lo que estás pensando.

—¿Me estás hablando de un azote en el culo o de una torta en la cara?

—Te estoy hablando de que le dio tal bofetón en la cara que la estampó contra la pared y cayó al suelo.

Se me eriza el vello de la espalda. No tolero la crueldad con los niños, los animales ni los ancianos, aunque soy consciente de lo paradójico que es esto último. Me acerco a la ventana para verlo mejor.

—¿Y estás segurísima de que no te equivocas?

—Sí, estoy segura de que eso fue lo que pasó.

—No paras de decir que estás segura, pero ¿viste cómo le daba el bofetón?

Titubea una milésima de segundo, demasiado para mi gusto.

—Aunque le hayas contado al mundo que he perdido la cabeza, aún me considero *compos mentis* —contesta en un tono que evidencia que la he ofendido—. A esa niña la han tenido encerrada en su cuarto toda la noche hasta esta mañana. Sufre maltrato y abandono.

Maggie me mira a los ojos porque las dos vemos los paralelismos entre sus circunstancias y las de esa niña. La diferencia entre ellas es que una niña no ha podido hacer nada que merezca semejante abuso.

—¿La has visto esta noche? —pregunto.

—Antes la han vuelto a encerrar como una hora; despúes ha venido su padre y la ha dejado salir. Hay que hacer algo, Nina.

Si Maggie está siendo sincera, pues no, no podemos dejar que una cría sufra, pero ¿y si está confundida o equivocada? ¿O si este es otro de sus planes de huida? ¿Se estará aprovechando de mi buen corazón para producirme una falsa sensación de seguridad?

—Vuelvo en unos minutos —le digo, y me marcho.

Me detengo a la puerta de su cuarto y me giro, buscando de nuevo un indicio de que hago bien en ser cauta, pero ella está a lo suyo. No se mueve de donde está, pegada a la ventana. Quiero pensar que me está diciendo la verdad.

Vuelvo con una bandeja en la que traigo la cena de las dos. Nos sentamos una al lado de la otra en la otomana, comiendo salchichas y puré de patatas del plato apoyado en el regazo y observamos la ventana de la niña del otro lado de la calle. Ninguna de las dos menciona nuestra pelea.

Es la primera vez que como con ella en su cuarto. Coge un cuchillo metálico para cortar la salchicha y ambas nos damos cuenta a la vez de que se me ha olvidado traerle uno de plástico. Me enfurezco conmigo misma: hace un instante me estaba diciendo que tengo que ser prudente y, mira, le acabo de proporcionar un arma. Le da la vuelta al cuchillo y me lo pasa, con el mango por delante.

—Da igual —me sorprendo diciéndole y ella sigue usándolo.

—Está rico —comenta—. ¿De qué son las salchichas?

—Estaban de oferta en Sainsbury's —digo—. Llevan trocitos de chile.

—¿De chile? Me gusta. De pequeña te encantaban las salchichas con puré de patatas.

—Ahora a estos platos los llaman *comfort food*, comida que te reconforta.

—Mi *comfort food* es la ternera, asada con patatas y buñuelos de Yorkshire.

—Yo no consigo que mis buñuelos suban como los tuyos.

—Es cuestión de calor. Si la temperatura del horno es demasiado alta, no terminan de subir. Alistair era un desastre en la cocina, ¿sabes?

Me sorprende que mencione a papá. Lo hace con naturalidad, como si habláramos de él a todas horas. Y nunca lo llama «tu padre». Lo ha desprovisto de su título de progenitor. Yo le he hecho lo mismo a ella.

—¡Qué va! —le replico—. Siempre cocinaba los fines de semana. Yo solía ayudarle.

—Ya, pero siempre se dice que o eres repostero o cocinero y él, desde luego, era repostero. ¿Qué me dices de aquella vez que yo estaba con el herpes zóster, hizo la cena él y metió los palitos de merluza en el microondas quince minutos? Cuando los sacó eran como pisapapeles.

Eso me hace sonreír.

—Yo no era mucho mejor —digo—. ¿Te acuerdas de cuando tuve que hacer una sopa de verduras para la clase de Economía Doméstica? Me metiste el frasco de especias entre los ingredientes y pensé que tenía que vaciarlo entero.

Maggie rio.

—Nos costó disimular cuando trajiste aquello a casa. Con una sola cucharada ya nos abrasaba la boca.

Me sobreviene la necesidad de hacerle esa pregunta que ya le he hecho tantas veces pero que ella se niega rotundamente a contestar. Nunca me ha contado la verdad sobre papá. Abro la boca, pero esta vez me lo pienso mejor. Estoy tan acostumbrada a sentirme resentida con ella que este alto el fuego no me lo esperaba y me sorprendo agradeciendo el momento en el que nos encontramos ahora.

—¡Lo ha vuelto a hacer! —grita Maggie, devolviéndome al presente. Miro enseguida a la ventana—. ¿Lo has visto? ¡Le ha vuelto a dar un bofetón a su hija! —Estaba demasiado pendiente de Maggie para verlo, pero al mirar a la casa de enfrente veo que madre e hija vuelven a discutir. Observo atentamente, esperando otra agresión física, pero solo hay gritos. ¿Habrá visto Maggie de verdad lo que cree haber visto? ¿Puedo fiarme de su palabra?—. Hay que ayudarla —dice categóricamente—. Hay que llamar a la policía. —Me conmueve su entusiasmo, pero niego con la cabeza—. ¿Por qué no?

—Porque querrán saber desde dónde he sido testigo de las agresiones y yo no veo ese dormitorio desde la planta baja ni desde la primera.

Maggie me lanza una mirada asesina y me siento como una niña que ha decepcionado a su progenitor con sus travesuras, pero no puedo exponerme así y arriesgarme a ser objeto del escrutinio exterior.

—¿Y si contactas con servicios sociales? —dice—. De forma anónima.

—No sé. Seguro que reciben falsos chivatazos todos los días. ¿Cuánto se tarda en investigar una denuncia? Los padres negarán el maltrato y, si no hay lesiones visibles y la niña no respalda mis acusaciones, se irán de rositas y se lo pondrán más difícil a la cría.

—Lo que no podemos hacer es dejarlo estar.

Percibo su frustración.

—No digo eso, solo que tengo que pensármelo bien.

—Yo no voy a pegar ojo sabiendo lo mal que lo está pasando esa niña a un paso de mi casa. Su hermano y ella estarán mucho mejor en acogida. Deberían darles esos niños a alguien que los cuide como…

No termina la frase, consciente de su error. Ya no me mira.

—Sigue —le digo—. Supongo que ibas a decir «Que los cuide como lo haría una familia de acogida». Esa es otra oportunidad de la que me privaste, ¿verdad?

# Capítulo 34

NINA

HACE DOS AÑOS Y MEDIO

Estoy tan nerviosa que me tiemblan las manos. Me las meto en los bolsillos de la chaqueta para que no lo note nadie.

Me estoy arrepintiendo. ¿Y si me rechazan nada más verme? ¿Y si me dicen que soy muy mayor o que tengo muy poca preparación o me lo deniegan sin más, sin darme una explicación? No sé si quiero entrar, pero el sensor ya me ha detectado y las puertas correderas se han abierto. Se vuelven a mirar a la recién llegada y me reciben con cálidas sonrisas. Eso neutraliza temporalmente mi aprensión.

El edificio municipal del condado de Northamptonshire abrió hace poco y huele a nuevo, justo al contrario que mi biblioteca, que huele a moho. Había olvidado que un lugar de trabajo puede oler a carpetas gruesas y muebles de madera y no solo a páginas viejas y seres humanos. Salpican los pasillos unos tablones de anuncios móviles, cada uno de ellos con detalles del acto que se celebrará esta noche. En la mayoría se han pinchado carteles con imágenes de niños (modelos, supongo) de todas las edades y hay folletos y paquetes informativos en mesas de tijera.

—Hola, soy Briony —me dice una mujer vivaracha según se me acerca.

Me tiende la mano y su sonrisa le engulle la parte inferior del rostro. Será más o menos de mi edad, pero tiene menos patas de gallo.

—Nina —digo—. Nina Simmonds.

—Encantada de conocerte, Nina. Supongo que has venido por las jornadas abiertas sobre adopción y acogida. —Asiento con la cabeza—. Genial. ¿Te has registrado en nuestra web?

—No. He decido venir al salir del trabajo.

—No pasa nada. —Me pasa un formulario en un portapapeles y un bolígrafo para que anote mis datos—. ¿Un poco nerviosa? —Asiento de nuevo—. Bueno, pues no te preocupes, que aquí somos todos muy majos. Solo necesitamos tus datos básicos, no es nada intrusivo.

Según empiezo a escribir, estoy a punto de darles mi dirección del trabajo porque no quiero que me manden nada a casa antes de que le cuente a mamá lo que voy a hacer. Además, quiero estar convencida de que esto es lo correcto para mí. Veo una escapatoria y marco la casilla que dice que prefiero que me contacten por correo electrónico en vez de correo ordinario.

Llevo semanas viendo el cartel de las jornadas abiertas pinchado en el tablón de anuncios de la biblioteca. De vez en cuando me llamaba la atención e imaginaba cómo sería ser la mamá de la pequeña desesperada de la fotografía. Cuanto más la miraba, más pensaba en Dylan, y más consciente era de que el que mi cuerpo defectuoso me hubiera arruinado las posibilidades de ser madre biológica no significaba que no pudiera criar al hijo de otros. He perdido muchas cosas, pero el instinto maternal no.

A veces me consume el deseo de ser mamá y anhelo por encima de todo el amor de una criatura. Quiero moldearla, conducirla a la edad adulta, ayudarla a no cometer los errores que yo he cometido. Aun cuando se haga mayor y abandone el nido, quiero creer que pensará en mí con cariño y me agradecerá que la eligiera. Los padres y los novios te pueden dejar, pero a un hijo siempre lo llevas en el corazón. Mira Dylan. La llevo en el corazón, desde luego.

Relleno el formulario mientras Briony me asegura que no estoy sola y que esta noche hay aquí muchos otros posibles padres sin pareja, como yo. Me lleva a un puesto de bebidas y me invita a que me sirva lo que quiera mientras me explica lo que significan la acogida y la adopción. Paseo la vista por el resto de los presentes. Hay gente de todas las edades y etnias, casi todo parejas, aunque también unos cuantos solteros. Me pregunto cuáles serán sus circunstancias. A lo mejor tienen un cuerpo como el mío, que asesina a los bebés.

—Te dejo esto —me dice Briony y me entrega un paquete informativo—. Te dará una idea de lo que se espera de la entrevista y de las fases siguientes en caso de que desees continuar. Ahora, si te parece bien, te voy a meter en una lista para que charles con dos de nuestros adoptantes. Tranquila, es una conversación informal y te resolverán todas las dudas. Tienes que esperar unos diez minutos, ¿te parece bien?

—Sí, genial —contesto.

Me sirvo un té y me deja sola para que hojee la información. Cuando por fin vuelve, viene seguida de una pareja joven. Me presenta a Jayne y a Dom y yo los sigo a una zona con asientos. Adoptaron a dos gemelas hace tres años, me explica Briony, y los anima a que me cuenten su experiencia.

—No te voy a engañar y decirte que ha sido fácil —reconoce Jayne—. Cuando decidimos que queríamos darles un hogar, tenían cuatro años y muchos problemas de conducta.

—¿Como qué?

—Sus padres biológicos las tenían asilvestradas. Les dejaban hacer lo que querían, sin normas ni límites, no iban al colegio, solo comían porquerías, no salían a jugar y no sabían leer ni escribir. Nos hemos pasado los tres últimos años ayudándolas a alcanzar el nivel de los otros niños de su edad.

—¿Y qué tal?

—Lo estamos consiguiendo —contesta Dom con orgullo—. En cuestión de desarrollo, llevan como un año de retraso y, aunque hemos tenido que hacer un gran esfuerzo, también ha sido superreconfortante.

—Hará falta mucha paciencia —digo, preguntándome si yo podría ser tan buena como ellos.

—Sí, la paciencia es importante, pero, sobre todo, necesitan amor —prosigue Dom—. Es lo único que necesitan estos críos: saber que están a salvo y seguros contigo y que no los vas a abandonar.

«Eso lo puedo hacer», me digo, porque conozco bien la sensación. Charlamos más rato, luego hablo con otra pareja adoptante y, por último, con la trabajadora social. Y cuando quiero darme cuenta, ya son las diez de la noche y ha concluido la jornada.

—¿Qué tal ha ido? —me pregunta Briony con una sonrisa mientras me pongo la chaqueta—. ¿Te hemos desanimado o sigues interesada?

—Sigo interesada, desde luego —contesto, y lo digo en serio. Sin contar a Dylan, dudo que haya deseado algo tanto en toda mi vida.

—¿Solo la adopción o te plantearías también la acogida?

Niego con la cabeza. Jamás podría ofrecerle todo mi amor a una criatura para que después se la lleven al cabo de una semana, un mes o incluso años. Ya he perdido demasiado como para ofrecerme voluntariamente a perder más.

—La adopción es lo que más me llama —respondo con firmeza—, así que ¿qué tengo que hacer ahora?

—Como tenemos tus datos de contacto, te mandaremos un correo electrónico a finales de esta semana y empezaremos el proceso. Habrá más formularios por rellenar, comprobaciones de antecedentes penales, referencias, entrevistas, evaluaciones psicológicas, visitas a domicilio, cursos a los que asistir… Es un viaje largo y no hay garantías. Puede llevarte meses superar todos los procesos y que luego tardemos años en encontrar una criatura adecuada para ti.

—No me importa —contesto—. Tengo todo el tiempo del mundo.

Cuando salgo y me dirijo a la parada del autobús, voy flotando hinchada de un entusiasmo que no recuerdo haber sentido jamás. Puede que haya encontrado mi vocación. Tengo la sensación de que al final voy a ser madre.

# Capítulo 35

Sentada frente a mí en mi salón tengo a una trabajadora social que se llama Claire Mawdsley. A sus pies hay un maltrecho bolso de color camello atestado de carpetas y en el regazo tiene un montón de documentos.

A petición suya, ya le he enseñado la casa y el jardín. Cuando ha tomado nota de lo inestable que está la barandilla de la escalera me he visto obligada a decirle que ya he llamado a un manitas para que la arregle. No es verdad, pero en cuanto se vaya me meto en Google y busco uno. También ha observado que no hay protección delante de la chimenea y que las esquinas de la mesita de madera del salón son puntiagudas. Le he asegurado que será fácil poner unos protectores.

No se le ha escapado nada a su ojo bien entrenado.

—Eso no será hiedra venenosa, ¿verdad? —me ha preguntado, señalando las hojas verdes que trepan por el cobertizo del fondo del jardín.

—¡No, no, qué va! —le he dicho, pero la verdad es que sí podría serlo.

Esta tarde la arranco por si acaso. Cuando he visto alzarse su sombra sobre el parterre, me han dado ganas de pedirle perdón a Dylan y decirle que no pretendía reemplazarla, pero no he podido porque eso es precisamente lo que pretendo en el fondo.

Mientras Claire busca el siguiente formulario que debo rellenar, pienso en las cosas espantosas que he leído en internet de algunos posibles padres adoptivos cuyos trabajadores sociales han considerado que sus viviendas no eran aptas para un niño. Algunos han tenido que mudarse para que les autorizaran la adopción. Aunque no es mi intención vivir siempre aquí, espero que nuestra casa pase la inspección, porque aún no puedo independizarme.

La observo en silencio mientras escribe y calculo que tendrá cuarenta y pocos. Tiene muy marcadas las arrugas de la frente y el pelo encrespado y gris, lo que me hace pensar que le ha tocado enfrentarse a alguna cosa en su trabajo que la ha hecho envejecer prematuramente.

—Si sigue adelante con el proceso, es muy posible que la visitemos un total de cinco veces —dice—. El resto de mi visita de hoy la dedicaré a hacerle preguntas sobre quién es, qué razones tiene para adoptar, cuáles son sus puntos fuertes y sus puntos flacos, etcétera.

Hablamos de la relación con mis padres y le cuento que no he tenido contacto con mi padre desde que nos dejó. Me pregunta cómo me siento al respecto y le digo que ya no me preocupa por qué lo hizo ni adónde fue porque él se ha perdido mucho más que yo. Es mentira, claro. Aparte de aquel año yermo de después del nacimiento y la muerte de Dylan, dudo que haya pasado un solo día en que no haya pensado en lo distinta que podría haber sido mi vida si mi padre aún formara parte de ella. Lo echo tanto de menos ahora como entonces.

Quiero caerle bien a Claire, de verdad, pero sé que no solo voy a tener que mentir sobre papá durante este proceso.

—¿Podría hablarme un poco de sus relaciones?

—¿Qué le gustaría saber?

La verdad es que hay poco que decir. Me dejó embarazada a los catorce un hombre al que quería y que era casi diez años mayor que yo, mi cuerpo chapucero asesinó a nuestro bebé meses después y no he vuelto a ver a su padre porque lo metieron en la cárcel por asesinato. Si menciono algo de eso, no van a caber en mi expediente más alertas.

—¿Ha tenido muchas parejas estables?

—He tenido tres.

—¿Cuánto duró la relación y por qué rompieron?

Pienso rápido porque no esperaba que fuera a pedirme detalles.

—La primera fue con Jon, siendo adolescente y estuvimos juntos hasta que yo tenía veintipocos —empiezo—. Nos conocimos en el colegio y, luego, cuando terminamos los exámenes preuniversitarios, vivimos juntos un tiempo en un piso del centro… —Me interrumpo mientras imagino un piso situado en el sótano de una vivienda urbana enfrente de un parque grande. Nos veo a Jon y a mí dentro con nuestra rutina cotidiana, yo leyendo un libro mientras él pulsa las cuerdas de su guitarra y la música flota en el aire. La imagen parece tan auténtica que me pregunto si no será en realidad un recuerdo olvidado hace tiempo. «No puede ser», decido, y retomo la pregunta de Claire—. Perdone —digo, aclarándome la garganta—. Tengo muchos recuerdos felices de esa época. El caso es que Jon era músico, pasaba mucho tiempo fuera de casa y nos fuimos distanciando poco a poco.

—¿Y sus otras parejas?

En vez de decirle la verdad, me invento a dos exes ficticios.

—Mi segundo novio estable fue Sam. Nos conocimos por unos amigos y estuvimos juntos un par de años. —Procuro tocarle el corazoncito—. Él estaba deseando tener hijos y, como le he comentado antes, por mi enfermedad, eso era algo que yo no podía darle, así que al final nos separamos. Y más recientemente he estado saliendo con Michael. También en ese caso se interpuso entre nosotros el problema de los bebés y la relación no progresó. Es difícil encontrar a un hombre que no quiera tener hijos, salvo que ya los tenga de una relación anterior.

—Lo que le voy a preguntar no es agradable —continúa Claire—, pero no estaría haciendo bien mi trabajo si no abordara el tema. ¿Espera en el fondo que tener un hijo, aunque sea adoptado, la haga más atractiva para posibles parejas futuras, como si eso la convirtiera en una especie de familia en potencia? ¿O cree que es porque quiere hacerlo mejor que sus propios padres?

Me viene a la cabeza una imagen de papá. Es la segunda vez que pienso en él hoy. Antes, mientras buscaba un suéter por el fondo del armario, me he encontrado un sobre acolchado con tarjetas de cumpleaños antiguas que papá me ha ido mandando a lo largo de los años. El mensaje es siempre el mismo: «Te quiere, papá». El que me diga que me quiere y el que nunca se haya olvidado de la fecha significan que, por muy lejos que se haya ido, aún se acuerda de mí. Aunque solo sea una vez al año, es algo. He pensado muchas veces en intentar encontrarlo, contratando, a lo mejor, un detective privado o pidiendo que me dejen ir a uno de esos programas de la tele que te reúnen con los familiares perdidos, pero, cuantos más años pasan, más resignada estoy y acepto que ha transcurrido ya demasiado tiempo.

Medito la pregunta de Claire antes de contestar.

—En absoluto. Quiero darle un hogar a un niño porque es algo que puedo hacer. Aunque hubiera tenido un hijo biológico, habría terminado planteándome esta opción igual.

A Claire parece satisfacerle mi convicción. Me hace más preguntas, pero no menciono en ningún momento a Dylan porque comprobaría los registros y no hay registros de ella. A mi pequeña nunca la registramos ni bautizamos oficialmente. A todos los efectos, no fue más que parte de mi mundo y del de mamá, pero solo yo sé hasta qué punto ha moldeado su pérdida el resto de mi vida.

Mamá no tiene ni idea de mis planes de adopción ni sabe que, mientras ella está en el trabajo, hay una trabajadora social sentada en su salón. Sé que se lo tendré que contar pronto, pero he disfrutado ocultándoselo de momento. Al principio, mi hijo o hija y yo viviremos aquí, pero en cuanto tenga oportunidad nos mudaremos a un sitio propio. No quiero pasarme toda la vida bajo este techo. Un cambio nos irá bien a los tres.

—Muy bien —dice Claire de una forma que indica que esta primera evaluación ha terminado. Le da un último trago al té, que debe de estar helado ya, y coge el bolso con todos mis formularios rellenos. Su gesto sigue siendo amable, así que pienso que he superado la primera fase. Me levanto a la vez que ella—. Necesito que me mande por correo electrónico los nombres y las direcciones de seis personas, tres de ellas ajenas a su familia, que puedan dar testimonio de que la consideran una persona apta para adoptar.

—Sin problema —le digo.

Como me lo esperaba, ya tengo a tres personas del trabajo que me han dicho que me ayudarán encantadas.

—También tendremos que hablar por lo menos con dos de sus exparejas —añade Claire con naturalidad.

Eso no me lo esperaba.

—¿Por qué? —pregunto.

—Es lo habitual.

—Pero no tengo ni idea de dónde viven ahora.

—No pasa nada, ya me dará algún dato más y nos encargamos nosotros de localizarlos. —Me dice que pronto tendré noticias suyas—. Como comparte esta casa con su madre, tendremos que hablar con ella también, claro. Pero tranquila —añade—, que lo está haciendo muy bien.

Sus palabras deberían tranquilizarme. Sin embargo, cuando sale y cierro la puerta, empiezo a agobiarme. Empiezo a agobiarme mucho. La verdad de mi relación con Sam es que yo ya sabía que estaba casado cuando lo perseguí, pero me había enamorado de las fotos de sus tres hijos que subía a las redes sociales, de hecho, había más imágenes de los niños que de sí mismo. Me dije que, si lograba tenerlo a él, también tendría una familia. Luego le conté a su mujer lo nuestro; ella le perdonó y él me dejó. Y Michael cortó conmigo cuando me pilló siguiéndolo en una salida nocturna de trabajo. No me cogía el teléfono ni me contestaba a los mensajes y me puse en lo peor: que estaba con otra. Fue la gota que colmó el vaso, por lo visto, y me acusó de «demasiado posesiva». Hasta que no se puso en contacto con la policía varios meses después, no dejé de plantarme en su trabajo y en su piso sin previo aviso.

Así que voy a tener que encontrar un modo de eludir la petición de Claire. Y pensar en cómo voy a camelarme a mamá para que colabore. Todos los padres quieren ser abuelos y seguro que, cuando la convenza de que estoy segura de que esto es lo que quiero hacer, me apoyará sin dudarlo.

# Capítulo 36

HACE DOS AÑOS Y MEDIO

Leo la carta una vez y luego vuelvo a leerla línea por línea, solo para asegurarme de que mis ojos no me engañan. El membrete de la carta me indica que es auténtica. Hay un número de teléfono de dos funcionarias. Levanto el auricular, memorizo mi número y llamo. En el primero, contesta una persona y cuelgo; en el segundo, salta una locución automática. Las dos mujeres son de verdad. No se trata de una broma.

Me dejo caer en el sofá y trato de digerir la información, de procesarla. Lo último que esperaba al llegar a casa del trabajo era leer una carta de los servicios sociales comunicándome que Nina quiere adoptar a una criatura. Me ha dejado pasmada.

Dudo que esto sea una decisión tomada sin pensar. Lo habrá meditado mucho antes de solicitarlo. Entonces, ¿por qué no me lo ha contado? A lo mejor no ha querido decirme nada por miedo a que intentara disuadirla. La carta dice que necesitan una recomendación mía y hablar conmigo de su idoneidad como madre porque la criatura vivirá en la casa que las dos compartimos. Además, comprobarán mis antecedentes penales y husmearán en mi pasado. Cierro los ojos y niego con la cabeza. Esto no me gusta nada.

Pasan tres horas interminables hasta que Nina vuelve del trabajo y otras dos hasta que nos sentamos a cenar y puedo abordar el asunto de la carta.

—No voy a mentir: me ha sorprendido mucho —le digo.

—Llevo un montón de semanas rumiándolo —contesta Nina.

—¿Y no se te ha ocurrido comentarlo?

—Habría terminado comentándolo.

—La carta dice que ya ha venido una trabajadora social a entrevistarte y ver nuestra casa. ¿Cuándo pensabas decírmelo?

—Iba a esperar a que me dijeran si he pasado a la siguiente fase.

—Nina —le digo con mayor rotundidad de la que pretendía—, lo cuentas como si esto fuera una audición de *Factor X*. Has tomado una decisión importantísima y yo tenía derecho a que me informaras. ¿No crees que la adopción también me va a afectar a mí?

—Di por supuesto que querrías tener un nieto…

—Pues claro que sí, ¡pero no se trata de eso! Esta es una decisión demasiado importante para que la tomes por la dos.

—Bueno, si sale bien, tampoco voy a vivir aquí mucho tiempo. Es una caja de sorpresas.

—¿Qué quieres decir?

—Que no quiero vivir contigo para toda la vida, mamá. Tengo treinta y seis años y se me escapa el tiempo. Si no hago algo al respecto, terminaré…, y perdona que te diga esto, terminaré como tú.

—¿Como yo? —repito—. ¿Y qué tengo yo de malo?

—Que estás sola.

—¡No estoy sola!

—Porque me tienes a mí. ¿Cuántas parejas has tenido desde que papá se fue?

A pesar de haber pasado tantos años, las alusiones a Alistair me producen dentera.

—Ya sabes la respuesta a esa pregunta.

—Pues eso: ninguna. A veces pienso que, como nos tenemos la una a la otra, nos impedimos seguir adelante con la vida que deberíamos llevar.

—¿Y crees que la adopción te va a ayudar a avanzar?

—Sí.

He perdido el apetito. Asiento despacio para disimular el miedo que me inunda poco a poco. Esta idea suya es un error en tantos sentidos que aún no sé decirle por qué. Le noto el nudo en la garganta cuando me cuenta que se esconde de las compañeras que traen a sus hijos al trabajo porque le dan mucha envidia. Me cuenta que no ha conseguido reponerse de la muerte de Dylan y que su hija le dejó un boquete en el corazón. Reconoce que ha creado un mundo imaginario en el que su hija aún existe y que a veces se imagina llevándola al colegio, leyéndole o arropándola en la cama por la noche.

Sus revelaciones me dejan completamente fuera de combate y me dan ganas de abrazarla y no soltarla nunca. Ninguna de las dos habla ya de Dylan y no tenía ni idea de que siguiera pensando en su hija tantos años después. Daba por supuesto que el secreto de la supervivencia de Nina había sido su capacidad de compartimentar y relegar a su bebé al pasado, pero resulta que he estado demasiado ciega para detectar la intensidad de su instinto maternal. Fui ingenua al pensar que cuando pierdes a tu hija dejas de ser madre.

Hay cosas que quiero contarle, cosas que le he ocultado. También yo había imaginado una vida entera para mi nieta, me había preguntado si se parecería a Nina o tendría los defectos de su padre. Las dos perdimos muchísimo aquel día.

Al ver a Nina contener las lágrimas, me dan ganas de llorar con ella, pero me trago la pena. Cuanto más me revela de sí misma, más convincentes me resultan sus argumentos y más voy entendiendo que está desesperada por adoptar.

Y eso también incrementa mi determinación, la de no permitir que eso ocurra. Cuando me habla de más entrevistas y evaluaciones psicológicas, tengo claro que no puedo permitir que nadie la psicoanalice, porque, si lo permito, puede que desaten algo que he pasado los últimos veinte años intentando contener.

# Capítulo 37

HACE DOS AÑOS Y MEDIO

Se cierra de un portazo la puerta de la calle y oigo traquetear el cuadro que hay colgado en el pasillo.

—¿Por qué? —gruñe Nina cuando entra furiosa en la cocina.

«Se ha enterado.» Me preparo para lo peor.

—¿Va todo bien? —le pregunto, aunque las dos sabemos que no.

Tiene las mejillas encendidas de rabia. Tira el bolso al suelo y salen disparadas algunas de las cosas que lleva dentro.

—Dime por qué lo has hecho.

—¿Por qué he hecho el qué?

—¿Por qué les has dicho a los de servicios sociales que no sería buena madre?

—Yo no les he dicho eso.

Saco las manos del agua de fregar y me limpio el jabón con un trapo de cocina.

—La trabajadora social que lleva mi caso, Claire, me ha dicho que en tu carta le describes con todo detalle cosas que yo le había ocultado y que no le queda más remedio que rechazar mi solicitud.

—¿Te ha dicho que yo le he contado cosas de ti?

—Bueno, no me ha dicho que hayas sido tú, pero ¿quién más se lo ha podido contar? ¿Quién más sabe tanto de mí?

—¿Y qué le estabas ocultando? ¿No se supone que debes ser sincera durante todo el proceso?

—¡Con todo no! —dice Nina, levantando la voz—. Alguien le ha contado lo del aborto, que mi exnovio es un asesino y que he tenido una depresión y no estoy preparada para asumir la responsabilidad de criar a un niño. ¿Cómo te has atrevido!

—Cariño, yo no he dicho que no estuvieras preparada, sino que tenías muy poca experiencia con niños… Y tanto es así que evitas el trato con los bebés de tus amigas.

—¿Por qué utilizas en mi contra algo que te he contado confidencialmente? Se supone que la adopción iba a ser mi oportunidad de alcanzar un mundo que ha seguido adelante sin mí, pero tú te la has cargado del todo.

—Habrían terminado enterándose de lo de Hunter.

—¿Cómo? ¡Fuimos pareja hace una eternidad! Tampoco había ninguna necesidad de contarle lo del aborto porque era algo que solo sabíamos tú y yo.

—No les he contado lo de Dylan —digo.

Solo de oír el nombre se le saltan las lágrimas. No tiene ni idea de que esto me duele a mí tanto como a ella. Me siento fatal por lo que he hecho. Quiero decirle que siempre he querido lo mejor para ella, aunque a veces no lo parezca, pero no puedo. El peso de mis secretos es ya insoportable.

—Esta era mi única oportunidad de ser feliz, mamá. Tú tendrías que querer lo mejor para mí, mamá. Entonces, ¿por qué me la has arrebatado?

—Yo no quería, Nina, pero tenía que contestar a sus preguntas con sinceridad. No creo que estés preparada para lo que conlleva ser madre. ¿Qué experiencia tienes?

—Puedo aprender.

—¿Y qué pasa con los niños problemáticos?, ¿con esos críos que proceden de entornos horribles a los que les han hecho cosas terribles de verdad? ¿Cómo te enfrentarías a eso?

—Los técnicos de servicios sociales organizan cursos de formación y talleres para ayudarte a prepararte para los problemas que te puedan surgir.

—Un curso de formación no es lo mismo que la realidad. Criar a un niño es estresante…

—Puedo manejar el estrés.

—¿Sí?, ¿estás segura? —Cruzo los brazos y confío en que entienda que estoy siendo sincera con ella porque ella no lo está siendo consigo misma—. ¿Qué harías si te dieran a un niño que se portara como te portabas tú cuando eras adolescente? Yo también era madre soltera cuando te descarriaste. Pasé un infierno contigo, dos años absolutamente infernales. Dios sabe que hubo momentos en que me dieron ganas de rendirme, pero no lo hice porque tenía la fortaleza necesaria para seguir adelante. ¿La tendrías tú? Porque ya he visto lo que pasa cuando estás superangustiada, cuando no puedes con la ansiedad que te producen los obstáculos que te pone la vida. Sufres una regresión. Cierras las puertas. Te refugias en ti misma. Cuando eres madre, no puedes hacer eso.

Nina menea la cabeza como si no pudiera creer que haya sacado este tema.

—¿En serio me vas a echar en cara esa época de mi vida? Tenía quince años, mamá. ¡Quince! Era una cría. Ahora tengo treinta y seis. Soy una adulta. Puedo lidiar con lo que se presente.

—No puedes saber cómo reaccionarás a esas presiones cuando no has tenido ninguna la mayor parte de tu vida. No tienes una hipoteca de la que preocuparte, ni una familia a la que alimentar, ni un trabajo que te absorba todo el tiempo ni una relación que mantener. No tienes ni idea de lo que es la presión.

—Y así es como te gusta a ti, ¿no? De eso va todo esto, de que yo siga dependiendo de ti. Si yo no avanzo, tú tampoco tienes que hacerlo. Y si yo sigo viviendo aquí, tú nunca te quedarás sola.

Su amargura me pilla por sorpresa, pero ya tendré tiempo de repasar este momento y censurarme después. Por ahora, no puedo permitir que la discusión empeore.

—Siento que pienses que intentaba hacerte daño, cariño, pero no le he contado a la trabajadora social nada que no sea cierto. He sido sincera con ella por tu bien y por el bien de cualquier criatura que pudiera terminar en esta casa.

—No te engañes. Lo has hecho porque quieres tenerme así… como una adolescente sin nada ni nadie a su cargo. Que siga siendo este penoso armazón que no tiene vida propia porque no es más que un apéndice tuyo. Lo has hecho porque estás tan sola como yo. Estás demasiado amargada y eres demasiado cruel para dejarme mejorar. No te lo perdonaré jamás —dice, y sale airada de la cocina.

A solas, lloro en silencio porque jamás entenderá cuánto he sacrificado por ella. Nunca podré explicarle por qué he hecho lo que he hecho.

«He hecho lo correcto —me digo—. He hecho lo correcto. Mi hija no es de fiar.»

# Capítulo 38

## Nina

Maggie y yo estamos sentadas en la otomana de su cuarto, comiendo triángulos de pan tostado untado de Marmite.

—Hacía años que no comía esto —dice, saboreando cada bocado sin apartar la vista de la casa de enfrente de la de Elsie—. ¿Te acuerdas de tu tía Edith?

—No. ¿De que lado es?

—Del mío. Es prima mía. Bueno, el caso es que su hijo Alan solía comer toneladas de Marmite. Le llevó varios frascos a California cuando él trabajaba en la ciudad esa de los ordenadores... Sylvanian Families o algo así.

—Silicon Valley —la corrijo riendo.

—Sí, eso. Pero cuando los agentes de aduanas la llevaron a un aparte para registrarle el equipaje, los tres frascos se habían roto por el camino y le habían pringado absolutamente toda la ropa. Le costó una barbaridad intentar explicarles lo que era y convencerlos de que no había usado la maleta de inodoro en un apuro.

Reímos juntas, pero no nos miramos. Llevamos ya tres mañanas seguidas sentadas en la misma posición. Tengo el bolso colgado del hombro, el abrigo y las zapatillas de deporte puestos y el sobre en el bolsillo. Entonces, de repente, vemos unas figuras que se mueven abajo, en el salón de los vecinos que están maltratando a su hija.

—Están a punto de marcharse —dice Maggie—. ¿Estás preparada?

—Sí —contesto, y me palpo el bolsillo para asegurarme de que el sobre sigue ahí—. Te veo esta noche.

—Buena suerte —dice Maggie, tocándome el brazo y yo no me retraigo.

Cojo otro trozo de tostada para comérmelo por el camino, bajo corriendo las escaleras y echo la llave a la puerta del descansillo. Luego salgo de casa y, al mismo tiempo, aparece mi vecina con los dos niños. Van muy arregladitos con el uniforme del colegio: suéter de pico rojo, pantalones gris marengo y zapatos negros, y no se les ven moratones en la cara. Me pregunto cuáles serán los daños ocultos.

Esta es la primera vez que los veo ir al colegio andando; su padre suele llevarlos en coche. La madre está demasiado absorta en el móvil para cogerlos de la mano o percatarse de que los sigo. Los niños van demasiado cerca de la calzada, creo yo, con la cabeza gacha, sin conversar entre ellos.

Gracias a esta causa común, Maggie y yo hemos pasado más tiempo juntas durante los últimos días que en los dos últimos años, debatiendo el modo de ayudar a esa pobre niña. Eso no significa que haya cambiado de opinión y esté dispuesta a devolverle su vida, pero no puedo negar que he disfrutado de su compañía. Al final hemos decidido que yo abordaría a la niña directamente con una carta que hemos escrito entre las dos.

> Para la niña del número 2. No te asustes, por favor, pero quiero ayudarte. Sé lo que ha estado pasando en tu casa. He visto a tu madre hacerte daño y quiero que sepas que no debería hacerlo. Las mamás y los papás buenos no tratan a sus hijos

como te están tratando a ti. Y te digan lo que te digan, no es culpa tuya. Quiero que me prometas que vas a pedir ayuda a una persona mayor. Y quiero que lo hagas cuanto antes. Al final de esta carta hay un número de teléfono. Márcalo y podrás hablar con un señor o una señora muy amables de un sitio que se llama Protección del Menor y te ayudarán. No hace falta que le digas a nadie cómo te llamas si no quieres, pero les puedes contar lo que te ha estado pasando. Si no puedes llamar por teléfono, por favor, cuéntaselo a alguien en quien confíes, como un profesor o un amigo de mamá o papá. Ellos os ayudarán a ti y a tu hermano. Sé que no va a ser fácil para ti porque quieres a tus padres, pero, créeme, en cuanto empieces a ser valiente, todo irá mejor. Con cariño, una amiga

No he podido ejecutar el plan y pillar a la niña sola hasta ahora, el momento en que la familia ha tomado un pequeño desvío y se ha detenido en una tienda de prensa. La madre les dice a los niños que la esperen fuera y casi me extraña que no los ate al poste de una farola como si fueran perros. Los niños esperan, leyendo las tarjetas publicitarias pegadas al escaparate. Por un hueco, veo a la madre haciendo cola delante del mostrador. Me voy a chocar con la niña para que se le caiga la mochila del hombro y, mientras la ayudo a recoger sus cosas, le meteré la notita dentro.

Miro por última vez alrededor para comprobar que no me ve nadie y la abordo.

# Capítulo 39

## Maggie

Ayer pasé casi todo el día pegada a la ventana; solo me levanté para orinar en el cubo o estirar las piernas. Aun cuando se hizo de noche, me mantuve en mi puesto, confiando y rezando para que la niña haya encontrado y leído la nota que Nina le coló en la mochila y haya buscado ayuda.

Esperaba que un coche de policía se detuviera a la puerta de la casa y se llevara a esos padres horribles o al menos que los visitara un equipo de servicios sociales, pero no. El único que llamó a su puerta fue un mensajero con un paquete. Cuando se hizo de noche supe que era demasiado tarde para esperar que ocurriera algo, pero seguí sentada en el mismo sitio, con la lamparita en las manos, lista para encender y apagar la bombilla y demostrarle que sigo aquí. Pero solo la vi un instante cuando entró en su cuarto porque luego su madre apagó la luz. Suponiendo que ya estaba acostadita y a salvo, abandoné mi puesto de vigilancia y me cambié de ropa yo también.

Justo cuando empezaba a preguntarme por qué Nina no me habría puesto al día, lo vi, tirado en el suelo, medio en mi cuarto medio en el descansillo: un sobre blanco sin destinatario. Supe lo que era antes de abrirlo. Dentro estaba la carta que Nina y yo le habíamos escrito a la niña. No se la había dado. Por eso no había pasado nada en todo el día, por eso nadie vino en auxilio de la niña, porque la pequeña no sabía que tenía una salida. A pesar de lo que había presenciado con sus propios ojos, Nina había preferido no creerme y no ayudarme. Y tampoco tenía agallas para reconocérmelo a la cara.

Aunque mi prioridad era ayudar a la niña a escapar de un entorno no seguro, en parte esperaba que aquello condujera a mi liberación también. La había imaginado contándole a la persona en la que confiara que había visto a alguien en el ático de la casa de enfrente haciéndole señales con una luz. Ridículo, ahora que lo pienso. Pese a todo, suelto un suspiro de derrota.

Esta noche, cuando Nina ha venido a buscarme para bajar a cenar, todo ha transcurrido como si no hubiera pasado nada. He pensado en plantarle cara, preguntarle por qué dudaba de que había maltrato, pero ¿de qué me habría servido? Cuando Nina decide algo, nunca cambia de opinión. Así que, en su lugar, hemos cenado, ha querido contarme cosas de su día y hemos recordado aquellos momentos de su infancia en que rememorábamos viejos recuerdos porque no podíamos crear otros nuevos.

Me han desconcertado otros dos sucesos. Antes, mientras me daba un baño más caliente de lo habitual, Nina me ha instalado un televisor nuevo en mi cuarto. No me había comentado que pensara hacerlo ni me ha explicado por qué. Yo he entrado en mi cuarto y allí estaba. Después, cuando me he puesto de espaldas con el tobillo levantado, esperando a que me cambiara la cadena larga por la corta, no lo ha hecho. Se ha marchado sin más con un «¡Hasta el viernes!».

El detalle me ha hecho recelar, como todas las muestras injustificadas de bondad. Tanto esto como el nuevo televisor me lo puede quitar tan rápido como me lo ha dado. Pero mientras lleve la cadena larga puedo salir del confinamiento de mi habitación y usar el baño cuando lo necesite.

Me despierto en plena noche con la necesidad imperiosa de cambiarle el agua al canario y, en vez de usar el cubo, me siento en la taza fría del váter y lloro desconsoladamente mientras orino. Es una nimiedad, pero suficiente para hacerme sentir humana otra vez.

# Capítulo 40

## NINA

Me pregunto si será así, aunque a escala mucho mayor, como se siente un dictador, el cabecilla de un régimen en el que uno siempre se sale con la suya. Nadie cuestiona las decisiones que toma un dictador y alguien se ocupa enseguida de quienes sí se las cuestionan. Así es como me siento viviendo con Maggie: tengo la sensación de ser la líder de esta autocracia y que el peso de la responsabilidad de la vida de ambas cae firmemente sobre mis hombros. Ella ha estado al mando casi toda mi vida, pero a los dictadores casi siempre terminan derrocándolos, así que, aunque nuestra relación haya mejorado, jamás me dormiré en los laureles en su presencia. No puedo permitir que la balanza de poder se incline completamente al otro lado.

Ahora que ha vuelto a su cuarto, aprovecho para disfrutar del buen tiempo y del nuevo mobiliario de jardín con la esperanza de que Elsie no me vea. No me apetece aguantar su lengua viperina y sus acusaciones mal disimuladas esta noche. Me he sacado afuera la copa de vino; le doy un par de sorbos, cierro los ojos y disfruto del silencio.

Pienso en la niña de enfrente y espero haber tomado la decisión correcta al no meterle la nota en la mochila. Estaba a un par de pasos, a punto de descolgarle la mochila del hombro cuando su madre salió de pronto de la tienda de la esquina con dos chocolatinas y unos cómics de vivos colores en la mano. Sus hijos impresionables la abrazaron para darle las gracias y continuaron los tres su camino al colegio cogidos de la mano. Como yo solo había sido testigo del momento posterior a la supuesta agresión física, no estaba segura al cien por cien de que los bofetones no fueran fruto de la imaginación calenturienta de Maggie. A lo mejor estar encerrada en el ático está empezando a trastornarla, porque apostaría lo que fuera a que la mujer que vi con esos dos niños ayer no era alguien capaz de agredir a nadie. No sé cómo explicarlo, pero supe enseguida que la suya era una relación basada en el cariño y muy distinta de la que yo tengo con Maggie.

Me suena la alarma del móvil para recordarme algo que tengo que hacer. Me meto la mano en el bolsillo y saco un blíster de pastillas. Saco una y me la trago con un sorbo de vino. Sé que no debería tomarme las medicinas con alcohol, pero tampoco creo que lo note mucho. Me revienta tomar pastillas, así que me la trago rápido. Se supone que iba a ser una solución provisional, pero dos años después me aterra lo que podría pasar si las dejo.

# Capítulo 41

## NINA

### HACE DOS AÑOS

El nuevo médico de cabecera que tengo sentado delante repasa mi historia en el ordenador. Es por lo menos diez años más joven que yo y lleva un pegote blanco del tamaño de un guisante en el pelo por encima de la oreja, como si no se hubiera extendido bien la gomina al peinarse esta mañana. Me dan ganas de inclinarme hacia delante y frotárselo hasta que se deshaga.

Es la primera vez que vengo a esta consulta, la primera, de hecho, que visito desde que dejé de ir al consultorio donde trabaja mamá. Supongo que ella sabe que ya no estoy registrada allí, aunque tampoco es que lo hayamos comentado ninguna de las dos. No es asunto suyo. Después de que me saboteara los planes de adopción, no quiero que sepa nada de mi vida ni que husmee en mi historia clínica.

Se ha abierto una brecha entre las dos mayor incluso que la que se abrió cuando papá nos abandonó. Estoy ahorrando hasta el último penique que gano para salir escopeteada de esa casa y largarme bien lejos de ella. La imposibilidad de adoptar me ha hecho un daño que ni siquiera creía posible. Llevo meses viviendo bajo un nubarrón del que no consigo escapar. El doctor Kelly es mi último recurso.

A pesar de su aparente juventud, hay que reconocerle que tiene con los pacientes el trato empático de un profesional con muchos más años de experiencia. Me escucha cuando le hablo de mi interminable abatimiento.

—¿Y cuánto tiempo hace que se siente así? —me pregunta.

—Unos meses.

—¿Se ha manifestado alguna vez en forma de impulsos suicidas?

—No.

—¿Nunca?

—No. No quiero suicidarme.

—¿Ha tenido algún deseo de autolesionarse?

—No.

—¿Sale y socializa mucho?

Me gustaría mentir y decir que sí, porque suena mucho mejor que admitir que paso casi todas las noches viendo la tele con una madre con la que estoy resentida.

—No —me sincero.

Hablamos de algunas de las posibles razones de mi desánimo. Menciono que tengo treinta y seis años y llevo una vida de los más insatisfactoria, pero me abstengo de comentarle la muerte de Dylan o el fracaso de mi solicitud de adopción.

Consulta de nuevo la pantalla.

—Veo que tuvo la menopausia muy prematuramente —me dice—. ¿Gestionó bien las emociones derivadas del diagnóstico en su momento?

Y, cuando lo pienso, me doy cuenta de que no. Lo acepté sin más, agaché la cabeza y continué mi vida sin Jon ni Dylan.

—Probablemente no —confieso.

—¿Por qué quiere que le recete antidepresivos?

—Porque me estoy quedando sin opciones —reconozco—. He hecho todo lo que he podido, pero no consigo salir de esto yo sola.

Después del año que perdí tomando antidepresivos fuertes tras la muerte de Dylan, huyo de casi todas las medicinas, hasta de los anticatarrales y antigripales, así que este es mi último recurso. La sensación de inadaptación que tengo me ha hecho pensar incluso si Maggie tendría razón cuando me dijo que no sé manejar el estrés. A lo mejor no dispongo de los mecanismos con los que cuenta la gente normal para gestionar la aceptación cotidiana del fracaso y la decepción. Quizá por eso nunca he intentado encontrar a papá, por el miedo a arriesgarme y que me rechazara por segunda vez.

—¿Se ha planteado la posibilidad de asistir a terapia de grupo? La lista de espera de la Seguridad Social es larga, pero es más corta que la de la terapia individual y yo se la solicito encantado.

—Soy muy mía y prefiero lidiar con esto yo sola. —Noto que no lo tiene claro, pero al final se ablanda—. Tampoco quiero una dosis alta —señalo cuando empieza a teclear sus anotaciones—. Me los recetaron cuando era adolescente y los efectos secundarios me tuvieron fuera de combate casi un año entero.

—¿Cuándo fue eso?

—A mediados de los noventa. No quiero volver a pasar por eso.

El doctor Kelly menea la cabeza.

—No deberían tener esos efectos secundarios —dice—. Suelen ser medicamentos como el litio o el ácido valproico los que los producen y solo se recetan para trastornos como la bipolaridad. ¿Está completamente segura de que eran antidepresivos?

—Sí. Los estuve tomando unos diez meses.

—No consta en su historia médica.

Frunzo el ceño.

—Me los recetó el doctor King.

—No, no figuran aquí. Por lo que dice en su historia, estuvo unos tres años sin ver a ningún médico en esa época.

Me recuesto en el asiento, perpleja. ¿Por qué no consta en mi historia médica?

—Igual me equivoco de fechas —digo por fin, antes de que el doctor Kelly me imprima la receta y me la dé.

—Aun así, me gustaría que considerara la terapia —añade mientras yo me levanto—. A veces viene bien soltar lo que llevamos guardadito aquí dentro —dice, señalándose la cabeza.

Le doy las gracias y me marcho con la promesa de que me lo pensaré.

Esa noche no paro de darle vueltas a lo de mi historia médica. Mis ojos gravitan hacia mamá, sentada en el sofá, riéndose de una chorrada de programa de humor en la tele, con las piernas debajo del trasero. Me planteo sacarle el tema.

He pasado años creyendo que el doctor King me había hecho una visita a domicilio y, al verme tan angustiada, me había recetado una medicación fuerte, pero no recuerdo siquiera verlo en casa ni hablar conmigo. Tampoco recuerdo ninguna visita de seguimiento. Me creí lo que me contó mamá. En cuanto a la advertencia del médico de que si no me tomaba aquellas pastillas la alternativa era encerrarme en un psiquiátrico, también fue cosa de mamá. De hecho, todo eso fue cosa suya. ¿Se ha pasado los últimos veinte años mintiéndome? «No —me digo—, no tiene motivo para hacerlo. Debió de entender mal qué pastillas me estaba dando el doctor.» Quiero creer que fue eso, pero sigo dándole vueltas.

Me entra una notificación de Facebook: una solicitud de amistad de alguien a quien no conozco. La rechazo porque mal de muchos no siempre es consuelo de tontos. No es justo por mi parte esperar que nadie más quiera compartir mi nubarrón.

# Capítulo 42

NINA

HACE DOS AÑOS

Estoy sentada en una de las salas de reuniones de la biblioteca, enredando con el móvil, cuando me entra otra solicitud de amistad en Facebook. Esa vez no la ignoro. Aparto el paquetito de mi almuerzo y la estudio con detenimiento.

La foto de perfil es la misma que la de la solicitud de ayer y pertenece a un tal Bobby Hopkinson. Miro a ver si tenemos amigos en común, pero no. ¿Por qué insiste tanto? Doy por sentado que me confunde con otra. Sin embargo, me puede la curiosidad y hago clic en el botón de confirmación; siempre lo puedo bloquear después si es necesario.

No soy usuaria habitual de las redes sociales. Me encargo del Twitter y el Facebook de la biblioteca, pero hago lo justo. De hecho, acepté la responsabilidad porque a nadie más le apetecía. En cuanto a mi cuenta de Facebook, la mitad del tiempo ni me acuerdo de que la tengo. La creé hace años por capricho y a veces me paso un mes entero sin mirarla. Alguna que otra vez espío a alguna de mis antiguas compañeras de colegio con la esperanza de que su vida se haya estancado como la mía, pero suelen tener el perfil repleto de fotos de maridos, niños, casas bonitas y vacaciones al sol. Entonces las bloqueo por si les da por contactar conmigo.

Echo un vistazo al perfil de Bobby. Vive en el condado vecino de Leicestershire, a unos cuarenta y cinco minutos de aquí. Miro a ver si se trata de un perfil falso, pero, si lo es, el que lo lleva se ha tomado muchas molestias, porque hay decenas y decenas de fotografías de él en álbumes que se remontan a 2011. Claro que también podría haberle robado la vida *online* a otro. Lo cierto es que podría estar cualquiera al otro lado de ese teclado. Se leen noticias de ciberestafas a todas horas. A lo mejor es un preso con acceso a un móvil, un asesino en serie o un estafador profesional que vive en la otra punta del mundo. Hoy tengo la paranoia exacerbada.

—Hola —me dice por Messenger.

«¡Qué imaginativo!», pienso yo.

Hago una pausa. ¿De verdad quiero entablar conversación con un desconocido? No tengo nada mejor que hacer durante los próximos quince minutos, hasta que llegue algún cliente, así que contesto.

—Hola.

—¿Cómo estás? —pregunta.

—Bien, gracias. ¿Tú?

—Fenomenal. Soy Bobby, por cierto.

—Ya. He visto tu perfil.

—Ah, vale. —No tengo claro qué espera que le diga a continuación ni por qué le estoy contestando—. ¿Estás ocupada? —dice después.

—Estoy en el descanso de la comida.

—¿A qué te dedicas?

—Trabajo en una biblioteca. ¿Tú?

—Soy periodista.

—¿De qué medio?

—De un periódico de Leicester. Soy el jefe de redacción.

—¿Esta es una conversación de trabajo, entonces?

—No, no, qué va —contesta y añade un *emoji* sonriente. Vuelvo a echar un vistazo a su foto. A lo mejor no tiene intenciones ocultas y solo está siendo amable—. Probablemente debería dejarte en paz —dice—. Tengo una entrega urgente.

—Vale —respondo.

—¿Hablamos en otro momento?

—Claro.

—Genial.

Se despide con una X a la que no quiero verle ninguna connotación. Sin embargo, cuando vuelvo arriba, a la *suite* de negocios, me conecto y descubro que tiene perfil en Twitter y LinkedIn. También encuentro la foto con la que firma sus artículos en la versión electrónica del *Leicester Mercury*.

Esa noche, ya en casa, oigo a mamá abajo, cargando el lavaplatos mientras yo veo la tele en mi cuarto. Me entra otra notificación de un mensaje de Bobby en Facebook.

—¡Hola! —escribe.

—Hola —contesto yo.

No sé por qué, pero me complace volver a tener noticias suyas. Dudo que los antidepresivos me hayan hecho efecto ya en un solo día. Apenas los llevo en la sangre.

—¿Qué haces? —pregunta.

Y hablamos un rato de programas de televisión. A los dos nos gustan los dramones; tenemos el mismo gusto en películas de suspense, actores y actrices. La conversación es desenfada y fluida y me siento como si estuviera hablando con un viejo amigo. Repaso sus fotos, pero esta vez me fijo en si tiene media naranja. Sé que soy mayor que él y en sus álbumes aparecen sobre todo chicas de su edad. Su «situación sentimental» confirma que es soltero y no ha habido ninguna foto suya con el sexo opuesto en más de un año.

A pesar de tener gustos similares, también tenemos nuestras diferencias. Aunque no soy la fea del baile, tampoco soy la típica mujer que llama la atención a los hombres. Él es joven y atractivo mientras que yo soy del montón. Él lleva ropa de moda que refleja su edad y yo soy más de lo que aún me vale y que lleva en mi armario desde que Britney y Justin aún eran pareja.

Interrumpe nuestra conversación por el Messenger la voz de mamá que sube las escaleras.

—Estoy preparando un chocolate caliente para tomarme una taza antes de acostarme, ¿te apetece?

—No, gracias —contesto.

Niego con la cabeza. Mi madre me devuelve a la realidad. Me estoy engañando si pienso que a este Bobby puede interesarle alguien que aún vive con su madre. ¿Qué puedo ofrecerle yo? Cuando la conversación siga su curso normal y descubra lo lerda que soy, dejará de contestar a mis mensajes y me quedaré hecha una mierda. Así que ¿qué sentido tiene esto?

Tomo las riendas de la situación y apago el móvil por la noche.

Cuando me despierta la alarma del radiorreloj por la mañana y vuelvo a encender el móvil, ya tengo dos mensajes esperándome: uno es la continuación de la conversación que tuvimos Bobby y yo anoche sobre cine y el segundo es un alegre «¡Buenos días!» con un *emoji* de un sol sonriente.

—¿Te acostaste temprano? —me pregunta.

—Sí —miento—. Perdona, estaba cansadísima.

En contra de mi buen juicio, le complazco y sigo hablando con él mientras me ducho, me visto para ir a trabajar y me preparo el almuerzo para llevar. Mamá me mira en la cocina al verme inclinada sobre el móvil. No me ofrezco a explicarle con quién hablo y ella tampoco me pregunta. Después del desastre de la adopción, ya no tiene derecho a saber nada de mi vida privada.

—Me gusta mucho hablar contigo —me escribe cuando voy en el autobús.

A mí me pasa lo mismo, pero no lo reconozco y termino reaccionando contra él.

—Te voy a ser sincera —le digo—: me pregunto quién eres en realidad. Yo no uso mucho las redes sociales, no tenemos amigos comunes y nuestros caminos nunca se han cruzado. ¿Cómo me has encontrado?

—Andaba curioseando en los perfiles de antiguos amigos de Northants y tú me saliste como sugerencia de «personas que quizá conozcas».

Es factible, supongo, pero tengo la sensación de que me oculta algo.

—Entonces, ¿mandas mensajes a muchas mujeres así porque sí?

—No, no, qué va —protesta—. Tú me pareciste amigable.

«Le parecí amigable», repito para mis adentros. Amigable, como un perro viejo de fiar al que te dan ganas de acercarte a acariciar.

—¿Y eso lo has deducido de mi foto? —pregunto—. La viste y pensaste: «Mira, esta mujer mayor "parece amigable", voy a saludarla».

—Bueno…, sí. Perdona, te he ofendido, ¿verdad? No era mi intención.

—Estoy en el trabajo, tengo que cortar.

Me desconecto de Facebook para no caer en la tentación de comprobar si me ha vuelto a escribir. Pero eso no me impide pensar en él.

# Capítulo 43

Hace dos años

Ignorar a Bobby no me ha durado mucho. De hecho, lo he conseguido solo un día. A lo mejor sí que es verdad que los antidepresivos están obrando su magia después de todo, pero hablar con alguien nuevo ilumina un poco mis días nublados. En un plazo de tiempo tan corto, he llegado a ilusionarme por tener noticias suyas.

Y durante casi toda la semana, han estado yendo y viniendo los mensajes entre nosotros como una pelotita de pimpón. Apenas ha pasado una hora del día en que no hayamos charlado o nos hayamos hecho reír. Me gusta: es divertido. A veces me da rabia que nuestro trabajo se interponga en nuestras conversaciones. Pero sigo sin tener ni idea de qué es lo que quiere de mí.

No me son ajenos los chats con hombres por apps y sitios web de citas, pero las conversaciones se agotan enseguida y los bloqueo en cuanto me mandan una foto de su pene. Bobby parece distinto. Parece verdaderamente interesado en lo que tengo que decir. A pesar de la diferencia considerable de edad, tenemos muchos gustos y opiniones en común. Además, los dos somos bastante independientes, aunque sus fotos de Facebook indiquen que es mucho más sociable que yo. No obstante, hay preguntas que quiero hacerle, pero no se las hago.

¿Adónde va lo nuestro? Con dos mil millones de usuarios activos en Facebook cada mes (esto lo he investigado), ¿por qué decidió entablar conversación conmigo? Cada vez que saco el tema me responde con alguna vaguedad y eso me hace sospechar.

Anoche me sorprendí preguntándome cómo sería conocerlo en persona. Reproduje mentalmente la escena, desde el restaurante francés de Wellingborough Road en el que le propondría que nos viéramos hasta el bar donde nos tomaríamos la última antes de que me llevara a casa y nos morreáramos en el coche como adolescentes. Enseguida me di cuenta de lo absurdo que sonaba y sacudí la cabeza hasta que se evaporó la fantasía. Y por eso he decidido poner fin a esto. Mientras mi mente sea frágil y necesite medicamentos para alcanzar el equilibrio, debo protegerme. Dejé de hablar con él sin más en plena conversación.

Debió de mandarme una decena de mensajes ayer, hasta que se dio cuenta de que ya no le contestaba y paró, pero esta mañana, cuando me he despertado, me he encontrado otros dos preguntándome si estoy bien y diciéndome que lo tengo preocupado. No recuerdo la última vez que un hombre me dijo eso, ni siquiera Jon. Me dan ganas de ignorar ese mensaje con la esperanza de que pille la indirecta y se rinda, pero sea quien sea e independientemente de cuál sea su juego, decido acabar con esto como una persona adulta. No debería ignorarlo; no soy tan cruel.

Con los dedos suspendidos sobre el teclado del móvil, escribo por fin:

—Hola.

—¡Estás ahí! —contesta y percibo su entusiasmo—. Este iba a ser mi último mensaje. Cuando he visto que no contestabas a los otros, me ha preocupado estar desquiciándote.

—Perdona —le digo—, andaba liada. —Rectifico—. No, no es cierto. No andaba liada. Te he estado evitando.

—¿Por qué? Si ha sido por algo que he hecho, lo siento muchísimo —añade con un *emoji* ceñudo.

—No me estás contando toda la verdad, ¿a que no?

Suele responder enseguida, en cuestión de segundos. Esta vez son minutos. Los nervios se me agarran a la boca del estómago y me trepan despacio por la garganta. Quiero y no quiero la verdad. Cuanto más tarda, más miedo me da.

Me vuelve a sonar el móvil.

—No, no te he contado la verdad —contesta—. Lo siento.

Suspiro. Aunque en el fondo lo sabía, me decepciona igual. Probablemente esté sentado en un cibercafé de Europa del Este confiando en que sea una de esas mujeres solitarias, ingenuas y desesperadas a las que sacarles el dinero bajo promesa de un futuro que nunca llegará. Yo antes pensaba que esas mujeres eran idiotas por picar, pero, después de hablar una semana con Bobby, ahora entiendo por qué caen. Cuando piensas que estás conectando con alguien, aunque sea un absoluto desconocido, la imaginación te puede llevar por el mal camino.

—Entonces, ¿quién eres? —le pregunto.

—Soy quien digo ser —responde, y me confunde más.

—¿Por qué empezaste a escribirme?

—¿Querrías quedar conmigo y lo hablamos en persona?

—¿Quedar contigo? —Frunzo el ceño y tecleo enseguida—. ¡No! ¿Por qué demonios iba a querer quedar contigo cuando acabas de reconocer que me has mentido?

—No te he mentido, de verdad, Nina, pero preferiría explicártelo cara a cara, en vez de hacerlo por mensajes.

Niego con la cabeza y le doy un ultimátum.

—O me cuentas ahora mismo a qué juegas o te bloqueo y no volvemos a hablar jamás. Tú decides.

—No hagas eso, por favor.

—¿Por qué no?

—Porque eres mi hermana.

# Capítulo 44

## MAGGIE

Desde el día en que di a luz a mi hija, me he esforzado por tener con ella una relación mejor que la que mi madre tuvo conmigo.

Mamá no era buena persona, lo reconoció mucho después de que yo hubiera dejado de permitirle que tuviera ascendiente sobre mí. Se encontraba en su lecho de muerte cuando, sin mediar provocación alguna, pronunció esas palabras en un momento en que bajó la guardia. No fue tanto una confesión como una constatación de un hecho. Un hecho del que mi hermana Jennifer y yo estábamos al tanto.

Estábamos sentadas en un sillón cada una, a ambos lados de la cama del asilo de mamá. Salía de debajo de las sábanas una sonda conectada a una bolsa de plástico llena en una cuarta parte de una orina oscura. Estaba tan deshidratada que le habían pinchado también una vía en el brazo. Junto a la mano tenía una mascarilla, lo bastante cerca como para que pudiera cogerla cuando le costara respirar por sí misma. Su cama miraba a un ventanal y ella contemplaba el jardín y un bosquecillo que se extendía más allá del terreno.

—No tenía capacidad de amar —dijo sin disculparse—. Nunca os quise como debería haberlo hecho.

Ni me extrañó ni me decepcionó oírlo. No recuerdo que jamás nos hiciera cucamonas, nos besara, nos cogiera en brazos cuando nos caíamos o nos proclamara su amor. Nos daba de comer y de beber, la casa siempre estaba limpia y se aseguró de que las dos tuviéramos la mejor educación posible. Puede que esa fuera su forma de expresar amor o puede que lo hiciera por obligación. En cualquier caso, ahí era donde terminaban sus responsabilidades.

—En aquella época, se daba por supuesto que debías tener una familia —prosiguió—. Se esperaba que te casaras con un hombre al que ni siquiera amabas, que formaras una familia y que no hablaras nunca de cómo te sentías de verdad. Lo aceptabas sin rechistar. Antes de que nacieras, pensaba que a lo mejor cuando te tuviera en brazos por primera vez, me haría clic algo por dentro, como cuando un interruptor enciende una luz, pero no. Entonces, albergué la esperanza de que ocurriera con Jennifer, pero también esa vez seguí a oscuras.

—Cuando recuerdo nuestra infancia, pienso que debería estar resentida contigo, pero no es así —terció Jennifer—. Solo te compadezco por todo lo que te has perdido con nosotras. No todo fue malo, ¿no?

—No, no todo —contestó mamá—. No podría haber tenido unas hijas mejores. A pesar de todo, estáis las dos conmigo en este momento. Pero no os habría reprochado que me hubierais dejado morir sola. Os culpé a las dos por no dejarme llevar la vida que creía merecer, pero eso fue culpa mía, no vuestra.

—¿Quisiste a papá en algún momento? —pregunté yo.

—A mi manera, quizá. Aunque dudo que llegara a conocerlo de verdad. Andaba siempre demasiado ocupado en las casas de apuestas o persiguiendo a otras mujeres para que ninguna de nosotras participara de su vida. No tuvisteis los padres que merecíais. —Por primera vez, mamá alargó las manos para cogernos las nuestras. Tenía la piel helada y sus venas hinchadas me parecieron tiras de regaliz—. Aprended de mis errores, hijas. Tú tienes suerte de tener a Vincent, Jennifer; sed felices juntos. Y tú, Maggie, estoy convencida de que siempre podrás contar con Alistair. No te decepcionará. Él te dará todo lo que papá y yo no hemos podido darte.

Solo unos años después descubrí que entre los múltiples defectos de mamá estaba el de tener un pésimo ojo para juzgar a la gente.

Pasaron solo dos meses entre el diagnóstico del cáncer de mamá y su muerte. Si se lo hubieran detectado antes, justo cuando ella se notó el bulto en el pecho por primera vez, quizá habría sobrevivido, con tratamiento, pero no dijo nada y confió en que se iría como había venido. Para muchas personas de su generación, un diagnóstico de cáncer era sinónimo de impureza y, cuando por fin buscó ayuda, ya era demasiado tarde.

Ahora, igual que mi madre, también yo tengo un bulto en el pecho.

Desde que me lo he descubierto esta mañana de casualidad, estoy supersensible, porque he sido testigo de lo que puede hacer. Además de a mamá, esta enfermedad mató también a mi abuela y a mi tía. La estadística no está a mi favor. Mamá era prisionera de su propia negación y yo soy prisionera de mi hija.

Me encuentro entre la espada y la pared. Mi relación con Nina está estable ahora mismo. No sé cuánto durará, pero no estoy preparada para que termine. Si le cuento lo que he descubierto, la cosa se va a complicar, pero, si el diagnóstico no es bueno, podría ser una bendición, justo lo que necesito para salir de aquí.

# Capítulo 45

## Nina

Maggie me tiene de los nervios esta noche. No es por algo que haya hecho, sino por lo que no hace: hablar. Cuando está tan callada, me angustia. La última vez terminó con una patada en la cara con el grillete y una serie de sucesos que no acabo de cuadrar. Confiaba en que aquello no se repitiera. A lo mejor me equivocaba.

Mientras mira fijamente la pared del comedor, yo le hago la ficha. El álbum de los grandes éxitos de ABBA da vueltas en el tocadiscos, pero hasta yo empiezo a cansarme de oír las mismas canciones siempre que cenamos juntas. Empecé a ponerlo para provocarla, porque sabía lo mucho que le recordaba a papá y cuánto le fastidia que se lo mente. Ahora me parece que nos irrita a las dos.

Necesito saber qué está pensando por si me supone una amenaza. Sin embargo, me distrae momentáneamente el ver lo rápido que parece estar envejeciendo últimamente. Tiene ya el pelo y las cejas completamente blancos y el suéter de color crema que lleva puesto le cuelga de los hombros huesudos como una sábana, dándole el aspecto de un fantasma de dibujos animados. Por un instante, me imagino que soy Bruce Willis en *El sexto sentido* cenando con su mujer. A lo mejor solo yo veo a Maggie; tal vez me he vuelto completamente loca y solo vive en mi imaginación. Claro que tampoco puedo preguntárselo a nadie.

Yo como con apetito mientras ella arrastra la ternera Strógonov con champiñones por el plato como el que pone fichas en una mesa de ruleta. Araña la superficie del plato con el tenedor y a las dos nos pilla un poco por sorpresa porque se nos sigue haciendo raro que use cubiertos de metal y no de plástico. Ni ella ni yo comentamos ya este lujo que se ha vuelto costumbre.

Me puede la necesidad de llenar el silencio.

—¿No está buena la comida? —le pregunto con retintín.

—Sí, está riquísima —contesta y me dedica una sonrisa que me es muy familiar: es la que suele usar cuando quiere que piense que todo va bien aunque no sea así. La usó el día que papá se fue; es en parte una disculpa y en parte un intento de minimizar algo sísmico.

—He comprado carne fresca en vez de congelada y he hecho la salsa de cero —prosigo—. Con la receta de uno de los libros de Jamie Oliver.

—Está deliciosa —me dice y vuelve a esbozar esa condenada sonrisa.

Es la gota que colma el vaso. Suelto los cubiertos en el plato y me limpio las comisuras de los labios con una servilleta de papel.

—¿Me vas a contar qué pasa? Porque está claro que te inquieta algo.

—No es nada —contesta, pero no me puede mirar a los ojos o no quiere hacerlo.

—Mamá —continúo y rectifico enseguida—. Maggie. No me vengas con jueguecitos, que no soy idiota.

Inspira hondo y aparta el plato medio lleno.

—Me he encontrado un bulto en el pecho —dice.

Eso sí que no me lo esperaba. La miro un rato en busca de algún indicio de que me está mintiendo.

—Un bulto —repito.

—Sí, en el pecho izquierdo.

—¿Cómo de grande?

—Como un guisante.

—¿Cuándo te lo has encontrado?

—Hace unos días.

—¿Por qué no me has dicho nada antes?

—No quería preocuparte.

Sigo dudando. Solo hay una forma de saberlo con certeza.

—Enséñamelo —le digo. Parece decepcionada de que no me baste con su palabra, pero yo no reculo. Los dictadores nunca lo hacen. Así que se quita la blusa y se queda desnuda de cintura para arriba y sentada y más vulnerable de lo que la he visto en toda mi vida—. ¿Dónde? —pregunto, acercándome a ella y alargando la mano.

Me lleva la mano adonde lo tiene y enseguida lo noto entre el pulgar y el índice. Desde luego es un bulto.

—Mierda —digo sin pensar.

—¿Me puedo vestir, por favor?

Asiento con la cabeza y se viste.

Vuelvo a mi sitio y ninguna de las dos dice nada más. Soy consciente de que mis pensamientos son egoístas, porque este descubrimiento me pone en una tesitura muy difícil. El plan era tener a Maggie arriba veintiún años de su vida o hasta que muriera, lo que ocurriese primero. A su edad, habría sido seguramente lo segundo, pero ahora parece que podría ocurrir mucho antes de lo que yo pensaba. No sé bien cómo sentirme.

Mi consciencia se activa de repente: ¿será culpa mía? ¿Se habrá ido acumulando la angustia que le estoy haciendo pasar hasta transformarse en un cáncer? Niego con la cabeza. «No», me digo, y me recuerdo que es una maldición que ha asolado a su familia durante tres generaciones. Por eso Maggie me enseñó desde muy pequeña a explorarme periódicamente y por eso jamás me salto una cita para

mamografía, porque tengo mayor riesgo que la mayoría de las mujeres. Entonces me doy cuenta de que me estoy poniendo en lo peor.
Podría ser cualquier cosa, desde un furúnculo hasta un quiste. Un
bulto no tiene por qué ser un cáncer.

Pensándolo bien, supongo que la causa del bulto da igual. El
hecho es que existe y, si es malo, no sé bien qué hacer. Pienso en
Bobby y me dan ganas de llamarlo y contarle lo que ha pasado, pero
no puedo. Si lo hago, destaparía una caja de Pandora que nunca
podría volver a tapar porque, aunque se lo contara todo, dudo que
llegara a entender por qué he hecho lo que he hecho. Además, no
puedo convertirlo en cómplice de mis actos. Maggie ya le ha complicado bastante la vida.

# Capítulo 46

NINA

HACE DOS AÑOS

Suena música folclórica de flauta y violín por los altavoces del techo. Estoy sola y releyendo los mensajes de Facebook de Bobby por enésima vez, como si mirando una y otra vez lo que me escribió fuera a interpretar sus palabras de una forma distinta.

«Porque eres mi hermana», me escribió. Ni con la mejor voluntad del mundo se puede malinterpretar una afirmación así.

Dejo el móvil en la mesa, bocabajo, y, distrayéndome con lo que me rodea, procuro olvidarme de lo que podría venir. La distribución y el jardín me resultan familiares, pero la decoración general choca con mis turbios recuerdos. Jon y yo veníamos aquí hace tiempo, pero cuando era un local de música *rock* y no el *pub* irlandés mal montado que es ahora. Aquí no hay nada que venga de la verde Irlanda o sus alrededores, ni siquiera la Guinness que tanto anuncian.

Vuelvo a coger el móvil y miro la hora. Aún faltan quince minutos y ya soy un manojo de nervios. Bebo un sorbo de limonada y me arrepiento de no haber pedido algo que me relajara un poco. Pero tengo que estar lúcida.

«Porque eres mi hermana.»

Esas cuatro palabras me han tenido la cabeza a mil durante las últimas veinticuatro horas. Miro de nuevo el móvil y me recuerdo lo que le contesté, dejándole bien claro que yo era hija única.

—No lo creo —me dijo él.

—Mira, no sé a qué juegas, pero no me hace ninguna gracia —repliqué.

—Tengo pruebas, te puedo enseñar… Por favor, ¿podríamos hablarlo en persona? Puedo ir a verte —me suplicó—. Y entonces, si no me crees, no hace falta que vuelvas a hablarme nunca más.

Lo vi tan convencido de lo que decía que al final accedí.

—Nos vemos mañana después del trabajo —le dije, y le mandé la dirección de un *pub* del centro.

Y ahí es donde estoy ahora. Le he dado vueltas hasta la saciedad, intentando encontrarle algún sentido. Aunque no recuerdo apenas nada de lo que sucedió después de la muerte de Dylan, dudo que mamá se quedara embarazada, con lo que tiene que ser hijo solo de papá. A lo mejor la madre de Bobby es la verdadera razón por la que papá desapareció: la prefirió a ella. Siempre he dado por supuesto que mamá me ocultaba algo cuando me dijo que papá se había ido porque no se llevaban bien. Ahora pienso que le daba demasiada vergüenza reconocer que la habían reemplazado.

Me he pasado toda mi vida adulta culpándola de no tener padre y no sé cómo voy a poder compensarla si lo que Bobby dice es cierto.

—¿Nina? —me sobresalta una voz.

Igual que yo, Bobby ha llegado antes de tiempo. Lo miro fijamente como si fuera el primer humano con el que tengo contacto. Me alivia comprobar que tiene el mismo aspecto que en sus fotos de Facebook. Cuando me tiende la mano, veo que su sonrisa es tan nerviosa como la mía. En persona, es más evidente que en las fotografías de Facebook que tenemos la misma forma de ojos y de labios y los mismos hoyuelos. Todo lo que quería decirle y que me he pasado el día ensayando se me va de la cabeza porque el instinto me dice que acabo de conocer a mi hermanastro.

—¿Te pido algo? —me pregunta y yo declino educadamente el ofrecimiento.

Deja una cartera de piel encima de la mesa y yo lo escudriño mientras espera junto a la barra. De repente, me avergüenzo de mí misma por los pensamientos indecorosos que tuve sobre él antes de que me diera la noticia.

Vuelve a la mesa con un vaso y una botella de limonada, y se sienta enfrente de mí.

—¿Has encontrado fácilmente el *pub*? —le pregunto, sin saber bien por qué le pregunto eso con todo lo que tenemos que hablar.

—Sí, he puesto el GPS.

—¿Dónde has aparcado?

—En el aparcamiento del Grosvenor Centre.

—Espero que hayas apuntado en qué planta estás, porque luego es una pesadilla intentar encontrar el coche.

Me enseña el móvil. Ha hecho una foto de la pared en la que se ve pintado «4B». Yo habría hecho lo mismo.

La verdad es que no sé qué más decir, pero tampoco tengo que preocuparme porque habla él.

—Esto es como una cita a ciegas, ¿verdad? —dice, y se ruboriza—. Tampoco es que yo haya tenido nunca una cita a ciegas con mi hermana —añade.

«Nadie me ha llamado nunca eso.» Creo que me gusta cómo suena.

—¿Qué te hace pensar que estamos emparentados? —le pregunto.

—Mis padres siempre han sido sinceros conmigo desde que tengo uso de razón —contesta—. Por eso siempre he sabido que era adoptado.

—¿Adoptado? —repito.

—Sí. Pareces sorprendida.

«Entonces, tanto a su madre como a la mía las abandonó el mismo hombre.» Si no era bastante con que nos uniera la sangre, ahora nos une también este abandono compartido de nuestro padre. De pronto siento la necesidad irresistible de abrazar a Bobby, pero me contengo. Quiero preguntarle por qué me ha buscado a mí antes que a sus padres biológicos. Salvo que ya los haya encontrado y no hayan querido saber nada de él… Pero seguro que enseguida hablaremos de eso.

Continúa contándome más cosas de su vida. Su familia se mudó a Leicester cuando él era un bebé, tiene dos hermanos mayores y una hermana que no son adoptados y fue un estudiante corriente aunque excepcional en Lengua. Me cuenta que siempre quiso ser periodista y que está ahorrando para viajar por el mundo.

Me pregunta por mi vida y yo le cuento cosas sueltas, que, la verdad, son pocas y dispersas. Parece tan interesado en lo que cuento como yo en lo que cuenta él. Ha conseguido ya mucho más que yo. ¿Puede uno sentirse orgulloso de alguien a quien acaba de conocer?

Mientras habla, me vienen recuerdos fugaces de papá. Por primera vez, poseo un fragmento de la vida que ha llevado lejos de mí. Me pregunto cuántos más seremos, cuántos hermanastros habrá ido dejando por ahí. Podríamos cruzarnos por la calle y no tener ni la más remota idea de que somos de la misma sangre. Quiero saber lo que ha averiguado Bobby de él.

—He pensado mucho en papá a lo largo de los años —empiezo—. Muy a mi pesar, aún lo echo de menos. ¿Has intentado alguna vez encontrarlo? ¿Sabes si todavía vive?

Me mira perplejo.

—¿Papá? —pregunta.

—Sí —digo—. Debió de tenerte más o menos cuando nos dejó a mamá y a mí.

—No tengo ni idea de quién es mi padre —responde, y ahora soy yo la que se queda de piedra.

—Entonces, ¿qué parentesco tenemos?

—Somos hijos de la misma madre.

Me aparto.

—¿La misma madre? —repito—. Me parece que ha habido algún error. Tú y yo somos hijos del mismo padre, no de la misma madre.

—Según mi partida de nacimiento, no.

—Eso es imposible.

—Échale un vistazo, por favor.

Mete la mano en la cartera y saca un sobre acolchado marrón repleto de documentos. Hurga entre ellos hasta que encuentra el que busca. Es una partida de nacimiento expedida en Northampton. Donde pone NOMBRE DEL PADRE, dice DESCONOCIDO, pero en el de la madre aparece Margaret Simmonds. También coincide la fecha de nacimiento de mamá, pero su ocupación está en blanco.

—No puede ser —digo.

Bobby asiente con la cabeza.

—La busqué en el censo electoral y la encontré aquí, en Northampton, y descubrí que también tenía una hija que aún vive con ella. Luego miré un poco en Facebook y te encontré a ti porque no sabía si abordar a Margaret o no. Lo siento. Esto debe de ser un golpe para ti.

—Bobby —le digo con firmeza—, si mi madre hubiera estado embarazada y hubiera tenido otro bebé, yo me acordaría. No es algo que se pueda ocultar.

Luego pienso en cómo se lo oculté yo a mi madre hasta el día en que me puse de parto prematuramente. ¿Me podría haber ocultado una cosa así? A fin de cuentas, debió de ser cuando mi mundo se derrumbó. Entonces me acuerdo de lo que me dijo el médico la semana pasada sobre los antidepresivos que pensaba que había estado tomando por esa época. No sería capaz de drogarme para ocultarme que estaba embarazada, ¿verdad? No, eso es absurdo.

Pero, cuando vuelvo a mirar la fecha de la partida de nacimiento, se me abre un boquete en las entrañas. La fecha de nacimiento de Bobby coincide con una que jamás olvidaré. Entonces caigo en la cuenta de que no he mirado el nombre que le pusieron en el certificado. Al leerlo, se me sube el estómago a la boca como si me hubieran lanzado desde lo alto de un rascacielos: Dylan Simmonds.

—¿Dylan? —digo con un aspaviento.

—Sí —contesta—. Bobby es un apodo que tengo desde niño, por mi nombre de pila. Ya sabes, Bob Dylan.

¡Qué equivocados estábamos los dos! Bobby no es mi hermanastro. Bobby es Dylan. Y Dylan es mi hijo, no la hija perdida por la que he suspirado todos estos años.

# Capítulo 47

NINA

HACE DOS AÑOS

No sé cómo procesar tantas emociones. Nunca había estado tan confundida, furiosa y eufórica, todo a la vez. A menos que esto sea un fraude rebuscado y cruel y la partida de nacimiento de Bobby sea una falsificación, la hija a la que he llorado veintidós años jamás existió. Lo que nació, en realidad, no fue una ella, sino un él, y ese él está vivito y coleando. El bebé que mi madre me dijo que había nacido muerto no era tal cosa. ¿Cómo le encuentro sentido a todo esto?

Llego a casa y cierro la puerta de la calle con todo el sigilo posible. Necesito ordenar un poco mis ideas antes de plantarle cara a mamá. Pero me ha oído.

—¿Eres tú, Nina? —me dice desde la cocina.

—Sí —contesto, apretando la mandíbula.

—Llegas tarde.

—Una de las entregas se ha retrasado —miento.

Oigo ruido de platos y el agua que corre.

—Queda un poco de estofado si tienes hambre. Lo tienes en la olla de cocción lenta —me dice—. Ah, y también tienes *crumble* de manzana en la nevera. Caducó ayer, pero aún se puede comer.

Me habla en un tono ligero y casi melódico, como si no hubiera pasado nada anormal, como si todo fuera de lo más corriente. Y en su mundo así es. Pero el mío está patas arriba y destripado. Me han hecho cosas de las que no tenía ni idea y me siento tan frustrada y aislada que siento ganas de hacerme daño solo para aliviar el dolor.

Solo de oírla ya me dan ganas de gritar, de darle un bofetón. Tengo que contenerme. Necesito hechos puros y duros para decidir qué hacer a continuación. Necesito volver al punto de partida.

La veo de pronto, secándose las manos enjabonadas en el delantal. Ahora la miro con otros ojos.

—¿Qué demonios pasa? —me pregunta.

—¿Por qué?

—Estás blanca como el papel. ¿Estás incubando algo?

—Me está empezando una migraña.

—Ay, cariño —dice—, si hacía años que no tenías una. ¿Qué la ha provocado?

—Seguramente las tiras de luz del sótano de la biblioteca. Hoy he estado mucho rato ahí abajo.

—¿Te has tomado algo para el dolor? Tengo aspirinas en algún lado…

Me da la espalda y se acerca al armarito donde guarda todas las medicinas. Dentro hay una estantería repleta de cajitas y frasquitos. Tiene una farmacia en casa.

Tengo que reprimir la rabia que me inspira ahora mismo. No me costaría mucho agarrar el primer objeto que vea, como el calentador de agua, y atizarle con él en la nuca.

—Sí, me he tomado unas pastillas —contesto—. Me voy a echar un rato.

No espero a que me conteste y subo corriendo las escaleras por miedo a lo que podría hacer si me quedo a solas con ella más tiempo.

En cuanto estoy al otro lado de la puerta cerrada de mi cuarto, por fin dejo de apretar los puños. «Pobre Bobby —pienso—, ¡lo confundido que debe de estar ahora mismo!» Antes, cuando me he dado cuenta de que podía estar sentada al lado de mi hijo y no de mi hermanastro, me ha entrado el pánico, me he excusado y me he ido sin más explicaciones. Era demasiado para digerirlo de golpe. Le he prometido que no era por nada que él hubiera hecho o dicho y que hablaríamos pronto, pero que me tenía que ir. Ni siquiera le he dado la oportunidad de contestar antes de salir corriendo del *pub*. Se lo explicaré todo en cuanto lo tenga claro yo.

Cuando salí del aturdimiento tras la muerte de Dylan, casi todas las cosas de mi vida anterior habían desaparecido de la casa.

—Tienes que empezar de cero —me comunicó mamá—, así que me he llevado las cosas que podían disgustarte.

Con «las cosas» se refería a fotos, ropa y música. Había tirado a la basura como si nada mi vida entera, pero yo aún estaba demasiado frágil para discutir con ella. Estaba haciendo lo que más me convenía… o eso pensé yo.

Sin embargo, se le escapó algo, algo que me encontré por casualidad muchos años después: un folleto de un concierto de The Hunters al que había prometido a Jon que iría. A pesar del atontamiento, recuerdo aquello claramente porque fue la tarde que me puse de parto y, a pesar del miedo y del dolor, no dejaba de pensar en lo decepcionado que estaría Jon de no verme allí. El folleto estaba metido entre las páginas de *Cumbres borrascosas*, mi novela favorita de adolescente. Abro el libro y veo que sigue ahí, una hojita con un pliegue en el centro y una foto del grupo. Me detengo a estudiar la imagen de Jon. El parecido entre padre e hijo es sutil, pero desde luego está ahí.

Pensé que mamá estaba dando prioridad a mis sentimientos cuando se llevó corriendo a mi criatura antes de que pudiera siquiera verla. Pero ahora sé por qué. No quería que oyera las primeras respiraciones ni el llanto de mi bebé. Ya tenía pensado dar a su nieto en adopción. Tengo la cabeza abarrotada de preguntas que quiero hacerle. Sé que no me dará respuestas, así que voy a tener que encontrarlas en otro lado.

Como los datos del registro civil son públicos, pedir una copia de la partida de nacimiento de Bobby por internet ha sido muy sencillo y me ha llegado en dos días. Así he sabido que la que él me enseñó era auténtica. Se llama Dylan Simmonds, nació el día en que yo di a luz y Maggie figura como su madre. Hace veintidós años no debió de ser capaz de prever el alcance de internet ni lo pequeño que harían el mundo las redes sociales.

—Hay un sobre para ti en la mesa del comedor —me dice mamá.

—Gracias —contesto y lo cojo para inspeccionarlo de cerca.

Es blanco, como de centímetro y medio de grueso y, como pedí, no lleva ningún sello del consultorio. Solo he tardado cinco días en recibir una copia impresa de mi historia médica. Mamá se queda por allí como si esperara que le vaya a decir lo que contiene. No lo hago.

No le he contado nada de lo que he averiguado hasta ahora, pero todo el tiempo que paso con ella me muevo por inercia y estoy cada vez más cerca de mi límite de tolerancia. Me encuentro al borde del precipicio y no hará falta mucho para que caiga por él. Y, cuando eso ocurra, no habrá vuelta atrás para ninguna de las dos, de eso estoy segura.

Cierro la puerta de mi cuarto y abro el sobre. Se me sale el corazón del pecho mientras leo cada página, toda mi vida documentada desde mi nacimiento hasta mi reciente solicitud de antidepresivos.

Allí figura todo, desde el sarampión hasta las paperas y la neumonía. Todo salvo la razón por la que he pedido este expediente.

El doctor Kelly tenía razón: aquí dice que entre los catorce y los dieciséis años no fui al médico. ¿Las visitas a domicilio que, según mamá, me hizo el doctor King? No hay constancia de ellas. ¿Su prescripción de antidepresivos? No se menciona. ¿Mi crisis nerviosa? Ni una palabra. Es como si yo me hubiera inventado un capítulo entero de mi vida. Hasta compruebo la numeración de las páginas para asegurarme de que no se ha quedado ninguna en la impresora del consultorio. ¿Le estaría haciendo el doctor King un favor a mamá tratándome extraoficialmente? Si fue así, ¿con qué fin? No puedo preguntárselo a él porque hace años que murió. Solo mamá sabe la verdad.

Otra de las muchas cosas que no entiendo es por qué Dylan nació sano cuando yo soy portadora de la anomalía genética que produce la holoprosencefalia. Retrocedo unas páginas para buscar el diagnóstico, pero no lo encuentro por ninguna parte. Vuelvo al principio del todo porque estoy segura de que mamá me dijo que me habían hecho las pruebas a los siete años, pero no se menciona. Entiendo que los especialistas o mis padres informarían a mi médico de cabecera. Algo tan importante debería estar documentado.

Cojo el móvil y, por primera vez, busco holoprosencefalia en Google. Hace muchos años que no pienso en la enfermedad. La última vez que la busqué fue en una revista médica, en la biblioteca, cuando estaba embarazada de Dylan y quería saber más sobre lo que podía esperar, solo que, al ver las fotografías de bebés desfigurados, no pude seguir leyendo. Ojalá hubiera seguido, porque, de haberlo hecho, habría sabido antes que mamá es una mentirosa. Aquí dice que la holoprosencefalia no se transmite de padre a hija ni es genético. No se sabe bien por qué ocurre. Es una enfermedad para la que no se pueden hacer pruebas. De hecho, es tan inusual que solo la sufren cinco bebés al año en todo el mundo. Las posibilidades de que yo la tenga son de menos de una entre mil millones.

Pienso en el rinconcito del jardín donde mamá me dijo que había enterrado a Dylan y en todo el consuelo que me ha proporcionado visitarlo todos estos años, pero las lágrimas que he derramado allí por mi criatura han sido en vano. No lloraba sobre una tumba, sino sobre un lecho de flores. Todo este tiempo, Dylan estaba vivo y a sesenta kilómetros de mí, con otra familia.

«Quizá debería darme un tiempo para digerir esto», me digo. Pero no puedo. Ya he malgastado mi vida bastante para demorarlo más. Según el reloj despertador de la mesilla son solo las 19:40; tengo que esperar un par de horas para poder actuar. Mamá suele acostarse a las 21:30 y los potentes somníferos de los que depende tardan una media hora en dejarla fuera de combate. Entonces me pondré manos a la obra.

De pronto caigo en la cuenta. Tengo lo que siempre he querido: un hijo. ¡Soy madre! Sonrío por primera vez en días, luego me obligo a reprimirme. Ya habrá tiempo de sobra para disfrutar de esto más adelante.

# Capítulo 48

Cuando oigo respirar profundamente a mamá al otro lado de la puerta del dormitorio, comienza mi búsqueda de la verdad sobre quién soy en realidad y qué me ha pasado. No se puede dar a un niño en adopción sin dejar un rastro burocrático considerable. Necesito pruebas puras, duras, legales e irrefutables de lo que me ha hecho mi madre. Si ha sido sensata, lo habrá destruido todo, pero teniendo en cuenta su obsesión por guardarlo todo, albergo la esperanza de que se haya dejado algo.

Con la linterna del móvil, me cuelo en su cuarto caminando de puntillas por la moqueta. Le registro los cajones de la cómoda y el armario, aunque dudo que vaya a ser tan fácil. Como era de esperar, no encuentro nada incriminatorio ahí ni en los dos cuartos vacíos, tampoco en el aparador del comedor ni en el secreter del salón. Cuando termino en la cocina con las manos vacías, todas mis esperanzas están puestas en el sótano.

Pulso el interruptor de la luz y empiezo a bajar las escaleras de hormigón. No recuerdo la última vez que tuve un motivo para bajar aquí. Es un espacio inmenso del tamaño de toda la planta baja de la casa. Unas de las primeras cosas que hizo papá cuando nos mudamos aquí fue pedir que lo forraran con un aislante hidrófugo, que hicieran toda la instalación eléctrica y enyesaran las paredes. Iba a ser «su espacio», pero no llegó a poner la mesa de billar que siempre había querido. Ahora no es más que un vertedero de nuestra historia familiar y está atestado de porquerías. No sé por dónde empezar.

Lo inundan montones de objetos y mesas y sillas viejas que mamá no ha tirado. Hay conjuntos abandonados de muebles de jardín rotos, dos de mis viejas bicis, estanterías repletas de botes de pintura medio vacíos y una secadora rota. Aun así, encuentro extrañamente reconfortante verme entre tantas cosas que me recuerdan a mi infancia. Aquí abajo me siento inmune a lo que me pueda sobrevenir arriba.

Me pongo manos a la obra, revisando decenas de cajas de cartón. Ninguna está etiquetada, así que hasta que no retiro la cinta de embalar marrón y levanto las solapas no sé qué hay dentro. Algunas llevan carpetas de documentos, pero son solo facturas y extractos bancarios. Otras contienen ropa pasada de moda de mamá, mis notas del colegio y las suyas y antiguos rollos de papel pintado a medio usar.

Una caja llena de cuadernos de ejercicios míos del colegio me distrae y saco uno al azar para hojearlo. Me detengo en una redacción que mi yo de ocho años tuvo que hacer sobre dónde esperaba estar a los treinta años. Mis ingenuas aspiraciones me hacen sonreír. Por entonces, lo único que quería era casarme con George Michael, que viviéramos juntos en una casa a la orilla del mar y cuidar ponis enfermos. Mi búsqueda corre el peligro de convertirse en un recorrido nostálgico por el pasado cuando me topo con un montón de cajas de viejos juguetes míos: las Barbies y los Kens, las Sylvanian Families, los Beanie Babies y los juegos de mesa me traen recuerdos olvidados hace tiempo. Hay una casa de muñecas de tres plantas con la que solía jugar. Saco de la cocina una de las tres figuritas de madera que constituyen la familia perfecta; lleva un trajecito azul marino y un maletín en la mano y yo le pinté una sonrisa roja en la cara con rotulador. Caigo en la cuenta de que también yo me he estado pintando la sonrisa casi toda mi vida adulta.

Me pregunto por qué mamá no habrá tirado nunca nada de esto. A lo mejor es su forma de aferrarse a un pasado al que ansía volver, un pasado en el que estaba felizmente casada y era madre de una niña que aún no había perdido la inocencia.

Se me hace un nudo en la garganta cuando me topo con una caja de recuerdos que me hizo mi padre. Dentro hay pósteres y letras de canciones de *Smash Hits*, postales, tarjetas de cumpleaños y otras cosas sueltas. Cojo objetos significativos de las otras cajas que tengo delante y los meto en la de papá. Ojalá pudiera quedarme aquí, en mi mundo adolescente, y no salir nunca, pero tengo una misión.

No sé ni qué hora es hasta que la veo de refilón en el reloj: es más de la una y media de la madrugada, llevo horas aquí abajo y no estoy más cerca de desvelar la hondura de las mentiras de mamá. Pasa otra hora y más cajas todavía hasta que ya no queda nada que registrar. Me siento en un viejo taburete de madera con la cabeza apoyada en las manos, derrotada y frustrada por el fracaso. El único sitio donde no he mirado es en el cobertizo del jardín, pero estoy convencida de que, si hubiera documentación allí, la habría visto en el transcurso de estos años.

Me levanto y suelto un bostezo larguísimo. Estoy agotada, pero dudo que vaya a poder dormir esta noche con tantas preguntas sin respuesta. Cuando vuelvo a la escalera, veo unos objetos tapados con un guardapolvo en un lugar apartado del hueco de la escalera. Intrigada, retiro el guardapolvo; debajo hay seis maletas de pie y la bolsa de golf de papá, que me pone la carne de gallina. Leo las etiquetas de cartón atadas con un cordel a las asas de las maletas. A duras penas distingo su nombre y el de mamá escritos con la letra de papá en tinta ya descolorida. En las asas también hay etiquetas de equipaje de aeropuertos españoles, franceses y alemanes, todas de sitios en los que yo no he estado y a los que debieron de ir cuando yo aún no había nacido. A veces olvido que tuvieron una vida antes de mí. Todas las maletas llevan candado, pero se rompen fácilmente de un taconazo. Tumbo la primera en el suelo, suelto los cierres laterales y la abro.

Dentro hay montones de cajas de color rojo y blanco de un medicamento, todas iguales, por lo visto. Cada caja lleva una etiqueta mecanografiada con el nombre y la dirección: cuatro nombres y direcciones de desconocidos que se repiten una y otra vez. Me lleva tiempo, pero las examino todas: la más antigua es de julio de 1995 y la más reciente de mayo de 1996. Los últimos paquetes aún están sin desprecintar. Las etiquetas indican que provienen de siete farmacias diferentes de distintas partes de la ciudad.

Me saco el móvil del bolsillo y busco el nombre en Google: Moxydogrel. Se trata de un medicamento retirado del mercado. Leo la entrada de la Wikipedia:

El Moxydogrel es un sedante que empezó a comercializarse en 1993 solo con receta y estuvo disponible únicamente hasta 1996. Desarrollado inicialmente para su uso a largo plazo en adultos con problemas de conducta y ansiedad incapacitante, servía para mantener a los pacientes sedados y en un estado menos agresivo y más pacífico y manejable. Usado de forma prolongada, podía producir largos períodos de inactividad, pérdidas de memoria y docilidad.

Suelto una respiración que no era consciente de estar conteniendo y miro la caja desde todos los ángulos. «Lo estaba utilizando conmigo», digo en voz alta, incrédula. Mamá debía de estar robando blocs de recetas del trabajo, prescribiendo el medicamento a nombre de distintas personas y pidiendo que se lo dispensaran en diferentes farmacias. Por eso en mi historia médica no aparecen los antidepresivos: no me los habían recetado. Este Moxydogrel es la razón por la que casi toda la época posterior al nacimiento de Dylan es una nebulosa para mí. Me estaba drogando.

Vuelvo al móvil y sigo leyendo en la página web cuando me llaman la atención las palabras «efectos secundarios».

El Moxydogrel se retiró del mercado mundial en noviembre de 1996, cuando se descubrió que un uso prolongado puede producir menopausia precoz e infertilidad en ambos sexos. Se desconoce cuántas víctimas del medicamento ha habido, aunque se ha indemnizado extrajudicialmente a varias de ellas.

«Infertilidad. Menopausia precoz.»

Me repito esas palabras una y otra vez, solo para asegurarme de que la mezcla de lo tardío de la hora y el estrés de los últimos días no me están trastornando. No quiero creerlo, así que lo aparco para procesarlo después.

Estoy a punto de cerrar la maleta cuando veo que una de las cajas es distinta a las demás. Se llama Clozterpan. Recurro de nuevo a internet para averiguar que se trata de un medicamento empleado para provocar el fin de una gestación. «Ayuda a la usuaria a abortar en casa». Mamá debió de dármelo la primera vez que me quedé embarazada. No fue la naturaleza la que me hizo perder el bebé, sino ella.

No sé bien qué hacer ahora, así que me siento en el suelo, atónita. Mamá no solo asesinó a mi primer bebé, sino que dio en adopción al segundo y luego me dejó estéril. Las lágrimas me caen sin control por toda la cara.

El nubarrón que llevo encima me engulle entera. No quiero seguir aquí abajo. No me gusta la verdad porque duele demasiado.

Estoy lista para subir a gatas los dos tramos de escaleras, encerrarme en mi cuarto y no volver a salir jamás.

Sin embargo, saco fuerzas de flaqueza para continuar. Rompo el candado de otra maleta y dentro encuentro ropa de adulto y sobres marrones con documentación. Esto es lo que he estado buscando: carpetas y documentos relacionados con Dylan. También hay otra copia de su partida de nacimiento.

Leo el resumen del informe de un trabajador social sobre Dylan y mamá.

Tras varias reuniones en su casa, Margaret ha dejado claro que su hijo no es un bebé esperado ni querido. Rechaza firmemente la oportunidad de reunirse con él y explica que está casada pero el niño es el resultado de una relación extramatrimonial. Su marido trabajaba fuera y ella no quería que se enterara. Pese a nuestro esfuerzo, continúa decidida a no ver al niño y no quiere replantearse la posibilidad de quedárselo.

Por la fecha del informe, todas estas reuniones y charlas se estaban produciendo a solo unos metros de mí mientras yo estaba drogada e inconsciente arriba.

Quedan dos maletas más que no me apetece abrir. Me alivia descubrir que están llenas de ropa vieja. Dentro se amontonan vaqueros, camisetas, ropa interior, calcetines y abrigos mohosos hechos un revoltijo, como si los hubieran metido ahí con prisa. Hurgo entre las prendas y encuentro más de una decena de sobres blancos con mi letra. Van dirigidos a mi padre y llevan sello pero no hay marcas postales. Todas las cartas que escribí y que mamá me dijo que había enviado no salieron jamás del sótano.

Estoy a punto de cerrar la quinta y última maleta cuando caigo en la cuenta de que solo contienen ropa de hombre. Y entonces me fijo en una prenda de abrigo. Es una cazadora vaquera que papá se ponía mucho. Recuerdo el parche del codo, que se le enganchó en una valla metálica y mamá le arregló con aguja e hilo. Ahora ya me lo imagino vestido con alguna otra de estas cosas, como las Adidas y las corbatas de trabajo. Por último, en el bolsillo de un abrigo, encuentro su pasaporte y su cartera. Dentro hay sesenta y cinco libras en billetes que ya no son de curso legal, sus tarjetas de crédito caducadas y su carné de conducir. No tiene sentido. ¿Por qué se dejaría todo esto aquí cuando desapareció? ¿Incluso sus palos de golf? Uno no deja su vida por otra sin llevarse algo consigo.

Entonces lo entiendo.

¡A menos que papá nunca nos abandonara!

# Capítulo 49

Siento escalofríos por todo el cuerpo y apoyo las manos en el suelo para no venirme abajo. Inspiro hondo, pero se me empieza a nublar la vista y los colores de mi alrededor se convierten en tonos de negro y rojo. Aprieto los puños y hago todo lo posible por no perder la consciencia.

Al final me pongo en pie y, temblando aún, subo la escalera agarrándome fuerte a la barandilla hasta que llego a la cocina. El reloj digital del horno marca las 3:39 y será de día en cuanto me descuide. Sin apagar la linterna del móvil, abro la puerta de servicio, cerrada con llave, y salgo afuera. Todo está en silencio y no hay ni una pizca de luz de luna que me ilumine el camino que conduce al parterre del fondo del jardín.

Crujen bajo mis pies las conchas de caracol hasta que llego a mi santuario, el lugar al que he estado viniendo durante más de veinte años a llorar la pérdida de Dylan. Desde que descubrí que mi hijo no había muerto, he dado por hecho que este parterre estaba vacío. Ahora rezo para que así sea.

Agarro una pala del cobertizo, dejo el móvil en el suelo y me pongo a cavar. La adrenalina me corre por el cuerpo y voy soltando una palada detrás de otra de flores y tierra sobre el césped. Cada vez que la herramienta topa con algo que no es tierra suelta, echo un vistazo de cerca y me alivia ver que no es un hueso. Me cae el sudor por la cara y me arden los músculos sin tono muscular de los brazos según voy cavando más y más hondo, más y más ancho, hasta que me veo metida hasta las rodillas en el hoyo.

Y entonces ocurre. La pala hace un ruido sordo y no entra más; sé que ya no es tierra lo que tengo bajo los pies. Ilumino el hoyo con la linterna. Me he topado con una fibra marrón que, al tocarla con los dedos, veo que es el relleno de un edredón. Está casi todo podrido y va dejando plumas marrones, como las alas de un ángel caído.

Me llevo una mano embarrada a la boca, dejándome una película de porquería en los labios. Necesito ver con mis propios ojos lo que hay dentro de ese tejido y espero con toda mi alma que no sea lo que pienso, que no sea otra cosa más que mi madre me ha arrebatado. Acuclillada, me armo de valor, arranco la cinta que sujeta los restos del edredón y lo abro. La linterna me permite vislumbrar un color pálido y algo que me resulta familiar: las llaves de papá. Van en un llavero con mi foto del colegio dentro que le regalé por el Día del Padre. Las sostengo un instante y luego me las guardo en el bolsillo.

Sé lo que voy a encontrar a continuación, pero no consigo mentalizarme. Aparto la tierra y las piedras con las manos hasta que puedo distinguir lo que estoy viendo: la caja torácica de un adulto. Me encuentro plantada sobre el cadáver de mi padre desaparecido.

# Capítulo 50

## NINA

Me asomo a su cuarto y me encuentro a Maggie tumbada de lado en la cama, mirando hacia la tele, aunque dudo que la esté viendo. Tiene la cabeza en otro sitio.

Sé lo que ocupa sus pensamientos porque es lo único que tengo en mente yo también. De momento, he dejado de verla solo como el enemigo y la veo como a mi madre anciana y vulnerable. Me incomoda que se me nuble así el juicio.

Cuando saludo, la sobresalto y frunce el ceño.

—No te esperaba —dice—. Cenamos juntas ayer.

—Ya —contesto—, pero mira… —Levanto una bolsa del súper que llevo y la mira fijamente, sin saber qué reacción espero de ella—. Hazme sitio —le digo, y ella se incorpora. Vacío sobre el edredón el contenido: hay al menos una decena de paquetes y cajas. Se pone las gafas recién arregladas y las va cogiendo una por una, leyendo cada etiqueta—. He estado buscando en internet tratamientos y terapias alternativos para el cáncer de mamá —le explico—. No tenía ni idea de que hubiera tantísimas opciones distintas. —Empiezo a leer en voz alta—. Camomila, ácido graso Omega-3, probióticos, hierba de San Juan, jengibre… En montones de páginas se sugieren cosas similares, así que algo tendrán.

—Aún no tengo un diagnóstico —dice.

La ignoro.

—Un estudio de la Universidad de Colorado indica que la equinácea, el ajo, la cúrcuma y la linaza pueden ayudar, así que voy a empezar a cocinar más con esos ingredientes. Además, te he comprado un termo que te llenaré de agua caliente para que puedas beber té verde, que tiene muchos antioxidantes.

Maggie no se muestra tan entusiasta como yo; le veo el escepticismo en los ojos.

—Nina —dice con vacilación, pero yo la interrumpo.

Sé lo que me va a decir. Como ha trabajado media vida en ese consultorio, le han lavado el cerebro para que crea que los medicamentos fabricados por el ser humano son la solución a todo. No es así. No está al tanto de los enormes progresos que se han hecho en naturopatía. Debo convencerla de que tenga una mentalidad abierta.

—Me vas a decir que no crees en estas cosas, pero no pierdes nada probándolo, ¿no?

—No, pero…

—He fotocopiado unas recetas de un libro que he encontrado en el trabajo y que se titula *Cocina para enfermos de cáncer*. Lleva cantidad de sugerencias y, en el descanso de la comida, he hecho la compra por internet y he pedido montones de productos frescos orgánicos de Waitrose que nos traerán mañana por la noche. Se supone que la vitamina D también es buena, así que este fin de semana, si hace sol, podríamos salir al jardín trasero un rato…

—Abre un poco los ojos ante la propuesta y me arrepiento enseguida. Ha sido una sugerencia espontánea. Me he dejado llevar. No lo he pensado bien, sobre todo estando Elsie al lado. Supongo que podría llevarme a Maggie al fondo del jardín, que está más recogido y no la vería nadie—. He estado leyendo estadísticas sobre los bultos en el pecho —añado—. Un ochenta por ciento no son malignos, así que es muy probable que el tuyo no sea más que un quiste o tejido graso.

—Nina —repite, con mayor rotundidad esta vez, como hace cuando no le hago caso. Funciona y dejo de hablar—. Ya conoces el historial de nuestra familia —dice—. Sabes que este tipo de cáncer puede ser genético. Lo llaman «alteraciones genéticas hereditarias». Tengo más o menos la misma edad que cuando mi madre y mi abuela murieron exactamente de lo mismo; por eso sé que las probabilidades de que este bulto sea maligno son mucho mayores que las del resto de las mujeres. También sé lo elevados que son los índices de supervivencia cuando se pilla a tiempo. Si es cáncer, no se va a evaporar con unas cuantas comidas sanas y unas vitaminas. Pero para poder tomar una decisión, necesitamos un diagnóstico profesional.

—La medicina homeopática lleva usándose miles de años —replico—. Los nativos americanos siempre han usado setas, hierbas, líquenes y demás para tratarse.

Alarga la mano para tocarme el brazo, pero yo me aparto antes de que me roce. No entiendo por qué no es más receptiva y me está empezando a fastidiar. Lo debe de haber notado, porque echa otro vistazo a lo que le he traído.

—Gracias —dice—. Te lo agradezco de verdad.

Muy en el fondo, me dan ganas de estrecharla contra mi pecho para que podamos llorar juntas. Lo descarto. Han pasado demasiadas cosas para que eso ocurra. En lugar de ello, me yergo, me levanto y vuelvo a guardar todas las cajas en la bolsa.

—Te aviso cuando esté lista la cena —digo y, por el rabillo del ojo, la veo asentir con la cabeza.

Le dejo la puerta abierta y bajo las escaleras, recordándome una vez más que está encerrada ahí arriba por algo. No puedo dejar que este problema de salud eclipse todo lo que me ha hecho antes, pero no estoy dispuesta a perder a otro ser querido.

# Capítulo 51

Creo que nunca he sido verdaderamente consciente de lo mucho que echaba de menos un buen baño hasta que me privaron de ese lujo. Nina solo me permitía llenar la bañera con agua tibia y bañarme dos veces por semana, pero ahora que me deja llevar la cadena larga, no solo puedo usar el váter en vez de un cubo, sino volver a utilizar mi querida bañera cuando me apetezca.

He empezado a darme baños por las mañanas después de que Nina se vaya al trabajo, con tanta agua caliente como quede en el calentador después de que ella se haya duchado abajo. Como medida de precaución, no suelo preparármelo hasta que la veo desaparecer por la calle. Tampoco es que me lo haya prohibido, de hecho, no me ha dicho ni una palabra al respecto, pero no quiero que me lo reproche en el futuro.

Mientras espero, arrodillada desnuda junto a la bañera, a que se llene, me vuelvo a mirar la comida y los medicamentos alternativos que me ha dejado para hoy en táperes a la puerta de mi cuarto. No puedo decir que no me haya decepcionado. Un puñado de almendras y unas bolsitas de té verde no me van a librar del bulto, pero un médico a lo mejor sí.

Me sumerjo en la bañera, con la pierna levantada y apoyada en el borde para no mojarme la cadena. Nina ha cambiado el gel de baño con perfume de naranja por uno que huele a lavanda y es mucho más agradable. Me tumbo, poniéndome una toalla doblada en la nuca a modo de cojín, y vuelvo a localizarme el bultito del pecho. A lo mejor espero un milagro y que se desvanezca misteriosamente de la noche a la mañana, pero no, claro.

Sinceramente, no sé cómo tomarme los remedios de Nina. En mi opinión, hay sitio, desde luego, para la medicina complementaria, pero junto a la medicina moderna, no en su lugar. He trabajado más de treinta años en un consultorio y he visto cómo las medicinas pueden alargar la vida y combatir el cáncer. Nina se agarra a un clavo ardiendo. Y no sé qué puedo hacer para que lo entienda.

Aún me sabe a ajo la boca del pollo a la Kiev de anoche. Demasiado sabor y me pregunto si, a partir de ahora, todas mis comidas van a saber así: repletas o cubiertas de alguna «cura milagrosa». Durante la cena, cada vez que me contaba algo que había leído en internet que podía ayudar, me daban ganas de agarrar el plato, estamparlo contra la pared y pedirle a gritos que se callara. Pero no lo hago, en parte porque no quiero ofenderla y en parte porque necesito tenerla de mi parte.

Me cuesta relajarme, así que salgo de la bañera y me seco, me meto un vestido por la cabeza y vuelvo a mi cuarto. Demasiado nerviosa para sentarme, me paseo por la habitación.

Mi futuro podría tomar tres rumbos (los he contado). El primero es que voy a salir de esta casa en una caja de madera. El segundo es que la voy a convencer de que deje que me diagnostique un profesional en condiciones y, si es necesario, me trate. Ahora mismo lo primero parece más probable porque Nina ha heredado muchos de los rasgos de su padre y uno de ellos es la cabezonería. El tercero es que me voy a ayudar yo misma. Hasta la fecha, todos mis planes de fuga se han visto frustrados, así que necesito uno más inteligente.

Mientras exploro las paredes, el suelo y el techo con una nueva perspectiva, me distrae la fotografía de Alistair que Nina pegó a la pared justo debajo del techo de mi cuarto. Con la cadena larga, ya no está fuera de mi alcance. En equilibrio sobre la otomana, le doy unos zarpazos. La arranco en dos tiras. La echo al váter y tiro de la cadena.

Me conozco hasta el último centímetro cuadrado del dormitorio, pero el baño no tanto. Miro alrededor. Ni siquiera sé lo que busco ni cómo me podría ayudar a salir de aquí, pero Nina ha sido precavida: ha desatornillado y retirado el espejo del armarito del baño y la pesada tapa de loza de la cisterna.

De pronto empiezo a llorar. No quiero morir a los sesenta y ocho. Si ha llegado mi momento, quiero que sea ahí fuera, no encerrada aquí. No quiero pasar los días que me queden replicando los últimos momentos de mi madre en su lecho de muerte del asilo, llorando una vida que no he tenido ocasión de terminar en condiciones.

Además, ¿de qué tendré que disculparme cuando llegue mi hora final? ¿Me arrepentiré de lo que he hecho o de lo que no he hecho en nombre del amor de madre? ¿Se me perdonará lo mucho que he decepcionado a mi hija, mi absoluta y puñetera ignorancia? ¿Cómo voy a pedir clemencia si de verdad creo que lo que hice era lo que debía hacer?

# Capítulo 52

Hace dos años

Algo me pesa muchísimo en la cabeza, me la hunde completamente en la almohada y me impide moverla. Intento levantar los brazos para incorporarme, pero tengo la fuerza de un bebé. Me llevo la mano despacio al cuero cabelludo para deshacerme de lo que me retiene, pero lo único que me noto es el pelo. Lo tengo apelmazado y grasiento al tacto. Entonces me doy cuenta de que la presión no viene de fuera, sino de dentro.

Me entra el pánico. Esto debe de ser lo que uno siente cuando le da un ictus: el corazón ha dejado de bombearme sangre al cerebro y se me van muriendo las neuronas. Necesito ayuda. Hago un esfuerzo por mover el cuello, que tengo tieso como un madero. Un dolor punzante me lo recorre por la izquierda, se propaga por la nuca y lo hace aún más insufrible. Quiero abrir los ojos, pero no es tan fácil. Al final, sendos conjuntos de pestañas se despegan y vuelvo a ver la luz, aunque me cuesta enfocar. Estoy completamente desorientada. Donde sea que me encuentre es un sitio gris y lúgubre, lleno de objetos que no puedo identificar. Poco a poco, me voy incorporando en la superficie sobre la que estoy tumbada, que es blanda al tacto, quizá se trate de cojines. No llego muy lejos porque cada centímetro me desata más punzadas en la cabeza. No tengo fuerzas para continuar.

Oigo una voz que sale de la nada y me alarma.

—Deja que te ayude. —Parece que venga de un casete reproducido a mitad de velocidad—. Dame los brazos, Maggie —prosigue y, de repente, sé quién es.

Nina está aquí, pero suena distinta.

—Gracias a Dios —mascullo, con la garganta seca y la voz quebradiza. Deslizo la mano por mi alrededor hasta que por fin topa con la suya—. Necesito una ambulancia.

Me suelta la mano y noto el calor que irradia de su cuerpo cuando se inclina sobre mí, me agarra por debajo de los brazos y me levanta hasta dejarme más o menos incorporada. El dolor de cabeza me cambia de lado y me obliga a inspirar hondo. Ojalá me hubiera dejado donde estaba.

Con los dedos, me separa los labios y me mete en la boca algo pequeño y de textura suave. Lo siguiente que noto es algo húmedo y frío pegado a la boca, y luego líquido que me chorrea por la barbilla.

—Toma un sorbo de agua y bebe —me dice Nina.

Me parece un esfuerzo monumental tener que pedirle otra vez que llame a emergencias, así que hago lo que me dice sin cuestionarlo. Si está aquí conmigo, estoy a salvo. Así que vuelvo a cerrar los ojos, me quedo dormida y sueño con ella cuando era un bebé. Lo único que yo quería era a mi precioso bebé…

Vuelvo a estar apenas consciente, pero me revienta la cabeza como si me estuvieran despedazando el cráneo con un martillo neumático. Alargo la mano hasta que noto la de Nina y me calma de inmediato. Esta vez, cuando abro los ojos e inspiro hondo, el espacio que me rodea ya no huele a rancio. Me resulta familiar pero nuevo a la vez.

—Despacito —me aconseja Nina y me ayuda a incorporarme. Me echa la cabeza hacia atrás y la rigidez del cuello me hace llorar de dolor—. Abre los ojos un poco más —me dice, y noto que me los limpia con un paño húmedo y frío. Luego me escuecen dos gotas en cada uno de ellos—. Tranquila, te vendrán bien —añade Nina.

Con voz ronca le digo que me duele muchísimo la cabeza, y me ofrece una pastilla. Tengo la boca seca y trago agua de la botella como si acabara de encontrar un oasis en el desierto.

Al final se aguzan mis sentidos y me consuela ver que estoy en casa y en mi cuarto. Está más oscuro de lo habitual.

—¿Qué me ha pasado? —pregunto.

Nina entrelaza los dedos con los míos. Los suyos están calientes y los míos fríos.

—Moxydogrel —susurra.

—Moxy… ¿qué?

—Moxydogrel —repite.

Se hace el silencio y mi mente aturdida salta de un recuerdo medio hecho a otro intentando recordar de qué me suena la palabra. De pronto caigo en la cuenta y sé que me lo ha visto en la cara porque me clava los dedos en los míos como garras.

Me palpita el corazón tan fuerte como la cabeza y casi parece que se me vaya a salir del pecho.

«¿Qué sabe?»

Ya no quiero estar aquí; tengo que irme. Intento levantarme de la cama, pero Nina me tiene atrapados los dedos con tanta fuerza que, si me muevo una pizca, me los va a partir como si fueran ramitas.

«¿Qué sabe?»

Con la mano libre, me froto los ojos y le escudriño el rostro. Parece tranquila, pero sé que hay algo al acecho bajo la superficie porque lo he visto antes. Un distanciamiento que me resulta familiar. Somos como dos escorpiones, rodeándonos la una a la otra, con las colas venenosas hacia arriba y a la espera de que la otra ataque primero. Pero yo estoy demasiado débil para enfrentarme a ella, y lo sabe, porque ha sido ella la que me ha debilitado así.

«¿Qué sabe?»

Miro hacia la ventana y me confunde la ausencia de los visillos y que en su lugar haya unas persianas blancas. Tampoco hay moqueta y la tarima está al descubierto. El resto del dormitorio parece igual.

Al final Nina me suelta la mano y da un paso atrás. Bajo las piernas al suelo y me siento en la cama. Por primera vez, soy consciente de que llevo sujeto al tobillo algo pesado que me retiene. Levanto la pierna y veo una especie de grillete con cadena.

—¿Qué... qué me has hecho? —pregunto, con los ojos encendidos de miedo.

—Debería preguntarte lo mismo —me replica.

—Nina, me estás asustando. ¿Por qué haces esto?

Entonces se encoge de hombros y la sonrisa que me dedica es gélida como el Ártico.

—Dime tú la razón. Tienes donde elegir.

«¿Qué sabe?»

# Capítulo 53

Observo fascinada como los ojos aterrados de mi madre revolotean por el dormitorio intentando detectar lo que ha cambiado desde la última vez que estuvo en él, hace diez días. Le he dejado los muebles y la cama, pero me he llevado las comodidades. Ya no hay joyas en el joyerito de nácar del tocador, apenas hay maquillaje en el estuche, no hay bragas en los cajones ni zapatos en el armario. Pero todo eso ya lo averiguará por sí misma más adelante. Me ha costado mucho esfuerzo y organización durante las últimas semanas llegar a este momento y su reacción está haciendo que cada segundo del tiempo invertido merezca la pena.

Me han instalado ventanas nuevas con triple acristalamiento y cristales irrompibles en el descansillo, el baño y el dormitorio, y un carpintero me ha puesto unas persianas aquí dentro por las que Maggie puede ver el exterior pero nadie puede verla a ella. El obrero al que contraté no me preguntó para qué era la vigueta de acero que le pedí que insertara en el centro del suelo del dormitorio ni la argolla metálica que soldó a ella. La uso para enganchar las cadenas a medida de mamá que compré en una web fetichista alemana. Y

a la mujer que me instaló el techo, el tabique y la puerta insonori-
zados del descansillo le dije que era para evitar que mi hijo, que es
aficionado a tocar la batería, me volviera loca.

La víspera del comienzo de las obras de la casa, fue cuando, por
primera vez, le eché a Maggie en la comida Moxydogrel, el mismo
medicamento con el que ella me había drogado a mí hacía un montón de años. Dado que, según la fecha de caducidad estampada en el
envase, las pastillas habían caducado hacía unos trece años, probé yo
una primero y, al ver que me dejaba fuera de combate toda la tarde,
supe que podía dárselas a ella. La tuve encerrada en el sótano hasta
que los obreros terminaron su trabajo. Le puse pañales de adulto
por si se hacía pis o caca estando inconsciente y me puse una alarma
en el móvil para pasar a verla cada ocho horas y poder darle de
beber, alimentarla a cucharadas con comida para bebé fácil de digerir y meterle más pastillas cuando despertara.

Llamé al consultorio para decirles que había pillado una especie
de gripe y, cuando dos compañeras de trabajo se plantaron en casa
con táperes de sopa casera y un ramo de flores, les dije que a Maggie
acababan de llevársela al hospital porque por lo visto había sufrido
un ictus. Las pruebas posteriores revelaron que podía haberle causado demencia vascular. Sus compañeras no volvieron a verla ni a
saber de ella.

Más adelante dije en el consultorio, y a Elsie, la vecina, que la
había llevado a casa de Jennifer, en Devon, para que se recuperara.
Después me puse en contacto con Jennifer y repetí el diagnóstico,
pero cambié la ubicación y le expliqué llorosa que no me había quedado otro remedio que meter a Maggie en una residencia.

Terminadas las obras de la casa, llegó el momento de trasladar
a mamá arriba, al cuarto en el que pasaría el resto de su vida. Tras
la pesadilla de tener que arrastrar su cuerpo inconsciente tres tramos de escaleras, lo único que quedaba por hacer era esperar a que
despertara.

Tenía opciones. Podía no haber dicho nada y haberme largado bien lejos de ella, haberla denunciado a la policía e incluso haberla matado. Dios sabe que consideré seriamente esto último. Estudié las posibles formas de hacerlo y decidí que la enterraría junto al padre al que yo había querido, el hombre al que ella había asesinado. Pero por mucho que la odie no soy como ella. No soy una asesina.

Así que, en su lugar, he decidido apartarla de todas las cosas y las personas a las que quiere. La he apartado de su trabajo, de sus compañeros, de sus amigos, de su libertad, de su hogar y de la maternidad. Quiero que todas sus necesidades estén casi casi al alcance sin llegar a estarlo.

Cada vez que mi conciencia cuestiona lo que estoy haciendo, y lo hace con frecuencia, recuerdo cuando encontré el cráneo fracturado de papá. Lo que fuera que le hizo fue rápido y brutal, y lo que yo le voy a hacer a ella va a ser lento y prolongado, pero pagará por haberme arrebatado a mi padre y a mi hijo.

# Capítulo 54

Esto debe de ser un ataque de pánico, porque estoy hiperventilando y me arde la piel. Quiero vomitar, pero no consigo inhalar lo suficiente para que me dé una arcada.

Aun con este dolor de cabeza incapacitante que me nubla el juicio, cada vez tengo más claro que Nina ha descubierto por lo menos uno de los secretos que le he ocultado casi toda su vida. La mención deliberada del Moxydogrel significa que ha atado cabos en su pasado y ha sabido que usé ese medicamento para tenerla sedada. Pero ¿sabe por qué? No puedo defenderme hasta averiguar de cuánto está ella al tanto. Y no quiero ser yo la que empiece a soltar la lamentable historia, por si le facilito datos nuevos que pueda usar en mi contra. Revelarle mi jugada podría tener un efecto catastrófico en su fragilidad. No quiero ser responsable de destruir lo que más quiero en este mundo.

Tengo que salir de este cuarto y despejarme. No intenta detenerme cuando me pongo en pie. Al contrario, me observa divertida. Procuro recuperar el control de la respiración y, para no perder el equilibrio, me apoyo en la mesilla de noche y luego en la pared. Me vuelvo a mirarla fijamente a los ojos y utilizo su cara como punto de enfoque mientras espero a que la habitación deje de darme vueltas.

Con cuidado, me dirijo a la puerta y giro el pomo. No ha echado la llave, pero, cuando intento cruzar el umbral, se tensa la cadena que llevo enganchada al tobillo. Tiro de ella y me pellizca la piel. Me doblo para forcejear con la barra curvada del candado, pero no cede.

Cuando vuelvo, derrotada, a la cama, Nina aún me mira furiosa. Si me está diciendo la verdad y me ha dado Moxydogrel, debía de haber restos entre las cajas vacías de las maletas del sótano. Me maldigo por no haberlas tirado hace años. Tenía pensado llevarlas al vertedero junto con la ropa de Alistair y cualquier otro objeto incriminatorio, pero no encontré el momento y, con el tiempo, se me olvidó. Qué boba he sido dejando mis secretos y mentiras en un solo sitio bajo este techo, a metros de distancia de la persona a la que más afectaban. Le he dejado bien a la vista una vitrina de trofeos de mis fracasos como madre.

—Lo hice por ti —digo primero.

—¿Qué parte? —replica.

—Todas.

—Dímelo claramente. ¿Lo de hacerme abortar? ¿Lo de decirme que mi hija había nacido muerta aunque fuera un niño y lo dieras en adopción? ¿Y qué me dices de la medicación que me obligaste a tomar para dejarme estéril? ¿O de que mataras a mi padre y me mandaras una tarjeta de cumpleaños todos los años haciéndote pasar por él? ¿Cuál de esas cosas exactamente hiciste por mí?

Lo sabe casi todo.

—Tenía que protegerte —digo.

—¿De qué?

Me dan ganas de contestarle que de sí misma, pero no puedo. En lugar de ello, encuentro otra persona a la que culpar.

—De Hunter.

—¿Hiciste todo eso solo por separarnos? Bueno, eso es mentira porque yo aún no había conocido a Jon cuando asesinaste a papá. Sé por qué lo hiciste. Porque no podías soportar la idea de compartirme con nadie, ni con papá ni con Jon ni con mi hijo. Te fastidiaba que alguien pudiera interponerse entre nosotras. Hasta cuando quise adoptar.

—No, Nina, estás muy equivocada.

Ya no puedo contener las lágrimas.

—Pues dime por qué, Maggie —espeta—. Dime por qué hiciste esas cosas.

Pero no puedo. No puedo exponerle mis motivos. Están tan atados con cadenas y candados como los de mi tobillo y jamás los abriré. Nina no puede saber la verdad. Las mentiras deben continuar.

—Hunter no era bueno para ti. Te iba a hacer daño.

—Quería ser padre.

—No lo merecía. Era un pedófilo que te había encandilado. Tenía una novia de la que no te habló y a la que terminó asesinando. Tú habrías podido ser perfectamente Sally Ann Mitchell. ¿Es que no lo ves?

—Tú no lo conocías como yo —añade con un gesto de desdén—. Jon me quería.

—Lo habrías tenido muy crudo con él y un bebé. Sacándote de esa situación, te di una segunda oportunidad en la vida.

Suelta una carcajada.

—¿Vida? ¿A esto lo llamas tú vida? Tú eres la razón por la que no tengo nada en la vida.

—¿De eso va todo esto? —digo, agarrándome la ruidosa cadena—. ¿Lo estás haciendo para castigarme por intentar darte una vida mejor? ¿Por darle a mi nieto mejores oportunidades?

—¡Eso no tenías que decidirlo tú! ¡El bebé era mío y lo diste en adopción!

—No estabas en condiciones de ser madre.

Nina se levanta y me dice, amenazándome con el dedo:

—¡No me diste la posibilidad de intentarlo! No tenías derecho a decidir por mí.

Sé de lo que es capaz y soy un blanco fácil. Tengo que calmarla, pero no sé cómo reencauzar la discusión. No hago pie.

—Soy tu madre —digo—. Hice lo que pensé que te convenía más.

—¿Como qué, como decirme que tenía unos cromosomas chungos que iban a matar a cualquier bebé que llevara en mis entrañas?

—Pretendía asustarte para que fueras prudente.

—¿Y no habría sido mejor que me hubieras obligado a tomar la píldora?

—Por aquel entonces no podía obligarte a nada. Ni siquiera fuiste capaz de tomar precauciones después de que te hablara de tu enfermedad.

—¿Esa que nunca tuve porque, en realidad, te la inventaste? ¿De dónde te sacaste siquiera una cosa así?

—Lo saqué de un estudio que leí durante mi formación como comadrona. Se me quedó grabado.

—¿Pensabas decirme la verdad algún día?

—Sí, cuando fueras adulta.

—¡Tengo treinta y seis años, joder! ¿Cuánto más iba a tener que esperar? —No soy capaz de contestar a eso—. ¿Por qué no me dijiste que había tenido un hijo y no una hija? —continúa.

—Porque quería darte lo que más ilusión te hacía.

—Cuidado, Maggie, que casi parece que te importara.

—¡Pues claro que me importaba! Y me importa. Siempre me ha importado. Demasiado, a lo mejor.

—Si no confiabas en mis aptitudes como madre, ¿por qué no me ayudaste a criarlo?

—No me lo habrías permitido.

—¿Cómo lo sabes? Porque, repito, nunca me lo preguntaste.

—Porque estabas demasiado obsesionada con Hunter y él no os convenía ni a ti ni a tu hijo. Y porque no me hacías ni caso. Hacías lo que te apetecía, entrabas y salías a todas horas del día y de la noche. ¿Embarazada dos veces a los catorce? ¿Cómo me puedes decir, sinceramente, que ese drogadicto y tú estabais preparados para ser padres?

Sabe que tengo razón, porque cambia de tema en vez de contraatacar.

—¿Cuánto tiempo estuvo Dylan aquí?

—No me acuerdo.

—Claro que te acuerdas.

—Fue hace mucho.

—Una cosa así no se te olvidaría.

—Dos días, quizá tres.

—¿Cómo lo hiciste para cuidar de él y de mí? ¿Cómo es que no lo oí llorar?

—Tuve cuidado.

—Querrás decir que me dejabas fuera de combate a base de drogas.

Para evidente frustración suya, no contesto a eso, ni a ninguna otra de las preguntas sobre esos días, ni siquiera sobre cómo le encontré a Dylan su nueva familia, así que cambia de rumbo.

—¿Sabías que el Moxydogrel me iba a producir una menopausia prematura?, ¿que a los diecinueve ya no podría tener hijos propios?

—Pues claro que no. Nadie conocía los efectos secundarios hasta que fue demasiado tarde y lo retiraron del mercado.

—Pero, si no me hubieras obligado a tomarlo, podría haber tenido una familia.

—Lo sé, y lo siento, Nina, lo siento muchísimo. Tienes que creerme.

—No tengo que creer nada. ¿Te arrepientes de haber dado a Dylan en adopción?

Titubeo y escojo con cuidado mis palabras.

—Era lo que había que hacer.

—Hasta me privaste de figurar en su partida de nacimiento. ¿Por qué pusiste tu nombre?

—Por si algún día intentaba encontrar a su madre, para que me encontrara a mí. Pensé que sería demasiado estresante para ti lidiar con eso.

—¡Querrás decir para ti! Y le has mentido a él como me has mentido a mí. ¿Y qué me dices de papá? ¿Por qué lo asesinaste?

Miro a otro lado. No me arrepiento de que esté muerto, ni una pizca, pero no sería inteligente decírselo a ella.

—Siento que las cosas terminaran así.

—¿Por qué lo hiciste? —Niego con la cabeza, pero no contesto—. ¿Por qué? —espeta furiosa, pero no puedo contestar. Mis labios siguen sellados y vuelvo la cabeza para no mirarla.

Mi negativa a contestar basta para que Nina pierda el control. De repente, se abalanza sobre mí y no puedo hacer nada para impedírselo.

# Capítulo 55

HACE DOS AÑOS

La combinación de todo lo que he averiguado sobre Maggie en las últimas cinco semanas estalla en un solo acto que no puedo reprimir.

La agarro por el cuello, la tumbo en el colchón y me subo encima de ella a horcajadas. Aún no tiene fuerza en los brazos, así que es fácil inmovilizarla. Aprieto más los dedos alrededor de su garganta.

No sé en quién me he convertido, pero ya no soy yo. Es como si la Nina de verdad estuviera plantada en un rincón de la habitación, viendo cómo alguien que se me parece estrangula a mi madre. Ciño las manos y su tráquea se contrae y no le permite que le entre más aire en los pulmones. Abre la boca e intenta hablar, pero no consigo distinguir lo que dice. A mi espalda, sacude una pierna, dando patadas en todas las direcciones, pero no consigue acertarme; con la otra, sacude y hace sonar la cadena que lleva enganchada al tobillo.

—Te odio, te odio, te odio —repito con una voz que no parece la mía.

Al principio pienso que jamás he sentido una rabia así, hasta que tengo un *déjà vu*. Es un borrón de imágenes teñidas de negro y rojo, apenas iluminadas y rápidas, que me hacen pensar que no es la primera vez que me he visto asaltada por la necesidad de atacar y hacer daño. Sin embargo, no consigo recordar cuándo ni por qué. Se va tan rápido como ha venido y vuelvo al presente. Entonces soy consciente de que, si no le suelto la garganta enseguida a Maggie, posiblemente ya no lo haga. Terminaré matando a la mujer que me dio la vida y que luego decidió arrebatármelo casi todo.

Poco a poco, aflojo los dedos hasta que sigo cogiéndola del cuello pero ya no ejerzo tanta presión. Me levanto, pero sigo alzándome amenazadora sobre su cuerpo. Ella intenta recuperar el aliento que le he robado mientras yo tomo mis primeras bocanadas de aire como una mujer nueva. Aprovechando su debilidad, me saco una llave del bolsillo, abro el candado y le cambio rápidamente la cadena que lleva enganchada al tobillo por una mucho más larga que había guardado debajo de la cama.

Vuelvo a estar de pie y, agarrándola del brazo, la levanto de la cama. Nunca he visto a Maggie tan débil y petrificada, y me sorprende la gran satisfacción que me produce. Mantengo la cordura suficiente como para saber que la gente normal no se comporta así, pero Maggie no es una madre normal y no me ha dejado elección. Ella me ha convertido en el monstruo que soy, una prolongación de sí misma.

La arrastro por el dormitorio hasta el descansillo. Esta segunda cadena me permite bajar con ella la escalera hasta el comedor. Paso por delante del aparador y de la mesa hasta que llegamos a la ventana, desde la que se ve el jardín trasero. Le planto una mano en la nuca y le redirijo la vista hacia el lecho de flores bajo el que está enterrado papá, escondido detrás de los árboles.

—¡Me has dejado creer toda la vida que papá me abandonó! —le grito—. De pie, a mi lado, me veías escribirle cartas suplicándole que volviera con nosotras. Me enjugabas las lágrimas y me prometías que tendría noticias de él. Y todo ese tiempo sabías que estaba ahí fuera porque lo habías matado tú.

—No me quedó otra —solloza Maggie.

—¡Pues claro que sí! A mí sí que no me quedó otra porque tú decidiste por mí. Y luego ¿qué pensabas cuando me veías sentada junto a lo que creía que era la tumba de mi pequeña? ¿Alguna vez sentiste remordimiento?

—Sí, por supuesto. Me he pasado toda la vida desde entonces sintiéndome culpable de todo lo que te ha pasado. —No sé si llora porque dice la verdad o porque por fin he destapado todas sus mentiras y le estoy dando su merecido—. Lo siento —dice—. Es mucho más complicado de lo que piensas, Nina, créeme.

—Pues explícamelo. ¿Por qué asesinaste a papá? ¿Te ponía los cuernos? ¿Te pegaba? ¿Se gastaba tu dinero en el juego? Necesito saberlo, entenderlo, ¿no lo ves?

Maggie abre la boca como si fuera a contestar, pero vacila.

—No es lo que piensas —dice en voz baja, y niega con la cabeza, derrotada y resignada a su destino.

Y de repente estamos llorando las dos.

—Lo he visto, Maggie —le digo, queriendo apelar a su buen corazón—. He tenido los huesos de mi padre en las manos y le he quitado la tierra del cráneo con la mano. Ya lo he perdido dos veces. He perdido a todas las personas a las que he querido y el denominador común de todo esto eres tú.

—Pero yo sigo aquí —dice y, por un momento, me da la impresión de que cree que no necesito más, que su presencia constante en mi vida compensa todo lo que ha hecho—. A pesar de todo, nunca te he dejado, no te he abandonado, siempre he estado a tu disposición, incluso cuando no querías que estuviera.

—Y nunca has sido suficiente —le contesto a propósito para hacerle daño—. He dispuesto de cinco semanas para intentar digerir toda una vida de mentiras tuyas. Me has tenido veinticinco años apartada de mi padre y de mi hijo y ahora yo te voy a robar ese mismo tiempo. Te voy a encarcelar aquí de la misma forma que tú me has encarcelado a mí. No verás a tus amigos, no saldrás ni hablarás con nadie más que conmigo, nunca más. A todos los efectos, te vas a quedar congelada en el tiempo como tú me has congelado a mí.

—Por favor —gimotea Maggie—. Nina, cariño, no hagas esto, por favor. Sabes que no está bien.

Vuelvo a agarrarla del brazo y me la llevo a rastras arriba. Una vez en su cuarto, la obligo a darse la vuelta y levantar el pie para cambiarle la cadena larga por la otra más corta que no llega más allá del umbral de la puerta. Y después la dejo sola para que se haga a su nueva vida. Su llanto se va extinguiendo poco a poco y, cuando cierro la puerta insonorizada a mi espalda, la casa vuelve a estar en silencio.

# Capítulo 56

## Nina

Ese bulto. Ese puñetero bulto del pecho de Maggie. No consigo pensar en nada más.

Llevo toda la mañana cometiendo errores tontos al introducir títulos nuevos en el sistema informático de la biblioteca porque me preocupa que la gravedad del bulto que ha descubierto lo eche todo a perder. A su edad, siempre hay problemas de salud, pero no esperaba que ocurriera tan pronto. También me inquieta el cambio de mi actitud hacia ella. Se supone que debía despreciar a Maggie hasta el día de su muerte, pero me sorprendo preocupándome por ella.

A pesar de todo, ha surgido entre nosotras una especie de relación de codependencia, una alianza más que una amistad. Por eso ahora, cuando pienso en que podría morir antes de tiempo, me afecta. Maggie ha sido mi única constante en treinta y ocho años y no sé si estoy preparada para que me deje aún.

Es mi descanso de la comida y estoy encorvada sobre una mesa de una sala de investigación vacía. Tengo un bloc de papel amarillo abierto delante de mí. Con un boli rojo, trazo una línea vertical en el centro de la página y escribo Formas de ayudar en una columna y Riesgos en la otra.

Empiezo con «Pedirle cita a Maggie con su médico de cabecera». Sé de inmediato que eso no va a funcionar porque sus jefes y excompañeros de trabajo piensan que tiene demencia y que vive en la costa, a quinientos kilómetros de aquí. Si reapareciera de pronto, no tardarían mucho en descubrir que no ha perdido el oremus ni mucho menos.

Después escribo «Llevarla a un centro de urgencias». En la otra columna añado por qué sería inútil. No le harían mamografía ni biopsia. La derivarían a una clínica especializada en patología mamaria.

Además, la única forma de que esas opciones funcionaran sería que, una vez fuera de casa, Maggie no dijera nada de dónde ha pasado los dos últimos años. ¿Puedo fiarme de que esté callada? No, claro que no. Yo, en su lugar, en cuanto estuviera fuera, saldría corriendo por el sendero y enfilaría la calle más rápido que Usain Bolt.

Miro fijamente la hoja y pierdo la noción del tiempo intentando encontrar otra propuesta. Al final, escribo la única opción que me queda: «No hacer nada».

# Capítulo 57

## Maggie

Hace días que no ceno con Nina. En su lugar, ha vuelto a dejarme las tres comidas del día, junto con vitaminas y polvos, a la puerta del dormitorio cuando sabe que estaré dormida. Sé por qué lo hace: para no tener que plantarme cara y decirme qué piensa hacer con lo del bulto. Está indecisa y, mientras se sienta así, tengo una oportunidad de tocarle el corazón. Pero no desde el otro lado de la puerta cerrada de mi cuarto.

Por el reloj del programa de televisión matinal sé que son poco más de las ocho y media de la mañana, pero aún no la he visto salir de casa para irse al trabajo. Aunque cambie de turno, no suele irse tan tarde. Tampoco se pone mala nunca. Divago un instante... Pero ¿y si se ha puesto mala? ¿Qué será de mí si le pasa algo a Nina? He leído noticias de madres solteras que han fallecido de pronto y cuyos bebés han muerto de hambre porque no sabían cómo alertar a nadie. Su situación apenas difiere de la mía. Mi supervivencia también depende totalmente de otra persona. Si Nina quedara incapacitada, ¿cómo me enteraría yo? Y, aunque me enterara, yo no podría ayudarla a ella ni hacer nada por mí estando como está la puerta del descansillo cerrada con llave. Otra cosa que añadir a mi lista de preocupaciones.

Ando merodeando junto a la ventana a la espera de que salga cuando veo moverse un coche. Creo que me suena: parece ese coche blanco con techo solar que ya ha estado aquí tres veces. La última, Elsie le dijo algo a ese tipo que lo hizo salir corriendo con el rabo entre las piernas. Aquel día la casa estaba vacía, pero hoy creo que Nina sigue aquí. Me pongo de puntillas cuando veo que enfila el sendero de entrada y entonces sale Nina y se reúne con él a medio camino. Luego se dan un fuerte abrazo. Eso sí que no me lo esperaba.

Intento ver mejor a mi hija y observo algo distinto en ella. Nina suele preferir pasar desapercibida con blusas lisas, sudaderas y vaqueros, pero hoy lleva un vestido de colores vivos y tacones. Se dirigen al coche y ella se descuelga el bolso del hombro, lo deja a los pies del asiento del copiloto y sube al vehículo. Cuando cierra la puerta, la veo levantar la cabeza hacia donde supone que estoy vigilando. Y acierta: estoy vigilando. Pero eso no me impide apartarme como si fuera un mirón al que acaban de pillar in fraganti. El coche arranca y desaparece por la carretera.

¿Quién demonios es ese? Al principio de mi encierro, estaba deseando contarme con todo lujo de detalles todo lo que pasaba en su vida, a modo de recordatorio de que el mundo seguía dando vueltas sin mí, pero ese hombre ha estado visiblemente ausente de su conversación.

Vuelvo al tocador y veo una barqueta pequeña de linaza que he olvidado echar por encima del cuenco de avena remojada del desayuno. Está en la bandeja, al lado de un libro titulado *Combatir el cáncer con buena alimentación y positividad*. Pongo los ojos en blanco. ¡Positividad! Leo por encima la contraportada. Por lo visto, el autor revela cómo combatir la enfermedad con solo cambiar el estilo de vida y la dieta. No paso del índice, donde no veo mención alguna a ultrasonidos, biopsias, rayos X, resonancias, quimioterapia, radioterapia, terapia hormonal ni ninguna de las armas que necesito en mi arsenal para luchar contra esta cosa que llevo dentro, si es que es un cáncer. Además, los capítulos de «Ejercicio al aire libre» y «Apoyo de los amigos» me resultan tan útiles como un kit de submarinismo.

Noto una opresión en el pecho cuando pienso en que cada vez estoy más resentida con Nina. Se engaña si piensa que esta es la forma de proceder, y yo no voy a hacer lo mismo ni loca. Sé que cada día cuenta. Cuanto más tarden en diagnosticarme, más avanzado estará.

No puedo dejar al condenado bulto a su aire. Me lo palpo media docena de veces al día, rodeándolo con la mano, moldeándolo con los dedos, preguntándome si habrá aumentado o disminuido de tamaño o seguirá igual. A veces, cuando mi cuarto está en silencio absoluto, me parece notarlo crecer, estirándome la piel y expandiéndose por debajo de la superficie. A lo mejor es como la cabeza de un diente de león y está esparciendo por mi cuerpo sus semillitas cancerígenas para que broten por todos mis rincones y escondites. Sea lo que sea esta cosa, quiero que me lo saquen. Y salir de aquí.

Voy al baño a rellenar las botellas de agua. Al salir, observo que aún queda un dedo de agua en la bañera. Pulso el tapón, pero no cede. Lo intento de nuevo y esta vez se suelta el cacharro entero. Intrigada, examino el mecanismo del tapón para ver cómo funciona. Se me iluminan los ojos cuando veo lo que une las dos piezas: un tornillo de cinco centímetros de largo con la punta afilada. Está suelto y lo puedo sacar. Este tornillo y el amigo de Nina podrían ser mi pase para salir de aquí.

# Capítulo 58

Hace dos años

Antes de verlo siquiera, sé que Dylan ya ha llegado. Miro al panel de cristal de la puerta del *pub* y reconozco su silueta al otro lado. Se abre la puerta y me ve sentada a una mesa, sola y esperándolo. Se me alborota el corazón porque, durante un segundo, lo único que veo es a Jon Hunter en el rostro de su hijo.

«Ahora lo llaman Bobby», me recuerdo. Se acerca a mí con una sonrisa nerviosa idéntica a la mía seguida de un «Hola». Le he pedido una limonada, que es lo que estoy tomando yo. Se quita el abrigo y se sienta enfrente.

Han pasado seis semanas y dos días desde la única vez que nos hemos visto. Habría querido verlo antes, pero tenía tantas revelaciones que procesar que no habría sido justo para él que quedáramos tal y como estaba yo. Necesitaba digerir todo lo que he averiguado y castigar a Maggie antes de dejarlo entrar en mi vida. Quería que conociera a mi mejor versión posible y ya estoy lista. Después de nuestro primer encuentro, le mandé un solo mensaje diciéndole que prometía llamarlo pero que necesitaba que me diera tiempo. Y, bendito sea, eso es lo que ha hecho.

Mira el mantel más que a mí. No se lo reprocho. Ya ha reunido dos veces el valor necesario para arriesgarse a que lo rechace.

—No estaba seguro de si volvería a tener noticias tuyas —empieza.

—Lo siento —contesto—. Lo siento de verdad. Y siento también haberte dejado tirado en el *pub* aquella noche sin explicarte por qué.

—Entiendo que ha tenido que ser difícil para ti.

—Me entró el pánico, pero no mereces que te traten así. Por favor, ten en cuenta que, hasta entonces, yo no tenía motivos para creer en tu existencia.

—No pasa nada —dice, pero le noto en la cara el daño terrible que le hizo mi reacción, porque yo pongo la misma cara cuando me decepcionan. Me juro no volver a hacerle daño jamás.

He tenido mucho tiempo para meditar las distintas formas de explicarle mi historia a Bobby, pero todas tienen sus riesgos. Aunque no quiero, por nada del mundo, perder a otro ser querido, debo sincerarme con él. Solo hasta cierto punto, claro. No debo darle explicaciones de todo. Le cojo las manos y me aclaro la garganta.

—Tengo muchas cosas que contarte y pocas te van a resultar fáciles de escuchar, así que, antes de empezar, quisiera ofrecerte algo de lo que a mí me privaron: la posibilidad de elegir. Tú y yo podemos continuar conociéndonos poco a poco como hemos estado haciendo hasta ahora o te lo explico todo y tú decides si quieres seguir adelante.

Bobby contesta sin pensárselo mucho.

—Me gustaría que me lo contaras todo, por favor.

—¿Seguro? —insisto, y él asiente con la cabeza—. Vale. —Inhalo todo el aire que me cabe en los pulmones—. Bueno, para empezar, no soy quien tú crees.

Tensa las manos como si yo estuviera a punto de abandonarlo otra vez y tengo la sensación de que quiere zafarse de las mías, pero yo las agarro con firmeza.

—Somos parientes, Bobby, pero no de la forma que indica tu partida de nacimiento. No soy tu hermanastra, sino tu madre biológica.

Lo suelto de un tirón y retira las manos. Se yergue como si lo alzaran unas cuerdas invisibles.

—No lo entiendo —dice—. Según…

—Ya sé lo que dice la partida de nacimiento —continúo en voz baja—, pero es mentira. Mi madre no tuvo un bebé en esa época; lo tuve yo.

—¿Tú? —pregunta y yo asiento—. Pero si tendrías…

—Tenía catorce años cuando me quedé embarazada y quince cuando te di a luz, pero me dijeron que habías muerto al nacer.

Niega con la cabeza.

—¿Quién te dijo eso?

—Mi madre…, tu abuela. Deja que te lo explique. —Me retrotraigo al principio y le cuento todo lo que sé, omitiendo el destino fatal de sus abuelos. Termino describiendo el lugar especial del jardín al que yo iba a llorar su fallecimiento. No es de extrañar que, cuando acabo, parezca haber salido de un combate de doce asaltos en el cuadrilátero—. ¿Necesitas un momento a solas? —le pregunto y me contesta que sí.

Sale a la calle y yo me quedo sentada dentro, con el corazón acelerado, dudando de mí misma y preguntándome si habré hecho lo correcto. Me consuela un poco ver que se ha dejado el móvil en la mesa y el abrigo colgado del respaldo de la silla. Después de un rato que se me hace eterno, regresa por fin.

—¿Por qué nos hizo eso tu madre? —me pregunta mientras se sienta, con los ojos clavados a los míos como imanes.

Moldeo un poco la realidad y le digo que he hablado con mi tía Jennifer y me lo ha confirmado.

—Me ha dicho que mamá no pensaba que yo fuera a ser capaz de criar a un bebé —le digo—. Por entonces yo era una niña rebelde, lo reconozco, pero lo hacía por llamar la atención: me enfurecía y me disgustaba que papá nos hubiera dejado y lo pagaba con ella. Yo quería tenerte, de verdad. Sé que era jovencísima, pero, si me hubieran dejado, creo que podría haber sido una buena madre. No habría podido darte las oportunidades que te han dado tus padres adoptivos, pero te habría querido y eso habría servido para algo.

—¿Tienes más hijos? ¿Tengo hermanos?

Niego con la cabeza y le explico que el Moxydogrel me produjo una menopausia precoz. El odio que siento hacia Maggie es tan crudo como hace seis semanas, cuando abrí aquellas maletas. Me preocupa que se me note en la cara. No quiero que Bobby piense que estoy amargada, aunque sea esa la pura verdad.

—Mi madre era una mujer conflictiva —continúo— y dudo que pueda perdonarle nunca lo que hizo.

—¿Sabe que te he encontrado?

—Murió hace unos años —digo enseguida—. De cáncer de mama.

Me fastidia mentirle, pero no quiero que sepa lo que le he hecho a Maggie. Merezco que haya alguien en mi vida que solo vea cosas buenas en mí.

—¿Y mi padre? —prosigue Bobby—. ¿Sigues en contacto con él? ¿Sabe de mi existencia?

Aun ahora, sigue brotándome una sonrisa cariñosa cuando pienso en Jon.

—Ojalá tuviera mejores noticias. Tu padre era muy drogodependiente por entonces. En aquella época, lo hacía todo el mundo en la industria musical, así que no era el único. Con los años he llegado a entender que aquello era un problema para él. Desconozco los detalles, pero Jon se vio envuelto en un altercado con una chica a la que conocía y ella murió. Aunque él insistió en que era inocente, lo declararon culpable de asesinato y lleva en la cárcel desde entonces. —Bobby suelta un largo suspiro, una especie de silbido—. Por si sirve de algo —añado—, el Jon al que yo quería y el Jon del que habló la prensa no eran la misma persona. Era cariñoso y sensible y jamás lo vi conducirse con violencia.

—Mierda —dice—. ¿Vas a verlo?

—No, no he ido nunca. —Me ruborizo de remordimiento, como si le hubiera dado la espalda—. Para poder recuperarme, tuve que olvidarme de él.

No le digo que escribí a su abogado al poco de enterarme de que estaba en la cárcel para pedirle permiso para ir a ver a Jon ni que me lo denegaron porque «su cliente no se acordaba de mí».

—¿Sabe de mi existencia?

Me encojo de hombros.

—Llevaba dos años sin verlo cuando supe de lo que lo habían acusado. He ido siguiendo su caso con el paso de los años y sus numerosas apelaciones y me pregunto por qué no me llamó nunca. Sabía que yo estaba embarazada, pero no que yo creía que habías nacido muerto. Quiero pensar que intentaba ahorrarnos la vida en la que está atrapado.

Guardamos silencio los dos. Cuesta digerir de una sentada tantísimas desgracias. Hasta esta noche, Bobby pensaba que había dado con su hermana perdida, pero resulta que soy su madre y llevo a la espalda una mochila del tamaño de un *jumbo*.

—¿Quieres que me vaya? —le pregunto—. Te he dado mucho que pensar. Entendería que necesites tiempo para digerirlo.

—No —contesta demasiado rápido para que lo diga en serio—. Podrías habérmelo ocultado todo, pero me alegro de que no lo hayas hecho. Prefiero saber a ignorar. Agradezco tu sinceridad.

Puedo darle a mi hijo muchas cosas, amor y apoyo incondicionales, por ejemplo, pero la sinceridad absoluta nunca será una de ellas.

# Capítulo 59

HACE DIECIOCHO MESES

Estoy tan contenta que me cuesta no sonreír. La mayoría de los padres cuentan con cientos, quizá miles de momentos en los que sus hijos les proporcionan la felicidad que yo siento ahora mismo, pero para mí todo es tan nuevo todavía que cada minuto que paso con Dylan es valiosísimo.

Lo único que amenaza mi felicidad es Maggie. No pensaba que la transición fuera a ser fácil para ella, pero meses después de nuestro nuevo arreglo veo que no está siendo tan sumisa como esperaba. He empezado a usar las pastillas de Moxydogrel que quedan en los momentos en los que más me molesta: las machaco y se las mezclo con la comida para sedarla. Como anoche. Por encima de la ropa, me froto la tirita que llevo en la herida que me hizo al clavarme un tenedor en el brazo. Luego me dijo que Maggie estaba desorientada y alucinando y que debió de ser por las pastillas. Las dos sabemos que no es cierto; quería dejarme sola y punto. Le he quitado todos los cubiertos metálicos.

La transición para mí no ha sido tan fácil. Tener cautiva a Maggie es más difícil de lo que pensaba y no me está produciendo tanta satisfacción como esperaba. De hecho, empieza a fastidiarme la energía que me absorbe. Cuando estoy con ella, no puedo bajar la guardia ni dejar de plantearme qué hará a continuación. Mi vida fuera de esa casa debería consistir únicamente en pasar tiempo con Dylan. En lugar de ello, me sorprendo intentando anticiparme a ella y preguntándome qué trama Maggie en mi ausencia.

Hoy me toca a mí ir a ver a Dylan a Leicester. Nos hemos estado viendo cada quince días durante los últimos siete meses y turnándonos en cuanto quién va a ver a quién. Si por mí fuera, quedaría con él todos los días, pero soy consciente de que él tiene una familia de la que yo no formo parte. Me gustaría (de hecho, la verdad, me encantaría) que proclamara a los cuatro vientos que ha encontrado a su verdadera madre. Aun así, recorrer la periferia de este mundo es mucho mejor que no estar en él. Es él quien dicta los términos de nuestra relación y yo he aprendido a ser paciente. Casi todo el tiempo.

Cuando mi autobús entra en la dársena de la estación, él ya está allí esperándome y me saluda con una amplia sonrisa y un abrazo. El perro de la familia, Oscar, da brincos en la parte de atrás del coche y me recibe con el mismo entusiasmo que su dueño. Vamos a un pueblo que está a unos minutos de distancia, le ponemos la correa a Oscar e iniciamos un paseo del brazo por el campo, alrededor de los jardines exuberantes de una mansión. A las personas que pasan por nuestro lado debemos de parecerles amantes.

Sé lo mal que suena eso, pero es lo que siento. Cuando no estamos juntos y pienso en Dylan, se me hincha el corazón de felicidad. Quiero estar con él todo el tiempo, oír lo que tenga que contarme, estudiar sus gestos, hacerle reír, que sepa que lo quiero con cada fibra de mi ser. Quiero todo lo que quiere del otro una pareja en una relación. Solo que no somos pareja y, a veces, cuando noto que se desdibujan las líneas, tengo que recordarme que somos madre e hijo.

Por lo que he leído en internet, mi reacción a nuestra situación es típica. Odio la expresión «atracción sexual genética» y que haya páginas web y foros dedicados a eso. Se debe a que no tuvimos esa experiencia de vinculación progresiva entre madre e hijo cuando era un recién nacido. Mi amor por él, mi anhelo de no separarme de él y la euforia que siento cuando estamos juntos ocurren de golpe y en un lapso de tiempo mucho más condensado. Confío en que se me pase con el tiempo.

Nos veo reflejados en una de las ventanas de la mansión. Con su delgadez, su pelo oscuro, su cara angulosa y sus penetrantes ojos grises, parece que vaya del brazo de su padre. Me agarro un poquito más fuerte. Ahora tengo un hijo y no lo voy a dejar escapar jamás.

Para mayor tranquilidad, al mes de nuestro segundo encuentro nos hicimos una prueba de ADN y, por supuesto, salió positiva. Y siempre que estamos juntos busco todo el rato cosas nuevas que tengamos en común. Hoy he observado que tenemos los lóbulos de la oreja idénticos y que las palas de la mandíbula inferior se le montan un poco, como a mí. Esas cosas tan sencillas me producen mucha ternura.

Paseamos por el bosque hasta que llegamos al río Soar. Vemos pasar una manada de gansos canadienses anadeando por la orilla embarrada, resistiéndose a volver al agua hasta que se aleje el piragüista. La mamá no para de volver la cabeza para comprobar que aún la siguen sus crías. Parecerá una tontería, pero de pronto caigo en la cuenta de que tenemos algo en común: yo también tengo a alguien de quien cuidar.

—¿Sales con alguien ahora? —pregunto—. No me has hablado de nadie especial.

Vacila al principio y luego contesta:

—No.

—Tu padre, a tu edad, siempre estaba rodeado de mujeres —continúo—. Casi tenía que quitárselas de encima con una vara. Bueno, igual la vara la llevaba yo. Y tú te pareces mucho a él.

—He visto fotos suyas en internet.

—¿Lo has buscado? —le digo, y no sé por qué me sorprendo. Pues claro que iba a querer saber más.

—Sí —contesta—. ¿Tú crees que nos llevaríamos bien?

—No estoy segura. Sois muy distintos. Jon podía ser muy engreído y arrogante, pero no sé cuánto lo habrá cambiado la cárcel. También era muy cariñoso y protector conmigo.

—¿Lo echas de menos? —Asiento con la cabeza y se hace un silencio agradable entre los dos que finalmente rompe él—. Por cierto, no me interesan las chicas, no sé si me pillas.

No lo pillo, hasta que me dedica una de esas sonrisas cómplices tan típicas de su padre.

—¿Eres gay? —pregunto, algo más sorprendida de lo que debería.

—Ajá —contesta. Vamos en dirección a una cafetería—. Empecé a salir con alguien hace unas semanas, pero no creo que la cosa vaya a más.

—¿Por qué no?

—No es el mejor momento. Entre el trabajo y conocerte a ti, no tengo tiempo para una relación. —Me enternece oírlo decir eso: soy una prioridad para él—. ¿Te molesta, ya sabes, que me gusten los tíos?

—Por supuesto que no —contesto, y lo digo de verdad. Me alegra no tener que compartirlo con otras mujeres.

—A mamá y a papá tampoco les importa. Son bastante tolerantes.

Me produce sentimientos encontrados que me hable de sus padres adoptivos. Quiero saber de su infancia y de todos los años que me lo han robado, pero no me agrada pensar en que otra madre lo cogía en brazos cuando se caía, le leía cuentos por la noche o lo animaba desde la grada en las competiciones deportivas del colegio. Esas cosas debería haberlas hecho yo, no una desconocida. Es irracional e injusto, pero me cae mal una mujer a la que ni siquiera conozco.

Nos sentamos dentro de la cafetería y yo vuelvo de la barra con una tetera y dos tazas. Lo tomamos igual, con una gotita de leche y dos terrones de azúcar. Se saca un sobre del bolsillo de la cazadora y me pasa un surtido de fotografías.

—Soy yo de bebé —dice.

Está tumbado en una alfombra, en pañal, sonriente, con los brazos regordetes en cruz y las piernecitas dobladas al aire. Aun a tan temprana edad tiene una mata de pelo negro como la de Jon. En otras fotos veo la primera vez que se sostuvo sentado y el momento en que dio sus primeros pasos. En esa, su madre adoptiva está detrás de él, cogiéndolo de las manitas, manteniéndolo en pie. No se le ve la cara en la foto, con lo que puedo fingir que soy yo la que está ahí, no ella.

—Te las puedes quedar si quieres —me dice Dylan, y yo se lo agradezco. Ve que se me empañan los ojos antes de que me lo note yo siquiera—. Perdona, no quería disgustarte —dice.

Saco un paquete de clínex del bolso, me enjugo los ojos, meneo la cabeza y cambio de tema.

—Está bien esta cafetería —digo—. ¿Habías estado aquí antes?

—No, vivimos al otro lado del pueblo. Uno de mis compañeros escribe las reseñas de los *pubs* y los restaurantes y me ha dicho que era un sitio decente.

Presiento que estamos aquí por otra razón.

—Y no estás preparado para que nos vean juntos, ¿verdad? —Se pone colorado—. No pasa nada, lo entiendo —añado, y es verdad. Aunque me duele un poco. Como él también es sensible, lo sabe ver en los demás.

—Aún no se lo he contado a mis padres —dice.

—¿Cómo crees que se lo tomarán?

—No sé. Somos una familia unida, pero no quiero hacerles daño.

—Entonces, ¿por qué querías encontrarme?

—Por curiosidad…, una forma de completar el rompecabezas para ver la foto entera, de saber de dónde vengo, a quién podría parecerme, lo que podríamos tener en común… No es que no me sienta integrado en mi familia; es solo curiosidad natural. Será el periodista que llevo dentro.

—Y, al encontrarme, ¿has satisfecho esa curiosidad?

—Sí —contesta.

El miedo asoma su feo rostro. ¿Esta es su forma de decirme que ya tiene todo lo que necesita de mí? Nos hemos conocido y ha sabido el mundo desastroso en que fue concebido. ¿No he sido más que una necesidad que debía satisfacer?

—Vale —digo, y se me vuelven a empañar los ojos.

Me pone la mano en el antebrazo.

—Y todavía me gustaría seguir conociéndote —dice—. No busco otra madre, que ya tengo una, pero siempre estoy abierto a hacer nuevos amigos.

No puedo contener más las lágrimas.

—Y yo —contesto, sorbiendo, y me seco los ojos con otro clínex, pero no lloro porque quiera seguir como estamos, sino porque lo veo como a mi hijo, pero él nunca me verá como a su madre, y de pronto caigo en la cuenta de que, mientras viva, nadie me llamará «mamá» jamás.

# Capítulo 60

## MAGGIE

Es media tarde cuando reaparece Nina con el hombre que vino a buscarla a casa esta mañana. Fuerzo la vista para ver qué pasa entre ellos, pero me parece que solo hablan. Después, él le da un beso en la mejilla antes de que ella vuelva a casa, sola. Me pregunto si Nina le habrá hablado de mí. ¿Le habrá dicho que vive aquí sola? ¿Me habrá enterrado, borrado del mapa, o le habrá dicho que estamos distanciadas?

Hoy se ha producido un cambio importante. Antes, cuando me ha dejado los táperes del día, solo estaban el del desayuno y el de la comida, lo que significa que esta noche cenamos juntas. Albergo la esperanza de que haya decidido dejar que un profesional me examine el bulto. Y estoy preparada para lo peor.

Cuando por fin abre la puerta del descansillo, nos saludamos educadamente y yo bajo las escaleras. Aun así, enseguida advierto la distancia entre las dos. No me sorprende, pero me siento decepcionada y trato de disimularlo. Si ella no me va a ayudar, me ayudaré yo. Me armo de valor porque sé que esto se va a poner feo.

—¡Qué guapa vas! —le digo mientras me pasa un bol de pasta—. ¿Ese vestido es nuevo?

—De hace un par de semanas —contesta.

—Tú no sueles llevar colores tan vivos.

—Me apetecía cambiar.

—¿Para una ocasión especial?

—Pues no.

—¿Qué tal en el trabajo?

Esta vez titubea, como intentando decidir si de verdad la he visto desde la cofa de vigía cuando se ha ido y ha vuelto con ese hombre. No me delato.

—Como siempre —responde.

—¿Nada fuera de lo normal, entonces?

—No, un día típico en la biblioteca.

Las dos sabemos que miente.

—¿Has leído el libro que te he dejado? —me pregunta, cambiando de tema.

—Aún no.

—¿Por qué? ¿Te cuesta encontrar hueco en tu apretada agenda?

La miro de reojo para que sepa que no me gusta su sarcasmo, pero no le perturba lo que yo piense. Está enfadada conmigo.

—Muchos de los contenidos no se aplican a mis circunstancias, como salir al exterior, hacer ejercicio, quedar con amigos y, en general, mantener el optimismo.

—Maggie, tienes que poner un poco de tu parte.

Se me eriza el vello de la nuca y respondo entre dientes.

—Te agradezco que intentes ayudar, pero lo que necesito no son libros ni comida sana, sino un diagnóstico en condiciones.

—Si tú no quieres hacer nada por ti misma, ¿por qué iba a hacerlo yo?

La frustración y el resentimiento que me genera se disparan como un cohete. Si no me deja salir de aquí, tendré que escaparme como sea. Llevo encima lo necesario. Con disimulo, me meto la mano en el bolsillo de la chaqueta y noto el pinchazo del tapón y el tornillo que llevo en él. Coloco la mitad del tapón de la que sale el tornillo entre el pulgar y el índice y lo agarro de forma que el extremo sobresalga y casi atraviese el tejido. El corazón ya me va a mil.

—A veces creo que no agradeces todo lo que hago por ti —continua Nina, ajena a mis maquinaciones—. Sabes que lo que hagamos o dejemos de hacer no depende de mí; por eso, cuando me molesto en buscar alternativas y las ignoras es como si me lo tiraras a la cara. Es como estamparse contra un muro de piedra.

Cada vez me dan más ganas de estamparla a ella contra un muro de piedra, una y otra vez hasta que entre en razón o se quede inconsciente. Así podría agarrar las llaves del grillete y escapar de una vez por todas. Pero necesito tenerlo claro antes de tomar una decisión que lo cambie todo para las dos.

—¿Quieres decir que me vas a ayudar?

—Te traigo libros, vitaminas, medicamentos alternativos, comida sana… Si eso no es ayudar, ya me dirás qué es.

—¡Buscarme un diagnóstico profesional! —espeto.

—Te recuerdo que no estás así por mi culpa, sino por la tuya: por asesinar a papá, por arrebatarme a mi hijo… Es muy probable que el remordimiento que sientes por todo lo que nos has hecho te esté comiendo por dentro. Y, según lo que leído, ese tipo de ansiedad puede contribuir al desarrollo de un cáncer.

—¿No crees que tenerme aquí encerrada dos años ha podido tener algo que ver?

Ríe.

—¿En serio me quieres echar la culpa a mí? —«Muérdete la lengua. Espera tu oportunidad». Agarro el tapón y el tornillo tan fuerte que me noto el pulso en la garganta—. No contestas, lo que significa que sabes que tengo razón —añade Nina—. Va siendo hora de que dejes de enfrentarte a mí y empieces a colaborar conmigo. Te voy a ayudar, pero lo haremos a mi manera. Y lo siento, pero eso no incluye salir de casa. —Deja el tenedor y el cuchillo en el cuenco vacío y ve que he dejado de comer—. Deduzco que has terminado —dice y señala mi ensalada casi sin tocar.

—He perdido el apetito.

Nina se levanta, coge mi cuenco y le veo el llavero donde guarda la llave de mi grillete asomándole por el bolsillo del vestido. Era de su padre y me fastidia que lo exhumara cuando lo exhumó a él.

Es ahora o nunca. Tiro el tenedor al suelo y se agacha a cogerlo. Esta es mi oportunidad. En un abrir y cerrar de ojos, podría sacar mi arma improvisada y, aprovechando el descuido, clavársela fuerte en la nuca, unas cuantas veces, quizá, para dominarla y liberarme, pero no puedo hacerlo. Quiero hacerlo, por Dios que quiero; de hecho, lo deseo tantísimo que es como un fuego que me sale de dentro. En cuestión de cinco minutos podría estar saliendo a la calle, libre otra vez.

Comparado con mis intentos de fuga anteriores, sé que este podría ser el más debilitante o incluso letal. Siendo realista, podría matar a mi propia hija si acierto en el sitio correcto. Pero por muchas ganas que tenga de clavarle el tapón, no me veo capaz de hacerlo. Yo la traje a este mundo, no la puedo sacar de él. Puede que la odie, la maldiga y la desprecie, pero no puedo acabar con su vida para salvar la mía. Porque, por encima de todo, Nina sigue siendo mi niña, a la que he querido cada minuto que ha estado en este mundo.

Cuando me da la espalda y sale del comedor con los platos, me dan ganas de llorar de frustración o clavarme el tapón como castigo por mi incapacidad de actuar. Prefiero que el cáncer me destroce, porque no me merecería la pena vivir la vida con las manos manchadas de su sangre. Y, por su bien, tampoco puedo hablarle de la sangre que mancha las suyas.

No puedo matar como ha matado ella.

# Capítulo 61

## MAGGIE

### HACE VEINTICINCO AÑOS

Despierto sobresaltada sin saber bien qué me ha hecho abrir los ojos tan rápido.

Durante el último año o así, me cuesta conciliar el sueño. Es como si al posar la cabeza en la almohada esta le enviara un mensaje al cerebro instándolo a reactivarse, por más cansada que esté. Así que he empezado a tomar somníferos como apaño temporal para poder descansar por las noches; si no, como no paro de dar vueltas, tampoco dejo dormir a Alistair. Por lo general, caigo como un tronco y rara vez me despierto hasta la mañana siguiente. Pero esa noche es la excepción. Algo no va bien, lo presiento.

Según el despertador de la mesilla de noche es la una menos cuarto de la madrugada, así que solo he estado traspuesta un par de horas.

—¿Alistair? —susurro y lo busco a tientas en la oscuridad.

No está acurrucado a mi lado, pero eso tampoco es inusual. Cuando su trabajo de ingeniero de caminos no lo lleva a distintas partes del país, a menudo se refugia en su estudio de abajo hasta las tantas de la madrugada.

Últimamente no ha podido pasar mucho tiempo ni con Nina ni conmigo. Ni siquiera ha podido quedar con su amante ni ir al club de golf con la misma frecuencia. Su bolsa de golf lleva casi quince días apoyada en la pared del descansillo, entre el cuarto de Nina y su despacho, esperando a que la usen o la guarden, y mantenemos una especie de pulso tácito a ver cuál de los dos cae primero y la baja al sótano. Ninguno de los dos ha cedido aún.

Me bajo de la cama, me pongo la bata y me prometo traerlo a la cama aunque sea a rastras. A veces, por su propio bien, tengo que hacerle ver que se está pasando de la raya.

Voy a la primera planta y me acerco al dormitorio que ha convertido en su despacho. No veo luz por debajo de la puerta y me pregunto si se habrá quedado dormido. No sería la primera vez. Abro y enciendo la luz. Dentro hay un escritorio, dos archivadores, montones de papeles y paredes forradas de bocetos de edificios, puentes y túneles, pero Alistair no está.

Salgo al pasillo y estoy a punto de bajar a ver si se ha quedado traspuesto delante de la tele cuando observo que la puerta del cuarto de Nina está entornada. Un resplandor anaranjado se escapa por la rendija, lo que parece indicar que se ha dormido leyendo algún libro de *Las gemelas de Sweet Valley* o alguno de los de Judy Blume con los que está obsesionada.

Soltando un bostezo largo, me acerco a la habitación a apagar la lamparita. De pronto, Nina abre rápidamente la puerta y doy un respingo. La luz ilumina el rostro de Alistair, tan sorprendido de verme como a mí me sorprende verlo a él, quizá más.

—¡Me has dado un susto de muerte! —exclamo. No responde y no soy capaz de interpretar su expresión—. ¿Te encuentras bien?

—Sí, sí —contesta, y esboza una extraña sonrisa de medio lado que no me tranquiliza nada.

—¿Qué haces levantado tan tarde? ¿Nina está bien?

Asiente demasiado rápido.

—Perfectamente.

—Entonces, ¿qué haces en su cuarto?

—Me… me ha parecido oír un ruido.

—¿Y…?

—¿Y qué?

—¿Pasaba algo?

—No, me he equivocado —contesta.

Mi padre era un mentiroso nato, pero mi marido no y lo calo enseguida.

—¿Qué me estás ocultando, Alistair? Por favor, dime que no tiene un chico escondido ahí dentro…

Niega con la cabeza, pero no me da otra explicación. Entonces le reconozco la expresión. Es de remordimiento, como cuando me dice que ha sacado la basura pero en realidad se le ha olvidado o me cuenta que ha estado trabajando hasta tarde en la obra pero le huele el aliento a alcohol. Solo que esa noche el remordimiento de Alistair está agravado por el miedo. Él es el elemento sereno y racional de nuestra relación. Nada lo preocupa. No lo angustia el dinero ni su carrera, no se enfada por nada ni se recrea en la tristeza. Pero nunca lo he visto así antes. Está aterrado y lo disimula fatal. Clavo los ojos de tal forma en los suyos que pienso que le voy a ver el alma.

—¿Qué pasa? —pregunto con mayor rotundidad—. ¿Qué hacías en el cuarto de Nina?

Pero antes de que me pueda contestar, aparece una sombra a su espalda. Una figura en movimiento, que primero retrocede un poco hacia el pasillo y luego vuelve, abalanzándose sobre nosotros meciendo algo por encima de la cabeza de Alistair. Él repara en mi reacción, pero antes de que pueda darse la vuelta para ver qué es, se oye un golpe sordo y cae al suelo, de bruces, a mis pies. Yo me he apartado de un salto, sin querer, al verlo desplomarse. Solo entonces veo a Nina, sosteniendo esa cosa en alto sobre su padre. Alistair estira el brazo hacia delante como esperando poder gatear y ponerse a salvo, pero Nina no le da ninguna oportunidad. Su hija le asesta dos golpes más, uno en la espalda y otro en la cabeza, hasta que deja de moverse.

Luego, sin mediar palabra, Nina deja caer el objeto al suelo y se mete en su cuarto tan rápido como había salido.

# Capítulo 62

HACE VEINTICINCO AÑOS

Quiero gritar, pero cuando abro la boca no me sale nada. Ni siquiera aire. Muevo la mano para pulsar el interruptor de la luz, pero tiemblo tanto que no acierto a la primera.

Cuando la luz ilumina el cuerpo de Alistair, desparramado en el suelo, veo que su estado es peor de lo que imaginaba. Tiene hundido el lado derecho del cráneo y le falta un trozo. El boquete se está llenando de sangre que le chorrea por un lado y hacia el pelo. Miro alrededor y hay sangre por todas partes. Me pellizco; estaré soñando. ¡Esto no puede estar pasando! ¡Ay, pero sí! Tiene los ojos muy abiertos e inertes. Está claro que está muerto. Hay rastros de sangre en el papel pintado, salpicaduras en el techo de gotelé y está calando en la moqueta y formando un círculo rojo alrededor de su cabeza. A su lado está el palo de golf de cabeza metálica con el que Nina le ha pegado.

Por fin recupero la voz.

—¡Nina! —le grito—. ¿Qué has hecho!

No sé qué hacer. Debería bajar corriendo y llamar a emergencias, pero algo me lo impide: mi hija. Con el segundo golpe y por la luz de la farola, he visto sus ojos reflejados un instante en el acero del palo y en la vida había sido testigo de semejante rabia contenida, ni en Nina ni en nadie. ¿Qué cosa tan horrible habrá ocurrido para instigarla? Me dirijo a la habitación apoyándome en la pared porque me flojean las piernas.

Mi niña está sentada al borde de la cama, catatónica. Tiene los ojos muy abiertos pero casi sin vida y las mejillas, la frente y la parte de arriba del pijama salpicados de sangre. Me trago el dolor y consigo a duras penas decir su nombre en voz alta. No reacciona.

—Nina —repito, pero sigue muda.

Mi hija no es mala, no es cruel. No le haría daño ni a una mosca. ¿Por qué habrá querido hacérselo a su padre? Me viene a la cabeza un pensamiento turbio. Es la peor de las explicaciones. No, no puede ser; no sé ni cómo se me ha ocurrido algo así. Quiero pensar que estoy cansada y confundida y que mi imaginación me la está jugando. Alistair y Nina se llevan muy bien, pero él jamás habría hecho algo indebido. Conozco bien a mi marido y no me habría casado con él si hubiera sospechado que podía ser... que podía ser un... No puedo ni pensar en la palabra. Me equivoco, me equivoco muchísimo. Intento quitarme la idea de la cabeza, pero no se va... y crece... Le he dado vida y ahora se expande.

—Mi niña, mi pobre niña —sollozo—. ¿Qué te ha hecho?

No contesta.

Cedo a la gravedad y caigo de rodillas; la estrecho en mis brazos y siento contra mi cuerpo sus extremidades rígidas y en el cuello su respiración casi imperceptible. No quiero soltarla nunca, pero sé que tengo que arreglar esto. Necesito pensar. ¿Qué hago primero? Tengo que quitarle la sangre y el mal de su padre de la piel.

La ayudo a levantarse, pero es como si fuera con el piloto automático. Para llegar al baño, nos vemos obligadas a pasar por encima del cadáver de Alistair. No quiero que Nina lo vuelva a ver, pero se ha encerrado tanto en sí misma que dudo que repare en nada.

La meto en el baño, le quito el pijama ensangrentado, la lavo con agua tibia de la ducha y uso un gel de naranja para librarla del hedor metálico de la sangre. Me permite que la limpie sin mediar palabra, sin protesta alguna. Aparto los ojos de su cuerpo y rezo para que Alistair no le haya producido un daño irreparable. Me siento al borde de la bañera mientras la seco, la ayudo a ponerse un pijama limpio y la llevo de nuevo a su cuarto. La tumbo bajo el edredón y me instalo a su lado hasta que por fin parpadea y se queda dormida.

Solo cuando salgo de su cuarto y cierro la puerta, me pregunto si no debería haber pedido ayuda ya. Sé que es lo que debo hacer, pero me aterra el mayor daño psicológico que eso podría causarle a mi hija ya frágil. No puedo ver cómo se la lleva un coche de policía para interrogarla o una ambulancia la traslada a una unidad psiquiátrica. Además, en mi afán por purificarla, el agua se ha llevado las pruebas. O a lo mejor era lo que pretendía…

Ya lo he estropeado todo. Me apoyo en la puerta y me deslizo hasta el suelo, tapándome la boca con las manos para que ni los vivos ni los muertos puedan oír mis sollozos. En mi vida me había sentido tan culpable. Aunque Nina tenga trece años, sigue siendo mi niñita. Tendría que haberlo sabido; ha debido de haber signos de advertencia que no he querido ver. La he decepcionado tanto como su padre. ¿Y si la he perdido para siempre? ¿Y si despierta y recuerda lo que ha hecho o lo que Alistair le ha hecho a ella? No sé cómo voy a lidiar con ninguna de las dos cosas. Lo único que tengo claro es que no puedo permitir que esta noche condicione el resto de su existencia. Tengo que arreglarlo.

Recorro la casa entera reuniendo todas las toallas y paños que tenemos. Como el corazón de Alistair ha dejado de bombear sangre por su cuerpo maltrecho, ya no sangra, pero el pasillo está hecho un asco. Me veo obligada a enfrentarme a él, pero apenas puedo mirarlo. Le veo motitas de algo blanco en el pelo y no sé si son trocitos de hueso o de cerebro. Contengo las ganas de vomitar.

Vuelvo al descansillo y coloco las toallas por el suelo. Mientras absorben la sangre, arrastro un edredón del cuarto de invitados y lo extiendo junto al cadáver de Alistair, que deslizo sobre él. Lo enrollo bien y sigo haciéndolo rodar. Eso me ayuda mucho: como no se le ve, podría estar enrollando una alfombra. Cuando lo tengo bien enrollado, me dispongo a sujetarlo con cinta de embalar alrededor y por debajo del cuerpo como una araña haría presa a un insecto. Solo cuando estoy segura de que el edredón está completamente sujeto intento arrastrar el bulto escaleras abajo. Pesa por lo menos veinte kilos más que yo y tengo que hacer uso de todas mis fuerzas y un montón de descansos intercalados para desplazarlo. Me tiran y me arden los músculos según avanzamos, lo último que haremos juntos en esta vida. Según va botando la cabeza en los peldaños de la escalera, la realidad de lo que está ocurriendo en estos momentos amenaza con trastornarme.

«Este es mi marido. Cuando me he ido a la cama, este era el hombre con el que iba a pasar el resto de mi vida. Ahora tengo que deshacerme de él como si nunca hubiera existido.»

Siento que voy a volver a desmoronarme, pero no puedo ceder, debo acabar esto. Después ya tendré todo el tiempo del mundo para pensar en mí y digerirlo.

Al llegar a la cocina caigo en la cuenta de que no tengo ni idea de qué hacer con un cadáver. Aunque consiguiera meterlo en el coche, dudo mucho que pudiera adentrarme lo bastante con él en un campo o un bosque. No tengo estómago ni instrumental para despedazarlo y deshacerme de él por partes. Ahora entiendo por qué tantísimas personas intentan ocultar los asesinatos domésticos enterrando a las víctimas en el jardín. Alistair no es ninguna víctima, pero al menos aquí puedo evitar que lo encuentren.

Cojo la linterna del cajón de la cocina, me la guardo en el bolsillo de la bata y abro la puerta de servicio. Antes de arrastrar a Alistair por el escalón y enfilar con él el caminito, exploro las casas de los vecinos en busca de indicios de actividad. Es demasiado tarde para hacer otra cosa que no sea guardarlo en el cobertizo.

De vuelta en la cocina, el reloj del horno me advierte que son las cinco de la mañana, y estoy física y mentalmente agotada, pero esta noche infernal aún no ha terminado. Meto todas las toallas ensangrentadas en la lavadora y la pongo a noventa grados; luego, con un cubo de agua caliente y un montón de productos de limpieza, me pongo a frotar la moqueta y las paredes con todos los productos que encuentro. Cada pocos minutos, abro la puerta del cuarto de Nina para ver cómo está, pero sigue profundamente dormida.

A las ocho de la mañana, voy ya por el cuarto café y estoy sentada a la mesa de la cocina, mirando por la ventana el cobertizo del fondo del jardín. Ya he decidido dónde voy a enterrar a Alistair, pero primero tengo que encargarme de Nina, aunque no sé cómo ayudarla. Estoy desorientadísima. A lo mejor podría pedir consejo a alguno de los médicos del consultorio, pero ¿cómo podría evitar tener que explicarle lo que le ha causado la crisis nerviosa y lo que ella le ha hecho a su padre?

—¿Por qué no me has despertado? —oigo decir a mi espalda. Grito, se me cae la taza de café en el mantel y se rompe el asa. Al volverme, veo que se me acerca Nina, vestida con el uniforme del colegio—. Torpe —me dice, y yo la miro incrédula, boquiabierta y la sigo con los ojos entornados. Coge dos rebanadas de pan de una hogaza y las mete en el tostador—. ¿Por qué huele como a lejía por toda la casa?

—Se… se me ha derramado una cosa —digo—. He estado limpiando.

Saca de la nevera un cartón de zumo de naranja natural y se sirve un vaso. Con el alma en vilo, la observo, esperando que ocurra algo, cualquier cosa inusual. Mira por la ventana y, por un segundo, tengo la sensación de que presiente dónde he dejado a Alistair. Pero, si lo hace, lo disimula bien. En lugar de ello, me habla del día que la espera hoy en el colegio y de un trabajo de ciencias que está resultando complicado. Yo asiento y niego con la cabeza cuando creo que me toca asentir o negar. Lo cierto es que no la estoy escuchando. La niña que asesinó a su padre anoche y la que tengo delante no me casan.

Unta de mermelada de frambuesa las tostadas y me comunica que se las va a comer arriba mientras se prepara los libros para irse a clase.

—¿Vas a ir a clase? —le pregunto perpleja.

—Sí, ¿adónde quieres que vaya? —me dice extrañada—. ¿Por qué estás tan rara?

Me encojo de hombros.

—No me he dado cuenta.

—Y luego resulta que los raros somos los adolescentes.

Cuando vuelve a su cuarto, me derrumbo sobre la mesa. ¿Lo de anoche pasó de verdad o me lo he imaginado? ¿Seré yo la que está teniendo una crisis nerviosa?

Espero a que me grite «¡Adiós, mamá!» y, cuando oigo cerrarse la puerta de la calle, echo la llave, la cadena y salgo corriendo al jardín de atrás. Alistair sigue en el cobertizo, lo que confirma que no, esto no son imaginaciones mías.

Tardo hora y media larga en cavar un hoyo de metro y medio de profundidad y el largo de su cuerpo. Estoy agotada y me corre el sudor por la espalda y por el pecho, pero no puedo descansar hasta que saque el cadáver a rastras del cobertizo y lo meta en el hoyo de la parte más retirada del jardín. Está oculto por coníferas y ni siquiera Elsie puede ver nada con ellas. Luego, sin decirle unas últimas palabras ni despedirme, le tiro las llaves dentro. Con la ayuda de la pala, lo cubro de tierra hasta que queda nivelado con el resto. Lo que sobra lo extiendo por los bordes. Y de repente esta parte de la pesadilla ha llegado a su fin. Nina ya no tiene padre y yo ya no tengo marido. Ojalá pudiera terminar así de rápido.

Estoy sucia y desesperada por quitarme el hedor a muerte que se me adhiere a la piel, pero tengo que hacer otra cosa primero. Agarro las maletas del sótano y meto en ellas toda la ropa de Alistair. Quiero fuera de mi vista hasta el último zapato, camisa, corbata, pantalón y suéter. Luego lo escondo todo, junto con los palos de golf, incluido el que Nina ha usado para matarlo, debajo de la escalera del sótano hasta que decida qué hacer con ello. Por último, aparco su coche a un kilómetro de distancia y vuelvo a casa.

Arrastrando los pies, me meto en el baño y me siento bajo la ducha, donde me quedo hasta que el agua caliente empieza a salir fría. Mi mundo se ha derrumbado y yo estoy enterrada bajo los escombros. Solo sé que debo seguir respirando aunque esos escombros pesen, porque Nina me necesita. Debo protegerla de la verdad a toda costa.

# Capítulo 63

Sé que estoy hecha un asco. Hace cinco semanas que no como una comida decente, solo duermo cuando me triplico la dosis de pastillas y, al mirarme al espejo, apenas reconozco el rostro demacrado y agotado que me mira fijamente.

Mis compañeras de trabajo han empezado a notarlo. Debo decir que me han apoyado muchísimo desde que les dije que Alistair nos había dejado a Nina y a mí. Lizzy, la coordinadora de enfermería, me ha propuesto que me tome una semana libre para recomponerme. Se lo he agradecido, pero he declinado la oferta. Me sentiría peor si estuviera sola en casa un día sí y otro también, sabiendo que el cadáver de mi marido está a solo treinta metros de mí.

He invertido la escasa energía que me queda en estar supervigilante con Nina. Ando con pies de plomo esperando que, en cualquier momento, recuerde de pronto todo lo ocurrido esa noche, pero, hasta la fecha, no hay indicios de que tenga la menor idea de lo que hizo. Ni siquiera cuando, aprovechándome de su desmemoria, le dije que su padre se había ido de casa, detecté en su mirada el menor indicio de que supiera lo que había pasado en realidad.

Aun así, le está costando digerir la súbita marcha de Alistair. No entiende por qué, con lo unidos que estaban, no han seguido en contacto. Y yo soy la única persona en la que puede volcar su rabia. Pierde los estribos a la más mínima provocación, da portazos, se pone la música a un volumen insoportable y no ayuda nada en casa. No son solo rabietas normales de adolescente, sino un indicador de algo mucho más profundo. Me ha dejado clarísimo que soy la culpable de que se haya ido su padre, y no me queda otra que encajar el golpe, porque prefiero aguantarle las lágrimas y los cambios de humor a tener que recordarle nada de lo ocurrido en aquella noche horrenda.

Entretanto, he procurado seguir con mi vida y mi trabajo lo mejor posible. Me invento cualquier excusa para dejar un momento la recepción y me encierro en el baño a llorar desconsoladamente. Es donde estoy ahora, sentada en la taza con la tapa bajada, abrazada a mi propio cuerpo, como dándome ese abrazo que tanto necesito y que nadie más puede ofrecerme.

Cuando estoy sola, no paro de recordar mi último enfrentamiento con Alistair, minutos antes de su muerte. La reacción de Nina fue prueba irrefutable de que le había pasado algo traumático allí dentro. Pienso en nuestra última conversación y en su cara de miedo: la suya era la cara de un hombre al que han pillado in fraganti haciendo lo peor que se le puede hacer a un niño.

No paro de preguntarme si aquella sería la primera vez o llevaría años ocurriendo. ¿Tendría algún signo de alarma delante de las narices todo el tiempo y había sido demasiado confiada o ignorante para verlo? Por más vueltas que le doy, juro que jamás vi a Alistair comportarse de forma inapropiada con Nina. No parecía un pederasta; no era más que un marido y un padre cariñoso y atento.

Cuando nació Nina, estaba embobado con ella, y la cosa no cambió según iba creciendo. Sentada en su regazo, veía con él los partidos de fútbol de la tele, cantaban juntos las canciones de

ABBA, hacían repostería juntos y él la llevaba al cine a ver películas de Disney. A veces, cuando me sentía excluida de su club, me recordaba la suerte que había tenido Nina de contar con el amor de sus dos progenitores mientras yo apenas había tenido la atención de uno. ¿Cómo había podido seguir adorándolo con lo que le hacía? ¿Había empezado a dividirse en dos para lidiar con las dos versiones de su padre? Y cuando me oyó enfrentarme a él esa noche a la puerta de su cuarto, ¿se habían fundido esas dos Ninas en la sombra furibunda que yo había visto ejecutar a su padre?

No pensaba que fuera posible desenamorarse de alguien tan rápido, pero ya solo siento odio por el hombre al que en su día adoré. Me niego a pensar en los buenos tiempos ni en el amor y la intimidad que compartimos. No lo voy a buscar en la persona de mi hija. Por lo que a mí respecta, nunca ha existido. No lo echaré de menos ni lo lloraré ni imaginaré cómo podría haber sido nuestra vida. Estoy reescribiendo nuestra historia. Siempre hemos sido y siempre seremos Nina y yo. No siento que haya muerto, solo lamento no haberlo matado yo.

# Capítulo 64

Encuentro lo que busco en la consulta del doctor King, donde tiene una extensa biblioteca de revistas médicas y libros de medicina. Algunos son antiguos y están encuadernados en piel; otros son libros de texto modernos alineados junto a carpetas de documentos y números atrasados de *The Lancet*.

Me he ofrecido a hacer horas extra hoy y, en cuanto ha salido del edificio el último médico de familia, he cerrado con llave las puertas y he bajado las persianas. Después me he metido en la consulta del doctor King y he iniciado mi búsqueda. Necesito saber a qué me enfrento.

No le he dicho ni una palabra a Nina sobre lo ocurrido la noche en que mató a su padre, hace tres meses, y parece que por fin se ha tragado mi mentira de que nos dejó sin más. Sin embargo, por protegerla de la verdad, se ha resentido nuestra relación. Además, sospecho que la parte de su cerebro que intenta enterrar lo que Alistair le hizo no es capaz de ocultarlo por completo. Se está empezando a manifestar en la forma en que me está castigando con su actividad sexual. Una de las mamás del colegio me ha dicho que vio a Nina y a Saffron con un grupo de chicos que parecían mayores, bebiendo latas de alcohol en el Racecourse la semana pasada. Estoy convencida de haberle visto chupetones en el cuello, pero me ha dado demasiado miedo plantarle cara y que me salga el tiro por la culata.

Me pongo enseguida manos a la obra, hojeando cada libro y revista de la librería y volviendo a dejarlos después exactamente igual que los he encontrado. Horas más tarde, cuando llevo ya dos tercios del camino hecho, me topo con una posible solución. El libro es de principios de los ochenta y en él se enumeran todos los trastornos mentales conocidos. Describe los síntomas y las posibles causas junto con casos prácticos y tratamientos recomendados. Reviso cada página de arriba abajo. Por fin, localizo algo que se parece a la conducta de Nina.

«Fuga disociativa —leo en voz alta—. El estado de fuga se produce cuando el individuo pierde la consciencia de su identidad. A menudo se ve envuelto en un traslado o viaje inesperados, pero, cuando recupera la consciencia, se encuentra en algún lugar sin memoria de cómo ha llegado allí. Es similar a la amnesia, pero se da con frecuencia en personas que han experimentado un trastorno de personalidad disociativo. Es un estado generado por el cerebro como defensa frente a un trauma, para evitar una angustia psicológica extrema. Entre estos sucesos suelen encontrarse los desastres naturales, los conflictos, la violencia extrema, los abusos domésticos o los casos de pederastia.» Leer la palabra «pederastia» me hace estremecer, pero continúo. «La víctima huye física y mentalmente de un entorno que le resulta amenazador o insoportable. La fuga disociativa puede durar horas, semanas o incluso meses. Y, cuando llega a su fin, es muy improbable que la persona recuerde lo ocurrido.»

Hago una pausa para digerir todos estos datos. Nina encaja perfectamente en ese perfil.

«El trastorno es tan inusual que ahora mismo no hay un tratamiento estándar para ello —resume el fragmento—. La terapia más eficaz es apartar a la persona de la amenaza de una situación estresante para no favorecer futuras amenazas.»

Inspiro hondo al caer en la cuenta de que tengo dos opciones: llevar a Nina a un especialista y exponerla a un posible trauma psicológico mayor porque la alienten a desbloquear los recuerdos reprimidos o seguir como estamos, es decir, conmigo intentando mantenerla al margen de situaciones estresantes. Decido proteger yo misma a mi niña. No puedo arriesgarme a abrir la caja fuerte en la que tiene guardados los abusos de su padre. No soporto la idea de volver a ver esa mirada perdida o de que se entere de lo que le hizo al hombre que adoraba. Se nos va a hacer muy cuesta arriba, sobre todo con las presiones a las que se enfrenta un adolescente. ¿Y qué le deparará la vida cuando entre en la edad adulta? ¿Cómo voy a protegerla el resto de su vida? Es imposible. Pero debo hacer todo lo posible por conseguirlo. Tengo que evitar que recuerde el pasado para que no arruine su futuro.

# Capítulo 65

## NINA

He pasado casi toda la tarde encerrada en el baño de abajo. No recuerdo haber tenido otra época así, con tantos problemas estomacales. Me refresco la cara con agua fría a ver si consigo relajarme. Acabo de rociar la habitación con ambientador cuando oigo que llaman a la puerta de la calle. Dylan está a punto de volver a casa por primera vez desde el día en que nació.

—Pasa, pasa —le digo, sujetándole la puerta abierta. Me pregunto si Maggie lo habrá visto aparcar a la entrada y enfilar el caminito hasta la puerta de entrada. Espero que sí, porque seguro que la está matando no saber quién es. Se quita la cazadora y la cuelga en un perchero—. ¿No te pones la que te regalé? —le pregunto.

—Esta noche, no.

—¡Qué pena! Me habría gustado verte con ella.

—En otra ocasión.

—¿Hay algún problema con ella? Igual la puedo cambiar.

—No, es perfecta, Nina —dice con firmeza, y lo llevo a la cocina.

—Vale, bueno, bienvenido, me encanta que por fin hayas venido. Espero que te guste el solomillo Wellington.

—Sí —contesta, pero lo dice de una forma un poco rara. A lo mejor, como estoy tan angustiada, me encuentro supersensible.

Estoy decidida a que esta velada sea perfecta porque quiero pedirle una cosa. Aunque tendré que elegir bien el momento—. Así que esta es la casa en la que nací… —dice, contemplando el jardín desde la ventana de la cocina. —Asiento con la cabeza—. ¿Y ahí fuera es donde te dijeron que estaba enterrado?

—Sí —contesto en voz baja—. ¿Te gustaría verlo?

Se vuelve enseguida a mirarme como si estuviera loca. Sé que es una propuesta carente de tacto. ¿Quién iba a querer ver su propia tumba?

—No, gracias —responde—. ¿Cómo es que no te has mudado a otro sitio? Yo creo que no habría podido quedarme aquí después de descubrir la verdad.

—Son cosas que pasan —digo—. A veces te quedas atascado en la rutina y te cuesta salir de ella. Además, durante muchos años, pensé que estabas aquí y no quería dejarte. Eras todo lo que tenía.

Me parece que no sabe qué contestar y por eso hace caso omiso.

—Pero sí me gustaría ver la habitación donde nací.

—Vale.

He demorado en más de una ocasión la visita de Dylan por Maggie. Aunque la insonorización impide que se oiga nada de arriba aquí abajo y viceversa, me resistía a correr ese riesgo, pero, como últimamente me insistía tanto, al final cedí y organicé su visita.

Lo llevo al que ha sido mi dormitorio desde niña. Una vez más, me avergüenza en su presencia lo poco que ha progresado mi vida. Me quedo en la puerta mientras él entra a echar un vistazo. Le vuelvo a explicar lo rápido que me lo arrebataron, pero no parece tan interesado como las otras veces que le he contado la historia. Quizá me estoy repitiendo mucho.

—¿Tienes fotos de mis abuelos? —pregunta—. Abajo no he visto ninguna.

—Están todas en el sótano, Dylan. Puedo buscarlas para la próxima vez que vengas.

—Me llamo Bobby —replica con brusquedad.

Últimamente cometo ese error más a menudo. Se da cuenta y me sonríe, pero su sonrisa es forzada.

—Bobby —repito. Aún se me atraganta el apodo que le ha puesto su familia. Para mí, siempre será Dylan.

Al bajar, pasa por delante del tabique y la puerta que conducen a la planta de Maggie. Veo que lo intriga lo que habrá allí arriba y me adelanto.

—Pago menos calefacción si tengo cerrada esa parte. Es una casa muy grande para una sola persona.

No sé si está raro por estar aquí, pero, aun cuando estamos en la cocina cenando con apetito, noto que pasa algo. Soy yo la que empieza todas las conversaciones y la verdad es que ha sido así las últimas veces que nos hemos visto. Intento quitarle importancia y convencerme de que me equivoco, pero Dylan ya no parece compartir mi entusiasmo por nuestros encuentros. Han dejado de ser quincenales y ahora son mensuales y varias veces ha cancelado en el último momento. Siento que se me escapa entre los dedos y no sé como evitar que suceda. A lo mejor debería sentirme halagada: ya no me considera una novedad, sino parte de su vida y así es como se comporta con todos sus seres queridos. Aun con todo, no me acaba de gustar.

—¿Va todo bien? —pregunto y asiente con la cabeza—. Es que te veo un poco distante.

—Ayer fui a visitar la tumba de Jon Hunter. Encontré la ubicación en una página de fans del grupo.

Titubeo. Es lo último que esperaba oírle decir.

—¿Por qué?

—No sé. Para pasar página, quizá, no estoy seguro.

—¿Y funcionó?

—Pues no. Ni siquiera tiene lápida. No era más que un montículo de tierra. Le dejé un ramo de flores. No había más flores.

—Me parece que hay que esperar a que la tierra se asiente para poner la lápida.

—¿Dónde están enterrados mis abuelos?

—No muy lejos de aquí. ¿Y Jon? ¿Dónde lo han enterrado?

—¿No lo sabes?

—No —contesto, y me ruborizo.

—En el pueblo donde siguen viviendo sus padres: Great Houghton. Pensé en ir a verlos.

—¿Y por qué no fuiste?

—No sé. Igual remover el pasado no siempre es buena idea.

Recuerdo que yo también hice ese viaje cuando Jon se negó a concederme el derecho de visita para verlo en la cárcel. Aun después de explicarles quién era y contarles que había perdido a su bebé hacía dos años, no quisieron creerme y se negaron a convencer a su hijo de que me viera. Me dijeron que no era la primera chica que se plantaba en su casa con la excusa de una «relación imaginaria y enfermiza» y que tampoco sería la última. Luego me pidieron que me fuera y no volviera jamás. No sé qué más decirle a Dylan, así que comemos un rato en incómodo silencio.

—¿Cómo están tus padres? —le pregunto por fin.

—Están bien —contesta.

—¿Has vuelto a pensar en hablarles de mí?

Niega con la cabeza.

—Como te dije, no es un buen momento.

—Han pasado dos años ya.

—Lo sé.

—Tienes todo el derecho del mundo a querer pasar tiempo conmigo. ¿Qué es lo peor que podría ocurrir si se lo dijeras?

—Se disgustarían.

—¿No quieren que seas feliz?

—Por supuesto.

Me armo de valor para lo que le voy a proponer. Lo he ensayado muchas veces, pero necesito que suene natural, como si se me acabar de ocurrir.

—Ya sabes que, si se lo dices y luego necesitas un poco de espacio, siempre puedes venirte a vivir aquí.

Dylan deja de masticar. Titubea.

—Gracias —dice.

—A ver, hay espacio de sobra. Me encantaría tenerte aquí.

Asiente con la cabeza, pero me temo que es más por educación que por verdadera gratitud. Tengo que venderle las ventajas.

—Podrías ir y venir como te apeteciera. Si quisieras traer a algún amigo, por mí, estupendo también. Podrías redecorar a tu gusto cualquiera de las habitaciones… Lo que más cómodo te resultara. La casa sería tan tuya como mía. —Paro cuando me doy cuenta de que me estoy ilusionando demasiado, presionando demasiado, pero es que la idea de que mi hijo viva conmigo me emociona—. ¿Está buena la comida? —le pregunto en cambio.

—Está genial —contesta.

—Como no has comido mucho solomillo… ¿Me ha quedado demasiado hecho? Tengo filetes en la nevera; si lo prefieres, te hago uno…

—No, tranquila. Procuro no comer demasiada carne roja.

—¿En serio? ¿Por qué? El hierro te viene bien.

—Mi abuelo tuvo cáncer de colon hace un par de años y en casa procuramos evitarla.

—Bueno, si es hereditario, a ti no te va a afectar, ¿no? En tu familia de verdad no hay antecedentes de cáncer de colon.

No menciono el bulto del pecho de Maggie que está causando un cisma silencioso en esta casa.

—Ellos son mi familia de verdad —responde.

Como no entiende lo que quiero decirle, intento aclarárselo.

—Comprendo que quieras pensar eso, pero, en sentido estricto, son la familia que te acogió. Tú y yo tenemos una relación de consanguineidad.

Suelta de golpe los cubiertos en el plato.

—Hicieron algo más que «acogerme», Nina. Me dieron un hogar, una vida.

—A ti no tenía por qué haberte adoptado nadie. Y si no son capaces de digerir que tú y yo nos llevemos bien quizá no estén pensando en tu bienestar.

—Como ya te he explicado muchas veces, no quiero hacerles daño.

—Ya lo sé, pero a lo mejor dar prioridad a sus sentimientos no siempre es lo más acertado. ¿Qué pasa con lo que sientes tú?, ¿o cómo me pueda afectar a mí?

—¿A ti?

—Pues sí. No es agradable ser el secretito de nadie. Es como si te avergonzaras de mí.

—No me…

—Entonces, ¿se lo vas a decir pronto?

—Yo no he dicho eso.

—Puedes venir a vivir aquí…

—¿A vivir? Hace unos minutos me has dicho que podía «quedarme aquí algún día».

Esto va de mal en peor y yo ya no sé ni lo que digo.

—Vivir, quedarse, ¿qué más da? Disfrutarías estando aquí, le darías vida a esta casa vieja y polvorienta.

—Nina —dice con firmeza—, no puedes usarme para salir de la rutina. No es justo.

—No, no lo hago… —tartamudeo—. Me gusta pasar tiempo contigo, nada más.

—Y eso es lo que hemos estado haciendo, pero a veces eres un poco… déspota.

—¿Cuándo?

—Me haces sentir culpable si no me ciño a tus planes. Me llamas si no te contesto a los mensajes en los siguientes quince minutos. Te disgustas si no te mando un mensaje antes de acostarme. Has venido a verme a la oficina sin avisar. No paras de comprarme cosas caras que no necesito. Todo eso me hace sentir un poco… raro.

Lo dice por la cazadora de diseño que vimos un día que fuimos de compras a Milton Keynes. Había estado distraído conmigo ese día y, como vi que le interesaba, la busqué en internet al día siguiente y la pedí. Me costó el sueldo de una semana, pero, si lo hacía feliz, merecía la pena. Sin embargo, cuando volví a quedar con él y se la regalé, se negó a aceptarla y me pidió que dejara de comprarle cosas, así que se la mandé por correo a la oficina.

—Lo hago porque es lo que hacen los padres. Yo te quiero.

—Y luego te has pasado la noche recordándome que mis padres no son parientes consanguíneos míos. Ya lo sé y no me importa, pero es como si te propusieras distanciarnos para tenerme para ti sola.

—Eres mi hijo. Me gusta estar contigo.

—Ya lo sé, pero los padres también aprenden a darles margen a sus hijos.

—¿Para qué? ¿Por qué necesitas que te dé margen?

Dylan suspira y menea la cabeza.

—Creo que es hora de que me vaya —dice y se limpia la boca con la servilleta antes de levantarse.

—No te vayas —le digo enseguida y lo sigo al pasillo, donde coge su cazadora—. Lo siento, no volverá a ocurrir.

—De todas formas, tenía que irme pronto porque he quedado luego.

—¿Con quién?

—Con un amigo.

—¿Qué amigo? ¿Por qué no me lo has dicho antes?

—Te llamo pronto.

Y, sin darme un beso en la mejilla ni despedirse siquiera, sale y cierra despacio la puerta.

# Capítulo 66

## MAGGIE

Han pasado tres semanas desde la última vez que vi venir a casa al hombre del coche blanco y marcharse poco después y, en el fondo, temo que no vaya a volver. Aun así, no he dejado que las dudas me impidan hacer preparativos por si vuelve a entrar en casa. Entre mis planes se encuentra el tapón de la bañera, pero en vez de usarlo como arma lo estoy usando como herramienta.

Desde que se me ocurrió la idea, he pasado todas las mañanas esperando pacientemente junto a la ventana a que Nina se vaya a la biblioteca y, en cuanto ha desaparecido de mi vista, he bajado la escalera hasta el tabique insonorizado y me he puesto manos a la obra.

He elegido una parte lo más alejada posible de donde Nina podría verlo, la parte de abajo, cerca de donde antes estaba el zócalo. No está iluminada ni por la luz que entra por la claraboya de cristal reforzado ni por la bombilla del techo de las escaleras. El otro lado del tabique es el punto más próximo al comedor.

El tornillo está galvanizado para evitar que se oxide al contacto con el agua, con lo que es más resistente. La punta es afilada como una aguja y tardará en desgastarse, así que la he estado usando para arrancar, haciendo palanca, un trozo del tabique. La huevera de esa parte ha salido fácilmente, pero debajo había una plancha de madera pegada a otra a su vez sujeta al yeso original. Desde el primer día supe que iba a ser complicado y que debía tener paciencia, pero Dios sabe que tiempo y motivación tengo. Quiero sobrevivir a este bulto y no puedo hacerlo si sigo atrapada aquí arriba.

He estado poniendo una toalla debajo de la zona de trabajo para recoger los escombros que luego he ido tirando por el lavabo en vez de intentar tirarlos al váter para evitar que después quedara el polvillo en el fondo de la taza. Luego, antes de que Nina vuelva a casa cada día, pego de nuevo la huevera al tabique con pasta de dientes para no dejar huella.

Nunca trabajo cuando ella está en casa, ni siquiera los fines de semana, y solo descanso para comer. Por eso al final de cada jornada, me duelen las piernas y los brazos de pasarme horas a cuatro patas, encogida y rascando el tabique con un objeto diminuto. Espero que sirva de algo.

Últimamente el bulto me duele más que nunca y no sé si es porque me he distendido algún músculo trabajando o porque está pasando algo más trágico. Aunque me cueste reconocerlo, es más probable que sea lo último, porque esta mañana, en la bañera, me he descubierto un segundo bulto, esta vez en la axila. Procuro mantener la calma porque el pánico no me va a ayudar, pero ese descubrimiento me ha decidido aún más a seguir con mi plan.

Mi hija me ha dejado muy clara su postura: antes que ayudarme, prefiere verme sufrir una muerte lenta y atroz encadenada a esta casa. Es más cruel, rencorosa y vengativa de lo que yo la creía capaz y me despierta un resentimiento que jamás pensé que podría experimentar. Si quiero salir de aquí, tengo que hacerlo yo sola.

Me aparto para contemplar mi hazaña. He retirado apenas tres centímetros cuadrados. No está ni mucho menos a la altura de las excavaciones de *La gran evasión*, pero tampoco estoy tan senil como para pensar que voy a salir de aquí por un agujero. No, mi objetivo es retirar todo el aislamiento posible para que, cuando su amigo vuelva a la casa la próxima vez me oiga pedir socorro por el boquete que he ido haciendo. Mi vida está en manos de un desconocido que aún no sabe que existo.

# Capítulo 67

## NINA

Ya tengo la piel fría al tacto y no ayuda que esté lloviznando. La lluvia se me pega a las mejillas y me encrespa el pelo, pero no quiero buscar refugio. Me quedo donde estoy. Solo necesito unos minutos más y estaré lista.

La casa que tengo delante está ubicada al final de un acceso de gravilla en forma de herradura. Cuento media docena de coches aparcados parachoques contra parachoques delante de la finca de tres pisos. Supongo que fue una mansión en su día y, en algún momento de su historia, se dividió en tres viviendas diferentes que siguen teniendo un tamaño envidiable.

Me pongo la capucha del abrigo. Quiero volver a estar calentita y el interior de esa casa resulta muy tentador aquí, en la oscuridad. Oigo el leve sonido de la música que suena al otro lado de esas gruesas paredes. Miro el móvil. Solo son las ocho de la tarde y parece que la fiesta esté ya en pleno apogeo.

Celebran que alguien cumple sesenta años y de la puerta de doble hoja cuelgan pancartas con letras de vivos colores. De vez en cuando pasa alguien por delante de la ventana con un gorrito de papel en la cabeza o una copa en la mano. Unos faros iluminan el jardín y yo me hago a un lado cuando un vehículo aparca al borde del césped. Bajan del coche tres personas, dos adultos y un niño. Tengo un momento *Dos vidas en un instante* y me pregunto si esos podríamos haber sido Jon, Dylan y yo si las cosas hubieran sido de otro modo, si podríamos haber tenido esa vida.

Cuando están a unos metros de distancia, inspiro hondo y los sigo. Llevo el bolso colgado del hombro y en la mano una bolsa plateada brillante. La envergadura de esta fiesta hace que me avergüence de la botella de *prosecco* de supermercado que traigo.

Estoy deseando entrar y ver a Dylan.

—Dylan —digo en voz alta.

Me encanta cómo suena cuando se me escapa. Me calienta en este aire frío. He decidido que no lo voy a llamar Bobby nunca más, aunque me lo pida. Ese no es el nombre que yo le puse, ni el que consta en su partida de nacimiento. Me da igual que él o el resto de la humanidad usen su apodo, porque el resto de la humanidad no lo trajo al mundo. Ni la mujer que está dentro de esa casa y se hace llamar madre. Me reservo el derecho de llamarlo como quiera porque la madre de Dylan soy yo.

Estoy convencida de que es culpa suya que no lo haya visto en las últimas tres semanas. Desde el malentendido que tuvimos el día que cenó en mi casa, ya no nos lo contamos todo y sus mensajes también son menos frecuentes. En el autocar que me ha traído aquí, he echado un vistazo al móvil y los he contado. Por cada seis que le he mandado yo, he recibido una respuesta, casi siempre breve y sin sentimiento. He barajado la posibilidad de echárselo en cara para que sepa lo mucho que me disgusta, pero al final he decidido no hacerlo. Me duele físicamente no poder pasar más tiempo con él. No duermo bien, he dejado de nadar y he vuelto a mis hábitos alimentarios poco saludables. Además, nuestra separación está haciendo que cada vez le guarde más rencor a Maggie. Por eso he venido aquí esta noche, para dejar las cosas claras y arreglarlo. Para recuperar a mi hijo por segunda vez.

Intento imaginar la cara de Dylan cuando vea que estoy aquí, en la casa de su familia. Seguro que agradece el esfuerzo que he hecho. No me han invitado y no soy estúpida: sé que soy la última persona a la que espera ver en la fiesta de su madre. De hecho, me enteré por casualidad de esta celebración unas semanas antes de que nuestra relación se fuera al garete. Había una cola tremenda para pagar en la gasolinera y yo me quedé en el coche, así que me puse a mirarle el móvil, curioseando en sus correos como hacen casi todos los padres, y entonces vi uno que le había enviado a un amigo para invitarlo a la fiesta. Hice una foto del mensaje con mi móvil.

Cuando llegué a casa y lo releí, me di cuenta del contraste que había con los mensajes y los correos que me manda a mí. Estaba repleto de *emojis* y se despedía con dos besos. Casi como si estuviera ligando. Busqué en internet al destinatario del correo y encontré a un chico rubio muy guapo, Noah Bailey, en Instagram. Se me cayó el alma al suelo al ver la de fotos que tenía con Dylan. Estaba claro que salían y habían ido juntos de vacaciones a Edimburgo, un viaje que mi hijo no había considerado oportuno mencionarme.

Mi primera reacción fue de decepción de que antepusiera a otra persona a su madre. ¡A la de verdad! Ahora no solo me disputaba su atención con su familia de pega, sino también con ese chico. Era una complicación y se interponía entre nosotros. Luego, después de nuestra discusión en mi casa, supe que iba perdiendo posiciones en su jerarquía. Tras rumiarlo unos días, me superó la frustración. Tenía que decirle algo. Le mandé un mensaje a ese tal Noah y le sugerí que se tranquilizara un poco con Dylan, que tenía otras prioridades en la vida. No supe nada más hasta que mi hijo me llamó al día siguiente por la tarde.

—¿Cómo has podido? —espetó—. No tenías derecho a mandar ese mensaje.

—Bueno, si no lo hubiera hecho, ¿cuándo me habrías llamado?

—Tengo mi propia vida, Nina. No paro de decírtelo, pero no me haces ni caso: necesito que me dejes respirar.

—Yo no te digo que no tengas tu propia vida, solo te recuerdo que ya me he perdido muchas cosas y no quiero perderme nada más. Me lo debes.

—Perdona, pero yo no te debo nada.

—¿A qué te refieres?

—Me refiero a que lo que nos hizo tu madre fue terrible, pero, a la larga, ha sido a ti a quien ha hecho daño, no a mí. A mí no me hizo ningún daño. Y perdona si te suena radical o incluso cruel porque no es lo que pretendo, pero tienes que entenderlo: aunque me gustaría que formaras parte de mi vida, no puedes serlo todo para mí. Si no sabes respetar mi espacio ni mis relaciones, no puedes estar en ella.

La aspereza de sus palabras me dejó sin aliento.

—Vamos a hablarlo en persona —le supliqué.

—No, Nina, de momento, no. Dentro de un tiempo, a lo mejor. Nos vendrá bien distanciarnos un poco.

Después de que colgara, me pegué el teléfono al pecho y pasé el resto de la noche llorando, esperando a que reparara en su error y volviera a llamarme. Pero no lo hizo. Hace una semana que me contestó a un mensaje por última vez, así que he venido a hablarlo con él en persona.

Se abren las puertas que tengo delante y una mujer recibe con los brazos abiertos a las personas que me preceden. Besa a cada invitado en ambas mejillas y los acompaña dentro. Mientras se cierra la puerta, inspiro hondo y me cuelo detrás de ellos.

—¿Hay sitio para una más? —pregunto y, sin darle la oportunidad de contestar, le planto un par de besos—. Siento llegar tarde. Estás preciosa.

—Ay, gracias —dice educadamente, pero tiene tanta idea de quién soy como yo de quién es ella—. ¿Te guardo el abrigo?

—Estupendo —contesto, y me lo quito y ella se lo lleva a un guardarropa cercano—. ¿Dónde dejo esto? —le digo, señalando la botella de la bolsa.

—Si quieres dárselo directamente a la cumpleañera, la he visto hace unos minutos en el jardín de invierno con las chicas de la Asociación de Mujeres.

«El jardín de invierno —repito para mis adentros— no es más que una forma pija de llamar a la galería.» Le dedico una sonrisa controlada y me dirijo, por un pasillo, hacia el lugar del que proviene la música. Debería estar paralizada por la ansiedad, pero no lo estoy, y me proporciona una confianza adicional pensar que he hecho lo correcto viniendo aquí.

Me muevo con calma para poder absorber mi entorno. Es evidente que Dylan minimizó la descripción de su hogar. Es precioso. Todo está pintado de blanco y gris y los suelos son de parqué. El recibidor es inmenso, con sus lámparas de cristal, sus mesas auxiliares, sus adornos de vidrio, los tiestos de orquídeas blancas y las fotos familiares en marcos enjoyados. Me paro a coger uno e identifico enseguida a un joven Dylan porque es el único niño moreno, los demás son rubios. Recuerdo el aspecto de su madre adoptiva por las fotos que me ha enseñado. En otra, ella está tumbada en un sofá blanco y lo sostiene en el aire. Ilumina el rostro de Dylan una sonrisa enorme y me sorprendo replicándola. Hay más fotos suyas con sus falsos hermanos, tomadas a lo largo de los años: de vacaciones en uno de los parques de Disney, jugando con cubos y palas en playas de arena dorada y en lo alto de un rascacielos con vistas al neoyorquino Central Park. Entre los padres de Dylan y Maggie me arrebataron la oportunidad de darle estas cosas a mi hijo.

Por fin llego al jardín de invierno, al fondo de la casa. Es del tamaño de toda la planta baja de mi casa, solo que con luces de discoteca. Los invitados bailan y cantan canciones de los ochenta que yo conozco bien. Los padres adoptivos de Dylan tienen muchos amigos, pero si fuera tan rica como ellos, también yo los tendría.

Echo un vistazo alrededor, pero no veo a mi hijo. Me sorprendo retrocediendo hacia una espléndida escalera de madera que me recuerda a *Downton Abbey*. La subo y cuento ocho puertas en el descansillo. Las paredes están salpicadas de más fotografías de los niños de bebés. Me detengo a examinar las de mi hijo. Es el patito feo de la familia. Solo tengo que conseguir que lo vea como yo y que entienda que podría tener un hogar mejor y con más cariño conmigo que con ellos. En una de las fotos está solo, pedaleando en una pequeña bici azul y me imagino empujándolo por un sendero. Cojo el marco de la pared, le saco la foto y me la guardo en el bolso.

Después de abrir varias puertas llego por fin al cuarto de Dylan. Reconozco su cazadora tirada en la cama junto a un iPad. Lo enciendo y, cuando me pide el código, meto su fecha de nacimiento. Luego examino su historial. Entre los resultados de la liga de fútbol, los sitios porno y el sitio web de su periódico hay muchas búsquedas de Jon Hunter. Me pregunto qué pensará cuando lee esos artículos y ve esas fotos. ¿Verá lo mismo que yo, todos esos años y oportunidades perdidos con su familia de verdad?

Abro las puertas de su armario, huelo sus camisas y me acaricio las mejillas y el cuello con sus suéteres. Encuentro una bufanda de cuadros y me la guardo en el bolso también. Por último, me echo un poco de una de sus colonias en las muñecas, espero unos segundos e inhalo.

Cuando bajo, a mitad de escalera, aparece Dylan, cogido del brazo de su madre adoptiva. Ríen juntos y al principio no me ve. El veneno que me produce esa mujer me sube disparado a la garganta y tengo que tragar saliva para controlarlo.

Espero a que mi hijo me vea y, cuando eso ocurre, se detiene en seco y palidece.

# Capítulo 68

## NINA

Dylan arruga la frente al verme bajar la escalera. Menea la cabeza como si dudara de lo que ve. Preferiría pensar que está viendo visiones a aceptar que su madre biológica está de verdad en su casa.

—Nina —susurra.

Su madre adoptiva lo mira como si supiera que algo lo ha asustado.

—¿Bobby? —pregunta, pero él no contesta, está demasiado ocupado mirándome fijamente.

—¡Sorpresa! —digo, y bajo el resto de los peldaños y lo abrazo, pero no me corresponde.

—¿Qué…? ¿Por qué has…? —se interrumpe.

—He pensado que sería una buena ocasión de conocer a tu madre —contesto, escupiendo la palabra «madre» como si fuera un puñado de clavos—. Hola —le digo con una inmensa sonrisa. Le tiendo la mano y me araño un dedo con el pedrusco enorme que lleva en el anillo—. Soy Nina. Encantada de conocerla. Y felicidades —añado, pasándole la bolsa en la que llevo el *prosecco*.

—Yo soy Jane, y gracias, muy amable —dice sin mirar dentro.

Veo que siente curiosidad por saber quién soy, pero mi hijo está demasiado alucinado para darle una explicación.

—¿Cómo va la noche?

—De maravilla —responde—. ¿Eres compañera de Bobby?

—No —digo con una carcajada exagerada antes de que él pueda responder—, dudo que yo pudiera escribir un artículo para un periódico aunque mi vida dependiera de ello.

—Pues, ¿de qué os conocéis?

—¿Se lo cuentas tú, Dylan? —digo.

—¿Dylan? —repite ella, y lo vuelve a mirar—. ¿Por qué te llama…?

Entonces cae en la cuenta con la rotundidad del que cae de lo más alto.

—Nina —dice con un aspaviento, volviéndose rápidamente hacia mí, hacia Dylan y de nuevo hacia mí. Ve el parecido y se queda tan pálida como mi hijo.

—Lo siento, debería haberme presentado debidamente. Soy la madre de Dylan.

Jane da un paso atrás y le suelta el brazo. Lo mira buscando confirmación.

—¿Es eso cierto? —pregunta, pero, por la cara que pone, ya sabe la respuesta.

Nos interrumpe el timbre de la puerta. Él me agarra del brazo, con demasiada brusquedad para mi gusto, y me lleva hacia una puerta de doble hoja y un cuarto oscuro. Cuando enciende la luz, veo que es un despacho. Hay un escritorio a un lado y un sillón Chesterfield al otro. Jane nos sigue y cierra la puerta al entrar. No me ofrece asiento.

—No nos conocemos —continúo—. Estaba drogada e inconsciente cuando me arrebataste a mi hijo.

No me replica porque no tiene argumentos.

—No lo entiendo —dice Dylan—. ¿Qué haces aquí? Yo no te he invitado.

—¿Os conocéis? —pregunta Jane conmocionada y Dylan asiente con la cabeza—. ¿Cómo ha ocurrido esto? —Se vuelve hacia mí—. ¿Viniste a buscarlo? —añade, más como acusación que como pregunta.

—La verdad es que no. Mi hijo me encontró a mí, ¿verdad?

No puedo negar la satisfacción que me produce hacerle daño con mis palabras. Se vuelve hacia él y ve que tiene los ojos empañados, pero él no contesta. Dudo que Dylan quiera hacerle daño, así que hablo por él.

—Hemos pasado mucho tiempo juntos estos dos últimos años, ¿verdad, Dylan?

—¿Dos años? —repite Jane, meneando la cabeza.

—Nos vemos con frecuencia, unas veces vengo yo aquí y otras viene él a verme. Vivo en Northampton, así que estamos a tiro de piedra, pero de eso ya te acordarás. —Se nos une Oscar, que se abalanza sobre mí y me apoya las patas delanteras en los muslos. Me lame las manos y yo le hago carantoñas—. ¡Me alegro de volver a verte! —le digo, y pillo a Jane mirando al perro como si también él la hubiera traicionado.

—¿Qué haces aquí? —repite Dylan.

—Quería conocer a la mujer que te ha estado cuidando.

—No lo he estado «cuidando» —contesta Jane—. Es mi hijo.

—Biológico no, ¿verdad?

—Lo he querido y criado cuando tú no podías.

—No me dejaron elegir, Jane. Fue mi madre quien lo dio en adopción, no yo. Es una larga historia que ya te contará Dylan luego, pero imagina mi sorpresa cuando de repente se plantó en mi puerta queriendo tener relación conmigo, ¡su madre!

Cada nueva revelación es como un bofetón para ella. Sé que nada de esto es culpa suya, pero me da igual. Aunque no quiera ella reconocerlo, seguro que siempre ha sabido que solo tenía a Dylan en préstamo.

Dándonos la espalda a los dos, apoya las manos en el escritorio. Dylan intenta consolarla pasándole un brazo por los hombros y siento una pizca de envidia de que no haya hecho lo mismo conmigo desde que he llegado.

—No quería que te enteraras así —le dice—. Solo quería saber más de mis orígenes.

—No estoy disgustada por eso, sino por no haberlo hablado antes con tu padre o conmigo primero. ¿Saben algo de ella tus hermanos?

—¿De ella? —repito.

Jane me lanza una mirada asesina.

—De Nina.

—De su madre.

—¡Su madre soy yo!

—¡Parad, por favor! —nos interrumpe Dylan—. Nina, creo que deberías irte.

—¿Por qué? —pregunto.

—Porque estás disgustando a mamá.

—Dylan...

Jane se vuelve enseguida y grita:

—¡Se llama Bobby, por el amor de Dios! ¡Llámalo por su nombre!

Me crece la ira por dentro y, de repente, ella es lo único que veo en la habitación. No le ha bastado con arrebatármelo de los brazos cuando no tenía ni fuerzas ni conocimientos para luchar por él y ahora quiere alejarme de él por segunda vez. Ella ya lo tiene todo: marido, hijos biológicos y una casa de morirse. ¿Por qué quiere también a mi hijo? Entre Maggie y ella se han propuesto destruirme. La odio. Poco a poco, la empiezan a rodear unas sombras de rojo y negro y me invade la necesidad de castigarla. Quiero hacerle muchísimo daño, que entienda lo que me ha hecho, que sepa que este joven tan guapo me pertenece a mí y no a ella. Quiero apartarlo de ella para siempre. Aprieto los puños y, sin quererlo, cojo un pisapa-peles de cristal de una estantería.

—¡Nina! —dice Dylan, más rotundamente esta vez. Su voz basta para iluminar mi oscuridad—. Vete a casa, por favor. Hazlo por mí.

Titubeo un instante hasta que vuelvo a ser yo misma.

—Pero por eso estoy aquí, por ti.

—No quiero hablar contigo ahora mismo. Estás haciendo demasiado daño. Tienes que irte.

—Pero ella tiene que saber la verdad. Todos debemos saber la verdad. Mira lo que pasa cuando se interponen las mentiras. Mira lo que nos ha pasado a nosotros.

Veo a Jane negar con la cabeza y, cuando Dylan la arrima a su hombro, llora. Lo quiere incondicionalmente y la odio por ello. Tendría que haberse puesto furiosa por haberme buscado a sus espaldas. Tendría que haberle dicho que se marchara y entonces él habría venido a vivir conmigo a mi casa. Entonces habríamos podido ser una familia normal. No sé cómo se lo habría explicado a Maggie, pero habría encontrado una forma de contárselo. Siempre la hay. Él habría entendido por qué he castigado a Maggie porque él y yo somos iguales. Sin embargo, ha preferido a Jane. Y eso me mata.

Lo veo sacarla del despacho, subir las escaleras y desaparecer de mi vista. Sé en ese mismo instante que ya no volveré a verlo. Sigue sonando la música y la gente pasa por mi lado en el pasillo sin verme. No saben quién soy de verdad. Para ellos no soy nadie y, sin mi hijo, tampoco lo soy para mí.

# Capítulo 69

## Nina

—No, no, no —mascullo en voz alta al ver la pantalla del móvil.

El simbolito blanco intermitente de un enchufe y un cable me indica que tengo que cargar la batería. Lo he dejado enchufado toda la noche en la mesilla con el volumen a tope, aunque tampoco es que haya dormido mucho, pero se me debió de olvidar pulsar el interruptor del enchufe.

Aterrada, recorro rápidamente la biblioteca preguntando a todos los compañeros con los que me topo si tienen un cargador de móvil que me puedan prestar. Con cada no, siento como si una serpiente se me enroscara alrededor del pecho y del cuello y me fuera exprimiendo la vida lentamente.

Al final, Jenna, de la sección de «Apoyo a pequeñas empresas» de la planta de arriba, me da un cargador que tiene en el cajón del escritorio. Creo que no le doy ni las gracias. Me meto disparada en una de las salas de reuniones y conecto el móvil al puerto USB de un enchufe.

He dejado un carrito con el reparto de libros nuevos de hoy escondido al fondo del todo de la biblioteca. Luego me pongo con ellos; ahora mi prioridad es esta. Espero diez insoportables minutos con el móvil en la mano a que tenga carga suficiente para volver a encenderse. Acto seguido, tecleo mi código de acceso y espero. Por fin, aparece un mensaje de texto y se me alborota el corazón. La decepción es inmediata y me dan ganas de estampar el teléfono contra la pared: es del consultorio sobre una cita con el dentista que se me ha pasado, no de mi hijo.

Hace exactamente ocho días que vi a Dylan por última vez en casa de su familia. He probado a llamarlo, a mandarle mensajes y correos electrónicos, pero me ignora. Hasta he cogido un tren a Leicester para hablar con él cara a cara, pero la recepcionista del periódico me ha dicho que se ha tomado unos días libres por «motivos personales». Se me ha pasado por la cabeza hacerle otra visita en su casa, pero yo misma me he convencido de que no. No podría soportar volver a ver a esa mujer que se cree su madre.

La falta de comunicación que hay entre Dylan y yo es cosa suya, seguro. Me la imagino llorando como una Magdalena y con ese perfilador de ojos carísimo corrido por la cara arregladísima de bótox como si fuera un payaso siniestro y sin expresión. Casi la puedo oír diciéndole lo decepcionada que está de que me haya buscado sin contar primero con su bendición. Noticia de última hora, tonta del culo: ¡no necesita tu permiso! ¿Quién demonio se cree que es para cuestionar las razones de Dylan para querer encontrarme? ¡Lo que es antinatural es que lo obligue a quedarse con ella!

Me crece poco a poco la rabia por dentro al imaginar a Jane haciéndole chantaje emocional para separarnos. Y lo peor de todo es que Dylan se lo tragará porque no querrá disgustarla. Él, como yo, es una víctima de todo esto. Somos peones del juego de otros. No queremos hacer daño a nadie, pero, al intentar que todo el mundo esté contento, somos los que más sacrificamos.

Echo de menos a Dylan tanto como en el instante en que Maggie me lo arrebató el día de su nacimiento. De hecho, ahora es aún peor porque he tenido ocasión de conocerlo. Sé lo que se siente al ser madre y que te priven de tu hijo dos veces.

Me revuelve el estómago pensar que no voy a volver a saber de él. Busco nuestros mensajes antiguos en el móvil y los releo. A pesar de lo poco que hace que forma parte de mi vida, ha llenado un vacío del tamaño del Gran Cañón. Le mando un último mensaje. No me enorgullece parecer tan desesperada. Le digo lo que se me ocurre para recuperarlo. Si siente algo de cariño o compasión por mí, contestará.

—¿Qué pasa, cielo? —me pregunta Jenna y doy un respingo porque no la he oído acercarse.

—Nada, estoy bien —digo, y me seco los ojos empañados con las yemas de los dedos.

Está claro que estoy cualquier cosa menos bien y Jenna me mira comprensiva.

—¿Nos tomamos un té y me lo cuentas?

—No, no, estoy bien, pero gracias. Son cosas relacionadas con mi madre.

Mis compañeros están al tanto de «la demencia» de mamá y se solidarizan conmigo. No me gusta ser objeto de compasión, pero en ocasiones, como esta, lo uso en mi beneficio.

Jenna asiente con la cabeza.

—Bueno, si me necesitas, ya sabes dónde estoy —añade, y me deja sola.

Echo otro vistazo a mi correo, a la carpeta de correo no deseado, al Messenger, pero no encuentro nada de Dylan que se me haya escapado.

Vuelvo a la planta baja de la biblioteca y, de repente, se me aparece la cara de Maggie. Cierro los ojos, aprieto los puños y la hago desaparecer. Todo esto empezó con sus mentiras y cuando me separó de mi hijo. Es culpa suya. Ella es la razón de que Dylan y yo no estemos juntos. Ella es la artífice de mi desgracia. Desde que se descubrió el bulto, ha conseguido hacerme creer que no estamos en bandos opuestos. ¡Qué estúpida he sido! Me está haciendo a mí lo que le hace a Dylan su madre. Nos están manipulando. Y los dos hemos caído en la trampa porque somos buenas personas con un gran corazón.

Tengo que recordarle a Maggie cuál es su sitio. A pesar de su crueldad, de su egoísmo y del dolor que me ha causado, he seguido queriéndola. Pero eso se acabó. Es la persona con la que comparto la casa, ni más ni menos. No significa más para mí que las cortinas que ocultan lo que ocurre allí dentro, los suelos que piso o las puertas que nos separan.

Y las cosas en casa están a punto de dar un giro muy desagradable para mi madre.

# Capítulo 70

## MAGGIE

Lo que hace Nina nada más abrir la puerta de mi parte de la casa me indica de qué humor está. Si grita «¡Hoola!» es que está de buen humor; si grita «¿Hay alguien en casa?» es que se está haciendo la graciosa y es muy posible que tenga ganas de fastidiar; si dice simplemente «Maggie...» es que está arisca y la cena no va a durar mucho; pero, si nada más abrir la puerta, se marcha sin decir nada, uf, esas cenas son las que me aterran. Son impredecibles. Y me temo que la de hoy es una de esas.

Lo primero que pienso cuando oigo la puerta pero no la oigo a ella es que ha descubierto el agujerito que he ido haciendo con el tornillo. Cierro los ojos con fuerza. «Sabe lo que he estado haciendo.» La pasta de dientes que estoy usando para volver a pegar la huevera al tabique no aguantaba bien anoche y la huevera se despegaba. Volví a pegarla, pero tengo miedo de que se haya caído otra vez y que, al abrir la puerta para subir, Nina haya visto lo que tapaba y de ahí su silencio.

He retirado ya otro par de centímetros de yeso y madera y sé que mi objetivo está cerca, porque, al tumbarme en el suelo con la oreja pegada al agujero, oigo encenderse el calentador en el interior de su armarito. Si yo puedo distinguir eso, es muy probable que el amigo de Nina me oiga a mí si pido socorro a gritos. A juzgar por la profundidad del agujero, debo de haber llegado a la última capa de pladur. He parado ahí porque, si ahondo demasiado, me arriesgo a hacer un agujero que Nina pueda ver desde el otro lado y entonces todo esto no habría servido de nada. En lugar de ello, he empezado a rascar otro trozo.

El silencio de Nina me mata, así que, con todo el sigilo de que soy capaz teniendo en cuenta que llevo una cadena enganchada al tobillo, me acerco al umbral de la puerta y me asomo a las escaleras. La puerta está abierta de par en par, pero ella no está a la vista. Comienzo a bajar y, cuando llego al descansillo de la primera planta, me alivia ver que la huevera sigue en su sitio, tapando el agujero.

Me ha dejado la puerta abierta para que baje yo sola al comedor y, una vez allí, me siento donde siempre. Vuelvo a tener cubiertos de plástico y ya no está sobre el mantel el surtido habitual de vitaminas, semillas y suplementos. Ha puesto el mantel de encaje de mi abuela. Veo que ha encogido y ya no es de color marfil, sino más bien gris desgastado. Me está castigando, pero, si no es por horadar la insonorización, ¿qué es lo que cree que he hecho?

No me da tiempo a pensarlo porque aparece. En la bandeja que trae lleva una cazuela grande de loza que humea por debajo de la tapa. Doy por supuesto que es otro estofado. También hay un cuchillo de pan y una hogaza sin cortar. Sonrío y saludo, pero sus labios apenas se curvan cuando me contesta. Está de muy mal humor, lo veo claro.

Con un cacillo, sirve el guiso en los dos cuencos y luego ataca el pan con el cuchillo. Se corta una rebanada para ella, pero, cuando alargo la mano para cortar el mío, entorna los ojos y deduzco que mi menú no lleva pan. Empezamos a comer en silencio. La ternera y las patatas están demasiado hechas, pero no me quejo. Espero unos minutos antes de hablar de la última novedad sobre mi bulto. Es un último intento desesperado por hacerla entrar en razón.

—¿Qué quieres decir con que está «delicado»? —pregunta, haciendo hincapié en la palabra y mirándome como si exagerara.

—Me refiero a que está sensible. Durante las últimas dos semanas me ha empezado a molestar, una especie de dolor sordo. Y creo que me he encontrado otro debajo del brazo izquierdo.

—O lo crees o lo has encontrado.

—Bueno, entonces, sí, me he encontrado algo que parece otro bulto. —El que no haga preguntas para verificar su existencia es una prueba más de lo que hace semanas que sospecho, que a Nina ya le da igual, pero, en lugar de desinflarme, refuerza mi determinación y el resentimiento cada vez mayor que me inspira—. He pensado que querrías saberlo; por eso lo he mencionado.

Por primera vez en toda la noche, me mira directamente a los ojos.

—¿Y qué esperas que haga yo?

Semejante hostilidad me deja pasmada.

—Ya sabes lo que puedes hacer —le digo educadamente—. Me puedes ayudar. Ya hemos probado tu planteamiento. He cambiado de dieta como me pediste, me he tomado tus hierbas y he leído los libros que me has dejado, pero sea lo que sea este… sean lo que sean estos… bultos que llevo dentro, necesito ayuda profesional.

Nina se encoge de hombros.

—Para empezar, ni siquiera querías que mis métodos funcionaran.

Busca pelea. Me convendría recular, pero en lo que respecta a este bulto, ¿de qué me ha servido la sumisión? No voy a conseguir que me vea un médico. «Así que, no —decido—. Voy a defender lo mío.»

—Pues claro que quería que funcionaran —digo—, pero ya lo hemos hecho a tu manera y ahora toca hacerlo de la mía.

—Venga ya, Maggie. Sé sincera. Este era tu plan desde el principio. Apuesto a que, en el fondo, te encantó encontrarte el primero porque lo viste como tu oportunidad de oro para salir de aquí.

—¿En serio crees que quiero tener un bulto en el pecho? ¡No seas ridícula! Solo te pido que tengas un poco de compasión. Sé que he cometido algunos errores horribles y que puede que ya no me consideres tu madre, pero, te guste o no, eso es lo que soy. Y, además, soy un ser humano que necesita tu ayuda.

—Yo no puedo hacer nada —dice, y sorbe—. Te advertí hace dos años de que te habías cavado tu propia tumba y que, pasara lo que pasara, te ibas a quedar en ella. Y no ha cambiado nada. Lo siento.

No lo siente en absoluto. Y en ese momento me queda claro que eso es lo que hay. Nina no va a cambiar de opinión jamás.

—¿Qué he hecho mal? Porque no lo entiendo. Pensaba que nos llevábamos mejor estas últimas semanas...

—Te tengo calada, Maggie —me dice con un dedo amenazador—. ¡Te tengo caladísima! Eres como todas esas madres que no paran de manipular a sus hijos haciéndose las víctimas para ver si consiguen que tomen decisiones que no quieren tomar solo por satisfacer sus propias necesidades egoístas. Pues esta vez no te voy a dejar ganar. No os voy a dejar ganar a ninguna de las dos. Ninguna de las dos me lo vais a volver a arrebatar.

No tengo ni idea de a quién se refiere.

—¿A quién? —pregunto.

—Ya lo sabes —gruñe—. Ya sabes lo que hace la gente como tú.

Ha pasado algo desde la última vez que la vi, hace dos días, pero no sé de qué me acusa. Seguramente debería dejarlo correr, pero tiento el avispero con una vara.

—No, Nina, de verdad que no.

—Has hecho de mi vida lo que has querido. Solo buscabas un clon que nunca te dejara sola. No querías que madurara y tuviera las cosas que tienen otras mujeres de mi edad. Me lo has robado todo.

Aparto el plato.

—¿A qué viene todo esto?

—Nunca me has querido de verdad. Eres demasiado egoísta.

—No tienes ni la menor idea de las cosas a las que he renunciado por ti, por amor.

—¡Ja! —se mofa—. ¡Tú no sabes lo que es querer a alguien!

Sé que no debería, pero no puedo aguantarme más.

—¿Y tú sí? —espeto—. Tienes el corazón tan envenenado y la razón tan deformada que antepones tu necesidad de venganza a todo lo demás, ¡incluidas las personas que te quieren!

—¿Cómo puedes decir que me quieres cuando diste a mi bebé en adopción?

Estoy tan indignada que ya no pienso lo que digo antes de que salga por mi boca.

—¡Y me alegro de haberlo hecho! —le grito—. Por entonces, tú no estabas preparada para ser madre y lo que me estás haciendo demuestra que ahora tampoco eres capaz de ser un ser humano decente. Hice lo mejor para aquel pobre niño porque habrías terminado matándolo como me estás matando a mí. Eres demasiado egoísta para ser madre.

Ocurre tan rápido que mis ojos apenas lo registran. Nina agarra su vaso y lo tira con fuerza, estampándolo contra la pared. Los pedazos se esparcen por toda la moqueta.

—¡Egoísta! —grita—. ¡Tienes el descaro de llamarme egoísta! ¿Después de lo que has hecho? ¿Cómo te atreves, joder!

Se pone en pie y yo, acobardada, empiezo a encogerme de miedo. Solo que esta vez, no me lo permito. De pronto lo veo claro: no voy a pasar el resto de mi vida, por breve que sea ese resto, escondida en un rincón. Aflora en mí una fortaleza que yo misma desconocía. Ya no temo al monstruo que he creado.

—Pues claro que me atrevo, joder —gruño, de pie también.

—Me lo has arrebatado todo —me grita y le sale saliva de la boca como si fueran unas balas diminutas—. ¡Deberías estar a cuatro patas pidiéndole perdón a Dios por lo que le has hecho a tu hija!

—Me he visto obligada a tomar decisiones que me han destrozado, pero solo lo hice porque tú no me dejaste elección.

De repente, Nina me empuja fuerte contra la pared. Pierdo el equilibrio y me caigo al suelo. Entonces la veo coger el cuchillo del pan y plantarse delante de mí, con los nudillos blancos de la fuerza con que lo agarra.

Se lo noto en la cara: ha vuelto la Nina que no es dueña de sus actos. Tiene los ojos vidriosos y, en ese preciso momento, sé que es inaccesible. Su lado oscuro se ha apoderado de ella y ya no es mi hija. Lo que ocurra a partir de ahora no se deberá a la voluntad de la niña a la que yo parí, sino al fruto de los actos de su padre, el hombre que le robó la infancia y provocó todo lo que ha venido después.

Nina levanta el cuchillo por encima de la cabeza y yo ni siquiera intento protegerme. Si tengo que morir en este momento, que así sea. Tendrá que mirar a su madre a los ojos mientras extingue la luz que hay en ellos.

De repente lo oímos las dos. Volvemos la cabeza bruscamente hacia la puerta, de donde viene la voz. Hay un hombre allí plantado, horrorizado.

—¿Nina? —pregunta—. ¿Qué haces?

# Capítulo 71

## Maggie

Nina y yo nos quedamos de piedra, incapaces de movernos. Yo sigo en el suelo y ella alzándose sobre mí con el cuchillo en la mano. La voz de ese hombre basta para sacarla de la psicosis, algo que yo jamás he conseguido.

Miramos las dos embobadas a la visita que acaba de irrumpir inexplicablemente en nuestro retorcido mundo. Aparte de mi hija, es la primera persona a la que veo cara a cara desde que me encerró arriba. Estudio la figura de ese joven delgado de pelo moreno y tez clara y me pregunto si mi cerebro desesperado me la está jugando. Pienso muy seriamente si Nina me habrá apuñalado ya y, en los últimos estertores de la muerte, me lo estoy imaginando. Entonces caigo en la cuenta. Me resulta familiar: es el amigo de Nina, el hombre al que he estado viendo de lejos por la ventana de mi cuarto, la razón por la que he estado haciendo un agujero en la pared para alertarlo de mi existencia. Pero ahora que lo tengo aquí, delante de mí, me quedo pasmada.

Interrumpe el silencio el choque de metal sobre madera cuando Nina vuelve a dejar el cuchillo en la mesa. Luego se aleja de mí un paso, como si eso fuera a variar la percepción que su amigo tiene del caos del que está siendo testigo. Yo no me muevo de donde estoy. Él parece confundido y asustado.

—¿Qué haces aquí? —le pregunta ella, desinflada.

—Me has mandado un mensaje amenazando con suicidarte si no contestaba. —Ella lo mira con la cabeza ladeada como si no recordara haber hecho semejante cosa—. Menos mal que la puerta de la calle estaba abierta. ¿Qué está pasando aquí?

Sus penetrantes ojos grises la miran, después me miran a mí y vuelven a mirarla a ella. Intento ponerme de pie, pero me tiembla todo el cuerpo como una hoja y no puedo incorporarme sin ayuda. Arrastro el trasero como un bebé y me agarro a una silla para erguirme. Él se acerca a mí y me coge por la axila hasta que consigo levantarme. Aún me flojean las piernas, así que me apoyo en la mesa para no caerme. El ruido de la cadena le llama la atención. No parece comprender por qué la llevo enganchada al tobillo.

—Dylan —dice Nina con voz temblona—. Has venido.

Me deja helada. ¿Qué acaba de decir!

—¿Dylan? —repito, mirándola primero a ella y luego a su amigo. Y por una décima de segundo no lo veo a él, veo a Jon Hunter. Hago un aspaviento y me tapo la boca con las manos cuando comprendo que es el bebé al que vi por última vez cuando lo entregué a otros brazos en el sótano con la esperanza de salvarlo de esta locura.

—Eres… ¡eres mi nieto! —susurro.

Mis palabras parecen aterrarlo aún más y se vuelve hacia Nina.

—¿Tengo abuelos? ¡Me dijiste que habían muerto todos!

No sé cómo, pongo en orden mis pensamientos.

—Me ha tenido prisionera dos años —espeto—. Por favor, tienes que ayudarme.

—¿Nina? —dice Dylan—. ¿Es eso cierto?

—Está fatal —contraataca Nina—. Tiene demencia y no sabe lo que dice. Yo soy quien la cuida. Me encargo de ella.

—No tengo nada de eso —replico—. Me tiene encerrada arriba en contra de mi voluntad. Mira.

Dylan sigue con la mirada la mía hasta el grillete y la cadena, que continúa por el pasillo y sube las escaleras hasta mi planta.

—¿Por qué la tienes encadenada? —pregunta.

—Para cuando estoy en el trabajo... Por su seguridad. No es tan malo como parece. Cuando está sola, es un peligro para sí misma, empieza a merodear por ahí, y no puedo permitirme llevarla a una residencia.

—Pero ahora estás en casa... ¿Por qué sigue encadenada?

—Dylan, no le hagas caso, que está mintiendo —le suplico y lo agarro del brazo—. Por favor, sácame de aquí o llama a la policía, llama a quien sea, pero apártame de ella y deja que las autoridades decidan quién dice la verdad.

—No, no lo hagas —dice Nina—. Te está manipulando igual que Jane. Sabes que yo no te mentiría. —Lo agarra del otro brazo—. Tú lo eres todo para mí. Jamás pondría eso en peligro faltando a la verdad.

—Entonces, ¿por qué estabas a punto de clavarle un cuchillo cuando he llegado?

—Yo... yo... yo solo quería asustarla para que obedezca. —Dylan menea la cabeza—. Tienes que creerme —suplica—. Aunque parezca inofensiva, no sabes de lo que es capaz. Asesinó a mi padre, a tu abuelo, y luego intentó separarnos a ti y a mí... Es un monstruo.

Cuando Dylan se queda boquiabierto y le brillan los ojos de miedo, sé que me cree a mí.

—Te di en adopción a Jane porque era una buena mujer y porque quería protegerte de Nina —la interrumpo—. Mi hija no está bien, créeme. Mira lo que me está haciendo. Si no llegas a venir cuando has venido, estaría muerta.

Nina arruga el gesto, la confusión le deforma el rostro y es como si lo que estoy diciendo fuera nuevo para ella. Su ira psicótica se ha llevado cualquier recuerdo de lo que ha estado a punto de hacer con ese cuchillo.

—¿Dónde está la llave del candado? —pregunta Dylan, inmutable.

Ella lo mira decepcionada.

—¡No me estás escuchando! —replica—. Te engaña… No sabes cómo es. No te puedes poner de su parte.

—¡Pero no puedo hacer como que no he visto que tienes encadenada a mi abuela en tu casa! Lo que está pasando aquí, sea lo que sea, no es normal. Necesitáis ayuda las dos. —Nina abre la boca, pero le cuesta encontrar las palabras porque sabe que él tiene razón. No hay nada normal en nosotras ni en esta casa ni en nuestra familia. Todo dejó de ser normal el día en que Alistair empezó a abusar sexualmente de su hija—. Dame la llave, venga. —Nina niega con la cabeza y aprieta la mandíbula—. Nina —repite él con mayor firmeza, pero ella no cede—. Mamá —le dice él.

A ella parece sorprenderla que la llame así. Me pregunto si será la primera vez que lo hace, porque Nina se echa a llorar. Miro a Dylan para valorar su reacción, pero este es territorio desconocido para él y no sabe cómo reaccionar. Aun así, no puedo permitir que se despiste al sentir compasión por ella. Tengo que pensar en mí.

—Lleva la llave en el bolsillo —digo.

—Por favor, no lo hagas —solloza Nina, negando despacio con la cabeza mientras él se le acerca—. Solo he hecho lo que más nos conviene. Tienes que creerme.

Dylan se planta delante de ella y la mira a la cara. Ella moquea y tiene las mejillas empapadas, pero no intenta detenerlo cuando él le mete la mano en el bolsillo y saca el llavero.

—Esto es lo que hay que hacer —le dice.

—Me vas a dejar, ¿verdad? —llora ella, pero él la ignora.

Me sonríe como para que sepa que todo va a ir bien. Y yo le creo. Es lo único bueno que ha salido del día de hoy. Se agacha y mete la llave en la cerradura. Y entonces ocurre: mi nieto, al que pensé que jamás volvería a ver, me libera. Lo miro tan agradecida que me dan ganas de llorar.

—Vamos —dice, antes de que me dé tiempo a darle las gracias y, sin volverse a mirar a su madre, me pasa el brazo por la cintura y nos dirigimos al descansillo.

El ruido se oye enseguida: el traqueteo ya familiar de la cadena. Dylan y yo nos volvemos a la vez, pero apenas nos da tiempo a reparar en que el grillete vuela por los aires cuando choca contra la frente de él y lo tumba de golpe.

—¡No! —grito, y mi nieto me mira desde el suelo, perplejo pero incapaz de comprender lo que ha pasado.

Veo impotente que Nina levanta la cadena e intenta golpearlo otra vez, pero esta vez no atina y astilla un trozo del marco de la puerta. Conozco bien la rabia contenida de su mirada, pero no tengo tiempo para recrearme en ella. Dylan no se mueve lo bastante rápido para esquivar el tercer golpe, que le vuelve a acertar pero esta vez en un lado de la cabeza. El choque de metal contra hueso produce un crujido horripilante. Nina ha conseguido abollarle el cráneo.

—¡Para! ¡Por el amor de Dios, para! —le suplico—. ¡Es tu hijo!

Pero no me oye. Tiene otra vez esa mirada perdida, desprovista de toda humanidad. Miro de nuevo a Dylan y solo cuando parpadea sé que sigue vivo.

Me hinco de rodillas e intento consolarlo, pero el pobrecito está conmocionado. Cojo de la mesa los guantes del horno para parar la sangre que le brota de la cabeza y que empieza a correrle por la cara. Me vienen a la mente recuerdos fugaces de la herida similar que Nina le hizo a Alistair.

—Te pondrás bien, te lo prometo —le digo a Dylan, pero en realidad no lo sé—. ¿Dónde tienes el móvil? Voy a pedir ayuda.

—Le hurgo en los bolsillos, pero él me aparta y se vuelve de lado, despacio. Con la ayuda de los brazos, se arrastra hacia la escalera. A lo mejor me tiene tanto miedo a mí como a Nina—. Ay, Dylan —le suplico—, déjame ayudarte. Por favor, dame el móvil. —Lo único que se oye ya es su desesperada respiración sibilante y el roce de su ropa en la moqueta. Me vuelvo hacia mi hija—. ¡Nina! —le grito, pero, antes de que pueda decirle nada más, me pega también con el grillete.

Lo empuña con torpeza y está a punto de darme en el hombro, pero lo esquivo antes de que me pueda hacer demasiado daño. A la segunda, en cambio, me acierta en plena cabeza. Me pitan los oídos como el campanario de una iglesia y el comedor empieza a enturbiarse y amenaza con fundir en negro. Me esfuerzo por mantener la consciencia. Sé que Nina se agacha sobre mí, pero no consigo centrarme en lo que hace. «Mantente despierta —me digo—. Mantente despierta y ayuda a Dylan.» Él está bocabajo ahora, con las piernas estiradas, reptando con la ayuda de los brazos y los codos, alejándose despacio de las dos.

Cuando recupero la visión, me revienta la cabeza, pero, de algún modo, consigo ponerme de pie, aunque, al intentar acercarme a Dylan, pierdo el equilibrio y me estampo contra la pared. Él está mucho peor que yo y ha sacado fuerzas para empezar a bajar la escalera, peldaño a peldaño. Cuando ha logrado bajar las cuatro primeras, pierde el equilibrio, baja el resto rodando y se da con la cabeza en el poste antes de aterrizar en un ángulo raro abajo. Lo miro de reojo y veo que tiene los ojos muy abiertos, pero ya no parpadea.

—¡Dylan! —Me dirijo a él, pero no llego muy lejos porque caigo de bruces al suelo. Me sube por la pierna un dolor punzante que parte de donde debo de haberme desgarrado algo por dentro. Después de atizarme con el grillete por tercera vez, Nina me lo vuelve a ajustar al tobillo—. Mira lo que has hecho —bramo y le lanzo una mirada asesina.

Inmóvil, nos mira con la satisfacción de un maestro del juego que, aun sabiendo que sus oponentes tienen todas las de perder, los deja jugar igual. Y ahora me toca a mí perder el control. La agarro de la pierna y empiezo a aporreársela, mordérsela y arañársela como un animal salvaje hasta que, forcejeando, se zafa de mí y me da una patada en toda la jeta. Se oye un crujido fuerte y siento como si fuera a estallarme la cara. Me ha roto la nariz, seguro. La boca me sabe a sangre, que me corre por la garganta, ahogándome.

—¡Has matado a tu hijo! —continúo, pero entonces me empieza a dar vueltas la cabeza otra vez, se me distorsiona el oído y se me nubla la visión. Quiero levantarme y abalanzarme sobre ella, pero apenas le distingo el rostro cuando me agarra por la cabeza con las manos y me arrastra por las escaleras hasta la primera planta. Creo que me va a empujar para que ruede, pero sigue arrastrándome por el descansillo hasta que llegamos a la escalera de la segunda planta, en mi parte de la casa. Entonces, cierra de golpe la puerta del tabique y echa la llave—. ¡Nina! —grito—. ¡Nina, déjame salir!

Sigo tumbada bocarriba y no veo lo que hago, recorro a tientas el tabique con la mano y araño las hueveras, tirando de ellas para arrancarlas. Las aporreo, a sabiendas de que eso se puede oír por el agujero que he hecho, pero sin que me importe ya.

Mi anhelo de libertad ha tenido un coste horrendo. Nina ha matado a Dylan, como siempre temí que haría. Y yo soy responsable también, por suplicarle ayuda. Esto es tan culpa mía como de ella.

Nina ya no puede controlarse. Cuando asesinó a su padre, él lo merecía, pero Dylan no, era inocente. Y también Sally Ann Mitchell.

# Capítulo 72

## MAGGIE

### HACE VEINTITRÉS AÑOS

Elsie se queda perpleja al ver al recién nacido arropadito en el sofá del sótano. Lo mira y luego me mira a mí.

—¿Quién es? —pregunta—. ¿Y qué haces aquí abajo?

Apenas consigo pronunciar las palabras «mi nieto» antes de echarme a llorar. Y entonces le suelto todo el terrible desastre. Mi remordimiento entra en erupción como un volcán y llevo demasiado dentro para dejarme ni un detalle, desde el primer embarazo de Nina hasta los abusos de su padre y por qué le he dicho a Nina que su bebé ha nacido muerto. Me sale todo de golpe. Estoy al borde de un ataque de nervios y necesito ayuda.

Cuando termino, Elsie ya ha cogido en brazos a Dylan y lo acuna. Los miro a los dos, paralizada por el miedo a lo que acabo de hacer y a lo que está por venir. Estoy preparada para que Elsie me lea la cartilla y me diga lo que ya sé, que esto me supera y que tengo que llamar a la policía, pero a veces la gente te sorprende.

—Si fuera mi Barbara, creo que yo habría hecho lo mismo —dice—. Cuando tienes un hijo, te prometes que será tu prioridad y que harás todo lo que esté en tu mano por darle la mejor vida posible. Esté bien o mal, eso es lo que tú has hecho por Nina. Y ahora tienes que hacer lo mismo por tu nieto.

—Tengo que llevármelo de aquí.

—Lo sé y lo vamos a hacer.

—¿Lo «vamos» a hacer?

—Sí, te voy a ayudar.

—¿Cómo?

—Igual sé de una forma. Conozco a una familia que podría ayudar.

Hace tres días que nació Dylan y estoy en el coche de Alistair.

Nina da por sentado que se lo llevó cuando «nos dejó», pero lo voy moviendo de una calle a otra todas las semanas, a un kilómetro de casa más o menos. Lo bastante lejos como para que ella no lo vea.

Después de calarlo por segunda vez en un semáforo, mantengo el pie en el freno y acelero el motor. Reparo en el olor del ambientador de naranja que cuelga del retrovisor. Hace tiempo que está seco, pero el perfume sigue adherido a la tapicería de los asientos. No quiero inhalar nada que me recuerde a él, así que lo arranco de cuajo y lo tiro.

Hay una obra aparentemente infinita en la autovía que inhabilita uno de los dos carriles de la calzada y me tiene al límite de mi paciencia. Necesito llegar a casa enseguida. Estoy atrapada detrás de un autobús cuyo conductor no para de ceder el paso a los coches que salen de un cruce que hay más adelante. Estoy a punto de bajarme del coche, aporrearle la ventanilla y soltarle unos cuantos improperios.

El autobús no es la única razón por la que estoy tensa como un muelle. Me he visto obligada a tomar una decisión que cambiará para siempre el rumbo de tres vidas: voy a dar en adopción al bebé de mi hija. He visto con mis propios ojos a Nina matar a golpes a su padre al verse sometida a una presión extrema. Sé que no puedo cargarla con el estrés que conllevan la maternidad y un recién nacido: las noches en vela, los primeros dientes, las enfermedades, el preguntarte constantemente si lo estarás haciendo bien, el compararte con otras madres mejores que lo tienen todo bajo control... Yo he pasado por todo eso y Nina es demasiado joven y débil para superarlo.

Sé que podría ayudarla, pero no voy a estar presente todos y cada uno de los días de la vida de ese niño. ¿Cómo voy a estar tranquila dejándolos solos aunque sea un momento? Estaría siempre desquiciada, esperando a que algo le provocara el siguiente brote psicótico. Jamás me lo perdonaría si a mi nieto le ocurre algo que yo podría haber evitado.

Si con eso no bastara para justificar el plan que Elsie y yo hemos urdido, alejarlo de su padre, un pederasta que dejó embarazada a una niña de catorce años sabiendo que era menor, es razón más que suficiente. Si Nina lo tuviera tan calado como yo, a lo mejor también ella pondría en duda la influencia de Hunter en un niño. Me aterra pensar en cómo podría deformarle la mente o algo peor. Mi fe en la aptitud de los hombres para la paternidad se hizo añicos desde lo de Alistair y ya es irreparable. Jamás volveré a cometer el mismo error.

Es responsabilidad mía proteger a Dylan y lo mejor para él, a mi entender, es estar todo lo lejos posible de la vida tóxica en la que fue concebido. Además, no hay vuelta atrás porque ya le he dicho a Nina que su criatura nació muerta como consecuencia de la anomalía cromosómica que ella en realidad no padece.

—¡Mierda! —grito.

Voy distraída y casi choco con otro coche. El montón de pañales que he comprado antes en Tesco sale volando del asiento de atrás y aterriza en el suelo. Entonces caigo en la cuenta de que puede que sean los últimos que compre para él.

Dylan ha estado tres días con Elsie y conmigo en el sótano. Que convirtiera la bodega y el desván en espacios habitables son las únicas cosas que le puedo agradecer a Alistair. Cada vez que Elsie o yo nos vamos, ponemos un colchón delante de la puerta cerrada para que no se oiga el llanto del bebé, aunque Nina sigue demasiado drogada para oír gran cosa. Empezamos a darle al niño la leche que producía su madre y que recogíamos con un sacaleches. Le he mentido, otra vez, y le he dicho que era completamente normal, aun habiendo perdido el bebé. Entonces empieza a preocuparme que los sedantes que le administro le lleguen a él a través de la leche materna y paso a los biberones.

Elsie y yo hemos estado cuidando de Dylan y encariñándonos con él, y anoche, cuando lo tenía en brazos mientras se quedaba dormidito, supe que, en el fondo, no quería darlo en adopción, de verdad que no. Muy a mi pesar, esa criaturita me ha cautivado por completo.

Al llegar por fin a casa, miro la hora en el reloj: Nina va a necesitar otra dosis de somníferos muy pronto. Cuando vuelva al trabajo, cogeré más hojas de receta de la consulta del doctor King y buscaré una medicación alternativa para controlarla.

Estoy convencida de haber cerrado con llave la puerta de la calle al salir, pero ya está abierta cuando giro la llave. Desconcertada, la cierro enseguida y subo las escaleras.

—Nina, ya he vuelto —digo, acercándome a las escaleras—. ¿Estás despierta? ¿Te preparo un té o un poco de sopa? —Pero su cuarto está vacío. Titubeo y ladeo la cabeza, pero no la oigo por ninguna parte. Algo no va bien—. Nina, cariño, ¿dónde estás? —le grito.

Sigue sin responder. Corro por toda la casa, mirando en todas las habitaciones y por fin la encuentro en el baño de la segunda planta. Está sentada al borde de la bañera, de espaldas a mí. Viste una parka verde y lleva la melena suelta, cayéndole por el pelo de la capucha. No sé si acaba de venir o se va a algún sitio. Su actitud me inquieta.

—Nina, ¿no me has oído? —le pregunto con cariño—. Te estaba llamando. —No contesta—. ¿Qué pasa, te duele algo? —Sigue sin contestar—. Cielo —digo, sin disimular ya mi agitación—, háblame, por favor.

Me acerco despacio y la observo bien. Está pálida y como ausente, exactamente igual que después de matar a Alistair. Espero de verdad que este último brote psicótico sea una reacción retardada al trauma de haber perdido al bebé. Entonces le veo barro fresco en los lados de las botas Dr. Martens que, además, han dejado huella en la alfombrilla blanca del baño. Ha salido a la calle.

—¿Dónde has estado? —le pregunto. Bajo el grueso abrigo, le sube y le baja el pecho, y doy por sentado que eso es todo lo que le voy a sacar por ahora—. ¿Te acompaño a la cama? Necesitas descansar —le digo.

Quiero llevármela a su cuarto cuanto antes por si el llanto de Dylan se oye desde aquí arriba. Le paso un brazo por los hombros y la mano por la axila y la pongo de pie.

Hay una desconfianza entre las dos que parece que vaya a durar siempre, pero, al final, no le hace falta hablar. Cuando veo y oigo caer al suelo el cuchillo ensangrentado que escondía en la manga queda todo dicho.

# Capítulo 73

La velocidad a la que irrumpo en el sótano sobresalta a Elsie. Temiéndome lo peor, aparto el colchón de la puerta, desesperada por entrar, y me la encuentro dándole el biberón a Dylan, bien recogidito y a salvo en el hueco de su brazo. Suena una música suave en la radio que le he dejado antes.

—¿Qué demonios pasa? —pregunta.

Me dan ganas de contarle lo del cuchillo y que creía que Nina los había atacado, pero no lo hago. No quiero asustarla y tampoco me parece justo someter a Elsie a más presión. Lo que sea que haya hecho Nina ahora tendré que afrontarlo yo sola.

—Lo siento —contesto—, la casa estaba en silencio y me ha entrado el pánico.

—Estamos bien, tranquila —dice Elsie—. Antes ha llorado un poco, pero era porque tenía hambre. ¿Qué tal Nina?

—Necesito estar un rato con ella. ¿Te puedes quedar un poco más con Dylan?

Asiente y yo cierro la puerta y la pillo besando en la frente a mi nieto. Lo va a echar de menos tanto como yo. Vuelvo al baño donde he dejado a Nina. Paso por encima del cuchillo y me acuclillo delante de ella, cogiéndole las manos. Lleva sangre seca en los dedos y en las mangas.

Habla de repente y me sobresalta.

—Jon —dice en un tono completamente plano.

—¿Qué pasa con él? —pregunto.

—Lo he visto —dice, y yo cierro los ojos un instante.

—¿Dónde?

—En su casa.

—¿Ha pasado algo? ¿Él está bien?

Espero que me tranquilice, pero el cuchillo ensangrentado me cuenta todo lo que ella calla. La lavo, la cambio de ropa, le doy dos somníferos más y la acuesto. Luego le registro los bolsillos del abrigo y encuentro una dirección en un papelito. Hay una manchita de sangre en él. Doy por supuesto que ahí es donde ha estado. Limpio el mango y el filo del cuchillo y me lo guardo con cuidado en el bolsillo.

Poco después estoy en el piso de Hunter, mirando fijamente su cuerpo inconsciente tirado en el sofá. Está completamente despatarrado, con la cabeza colgando hacia delante y toda la parafernalia de drogarse esparcida por la mesita de centro. A la luz intermitente del televisor, veo que aún lleva la aguja clavada en la vena del antebrazo. Por mucho que lo odie, me alivia oírlo respirar. Significa que Nina no le hecho daño.

Me sobresalta un ruido a mi espalda. Vuelvo la cabeza y veo otra puerta. Está entornada y parece un baño. No soy una persona agresiva, pero llevo el cuchillo de cocina de Nina y estoy preparada para protegerme si fuera necesario. Pero el ruido no se acerca; es como el de un neumático desinflándose, solo que más esporádico. Me dirijo a él y abro la puerta con el pie.

Los goznes chirrían y la puerta se detiene bruscamente. Algo impide que se abra del todo. Entro y la veo en el suelo. Sally Ann Mitchell, esa chica tan cariñosa con la que he hablado en el consultorio, me mira, con sus grandes ojos azules muy abiertos y llenos de pánico. Por un momento ninguna de las dos se mueve, a la espera de que la otra reaccione primero.

No tengo mucha elección. Con el cuchillo de Nina en el bolsillo, me acerco rápidamente a ella y me arrodillo para verla de cerca. Está tendida del lado izquierdo, con el brazo estirado hacia delante como si intentara coger algo.

Un corte de cinco centímetros de largo le cruza la mejilla derecha y los brazos y las manos desnudos le chorrean sangre de heridas y puñaladas. Algunas son rasguños y otras son tan profundas que se le ve el tejido muscular, pero al bajar la mirada descubro que es su vientre de embarazada el que se ha llevado la peor parte del ataque. Mi hija ha hecho esto. ¡Mi Nina! Me inclino sobre la bañera y vomito. No llevo en el cuerpo más que un café y unas tostadas, pero repito dos veces antes de limpiarme la boca, dar un paso atrás y evaluar la situación.

Veo esperanza en los ojos de Sally Ann. Me ha reconocido. No sabe cómo ni por qué estoy aquí, pero me lo agradece. Piensa que la voy a ayudar. Mueve el labio inferior como si quisiera decir algo. Intento cogerle el pulso en la muñeca, pero apenas se lo noto. Se está desangrando y, si no la ayudo, se habrá desangrado en cuestión de minutos.

—Saava mi beé —susurra y le corre por la comisura de la boca un reguero de sangre que gotea al suelo.

—No entiendo lo que dices —le contesto en voz baja.

—Saava mi beé —repite—. Salva mi beé.

Poco a poco la voy entendiendo. Me pide que salve a su bebé.

Me parte el corazón ver a la pobrecita así. Vuelvo corriendo al salón y busco el teléfono. Estoy a punto de levantar el auricular para pedir ayuda cuando caigo en la cuenta de que no puedo hacerlo. Va en contra de mi naturaleza, pero últimamente he hecho muchas cosas de las que no me enorgullezco. Quiero ayudar a esta chica y a su bebé más que nada en el mundo. Bueno, casi más que nada, porque por encima de todo quiero proteger a Nina. Y pedir ayuda para Sally Ann tendría consecuencias catastróficas para mi hija.

Si Sally Ann sale viva de esto, ¿cómo voy a explicar mi presencia en su casa? Si conoce a mi hija y puede proporcionar una descripción que facilite su identificación, Nina está perdida. La encerrarán indefinidamente en un correccional, una cárcel o un psiquiátrico. No puedo hacerle eso, así que dejo el teléfono donde está. Me recuerdo que mi hija no tiene la culpa de esto; la tiene su padre, la tiene Hunter, la tengo yo. Y también somos responsables de lo que les va a pasar a Sally Ann y a su bebé. «No puedo ayudarte —pienso mientras lloro—. Dios sabe que quiero, pero no puedo.»

Giro la cabeza para echar un vistazo al salón: Hunter sigue inconsciente y me aprovecho. Mojo la hoja del cuchillo en sangre del suelo del baño. Sally Ann respira cada vez peor y, al mirarla un segundo, veo que me sigue con la vista, perpleja, pero aún esperanzada de que vaya a rescatarla. Quiero explicarle por qué no puedo, pero no consigo pronunciar las palabras.

De nuevo en el salón, con las manos enguantadas, obligo a Hunter a asir el cuchillo y le mancho de sangre la piel para que parezca que ha sido el responsable del ataque salvaje a Sally Ann. Hay un montón de ropa suya en el suelo, así que la extiendo y la mancho de sangre también. Por último, agarro el cuchillo y lo meto por el agujero de la caja de resonancia de una de las tres guitarras apoyadas en la pared en un rincón del salón. Después retrocedo e inspecciono la escena del crimen que he manipulado por el bien de mi familia.

No sé qué más puedo hacer ni si conseguiré engañar a los ojos entrenados de la policía, pero lo tengo que intentar. No quiero dejar sola a Sally Ann, se lo debo, pero ni siquiera puedo ofrecerle esa pizca de compasión. Tengo que dar prioridad a las necesidades de mi hija y mi nieto. Debo volver con ellos.

—Lo siento —le susurro, y luego limpio mi vómito de la bañera y, sin mirarla, la dejo morir sola. Que Dios me perdone, porque sé que yo nunca podré.

Estoy a punto de marcharme del piso cuando vuelvo a mirar a Hunter y titubeo. Este hombre no es mejor que Alistair, alguien dispuesto a destrozarle la vida a una niña por su propia gratificación sexual. ¿Cuántas vidas más arruinará antes de que alguien le plante cara y le diga que ya basta? Cuando la rabia me empieza a bullir por dentro como una olla a presión, comprendo que tengo que ser yo la que ponga fin a esto. Debo intervenir y proteger a la siguiente chica.

Por eso me acerco a Hunter, aprieto con el pulgar el émbolo de la jeringuilla que lleva clavada en el antebrazo y le inyecto el veneno que le queda dentro, sea lo que sea. Me quedo por allí, pero no sé qué espero ver, quizá cómo se le sale el corazón del pecho o cómo convulsiona y le brotan espumarajos de la boca, pero no ocurre nada de eso y no tengo tiempo para esperar. Abro la puerta de la calle y dejo que Hunter y Sally Ann mueran juntos.

No me arrepiento de lo que le he hecho a ese tipo: es lo que merece. Me reservo el remordimiento para las personas que lo necesitan y a las que he fallado, como Nina y Sally Ann.

# Capítulo 74

Hace veintitrés años

—Tenemos que llevarnos a Dylan de aquí lo antes posible —le suplico a Elsie y yo misma me noto la angustia en la voz.

—¿Seguro que no te lo quieres pensar un poco más? —pregunta—. Es una decisión importantísima.

—Segurísimo —respondo—. No podemos tenerlo aquí abajo. Por su propia seguridad.

—¿Por qué?, ¿ha ocurrido algo? —Pálida, me mira esperando una respuesta, pero, al ver que no le doy explicaciones, sabe que es mejor no indagar más—. Voy a hacer la llamada —añade.

Elsie me deja sola en el sótano, acunando llorosa a Dylan, y cierra la puerta al salir. La oigo hablar por teléfono en la entrada, pero no sé lo que dice. No puedo contarle lo que he encontrado en el piso de Hunter. No me veo capaz de reconocer lo que Nina ha hecho ni los extremos a los que he llegado yo por encubrirla. Tampoco puedo decirle que soy peor que mi hija porque mi intento de matar a Hunter ha sido consciente. No tardará en salir en las noticias. Solo espero que Elsie no ate cabos.

Hace unos minutos, nada más llegar a casa, le he preguntado por la persona que me había dicho que podría estar interesada en quedarse con Dylan.

—Son una familia para la que limpio —me ha dicho—. Jane tiene tres hijos propios, pero, después de un embarazo ectópico, le dijeron que no intentara tener más. Su marido y ella han intentado adoptar, pero les han dicho que son demasiado mayores. Son una buena familia; no le faltará de nada. —Luego ha seguido contándome que disfrutaban de una buena situación económica, que vivían en una gran propiedad del sur de la ciudad y que sus hijos iban a colegios privados. Es la seguridad que quiero para mi nieto—. Con ellos estará a salvo —me ha dicho—. Espero que no te importe, pero me he tomado la libertad de llamarla cuando no estabas y comentarle tu… situación. Solo le he dicho que la mamá del pequeño es menor. Quiere venir a conoceros.

—A Nina no la puede conocer —digo enseguida—. No lo permitiré.

—Lo sé, lo sé —me ha tranquilizado Elsie—. Ya le he dicho que Nina está teniendo «complicaciones emocionales», pero a Jane le gustaría hablar contigo.

Vuelvo a mirar a Dylan. Tiene los ojos abiertos, pero aún no enfoca. Me alegro. No quiero que vea quién es su abuela en realidad. Pienso en que esta noche podría ser la última vez que lo tenga en brazos. Y luego me viene a la cabeza el ataque salvaje de Nina a Sally Ann y en que yo quizá haya asesinado a Hunter. Mi nieto no debería estar con gente como nosotros; merece algo mucho mejor. Esta es la mejor decisión que puedo tomar después de haber tomado una serie de decisiones espantosas.

Cuando Jane se planta en mi casa a primera hora de la noche, parece tan nerviosa e insegura como yo. Elsie la hace bajar al sótano y yo, con Dylan en brazos, miro de arriba abajo a la mujer a la que voy a confiar la vida de uno de los míos. Me dedica una sonrisa compasiva, de esas que solo otra madre te puede ofrecer, como dándome a entender que sabe lo mal que lo estoy pasando, pero lo cierto es que ni se lo imagina. Nadie se lo imagina, ni siquiera Elsie.

Me siento en el sofá, Elsie y ella en dos sillas de jardín viejas, y hablamos. Jane quiere saber tanto de Nina y de mí como yo de su familia, lo que me hace pensar que hace esto por los motivos correctos y eso me tranquiliza. Pregunta si puede conocer a Nina, pero le digo que eso es imposible.

—En lo que respecta a mi hija, ella no quiere saber nada del bebé; de lo contrario, yo la ayudaría a criarlo —miento, y no puedo mirar a Elsie cuando lo digo.

—¿Y qué hay del padre de Dylan? —pregunta Jane—. ¿No debería opinar?

—Nina ya no está con él y no ha vuelto a llamarla desde la noche en que se quedó embarazada. No sabe nada del bebé y Nina está decidida a que nunca lo sepa. Quiere lo mejor para el niño y para ella misma y está convencida de que una nueva vida es la solución óptima para todos.

—¿Y usted? ¿Cómo va a superar esto? Yo también soy madre y puedo imaginarme cómo me sentiría en su lugar. Por cómo lo tiene en brazos, ya veo que lo quiere mucho.

Me conmueve su consideración.

—No va a ser fácil, pero es lo mejor.

—¿Y el contacto? ¿Querrá que sigamos en contacto o venir a verlo? ¿Le gustaría que le mandara fotos?

Lo pienso.

—No, creo que no. Sería muy doloroso. Dylan necesita empezar de cero sin nada que le recuerde su pasado. Dentro de unas semanas, cuando la cosa se tranquilice, debería usted iniciar los trámites oficiales de adopción, pero no quiero que el nombre de mi hija figure en ningún documento. Consígneme a mí como madre biológica de Dylan y firmaré lo que me pidan y hablaré con los trabajadores sociales para que todo sea rápido y sencillo. —Jane parece reticente a mentir; tengo que convencerla de que es lo mejor—. Si quiere volver a ser madre y no se lo permiten porque, según ellos, es demasiado mayor, esta es su única oportunidad. ¿Cuánto desea otro bebé?

Se estruja las manos y al final asiente.

—¿Le importa que hable un momento con Elsie? —pregunta, y suben las dos a la cocina mientras yo aprovecho al máximo el tiempo que me queda con mi nieto.

Cuando vuelven, le paso el bebé a Jane, a regañadientes, y ella se enamora de Dylan al instante.

—Si por mí fuera, me lo llevaba ahora mismo —dice Jane—, pero tengo que hablar con mi marido y mis hijos primero para poder tomar una decisión como familia. ¿Me concede unas horas?

—Sí —contesto.

Fiel a su palabra, poco después de las once de la noche, cuando ya he terminado de darle el biberón a Dylan, llegan Jane y su marido y charlamos hasta bien entrada la madrugada. Cuando acabamos, se miran como diciéndose que ambos piensan que están tomando la decisión correcta. Y sé que yo también. Mi nieto y yo debemos despedirnos.

—¿Cuándo quiere que nos lo llevemos? —pregunta Jane.

—Esta noche —contesto—. Ahora. Elsie, ¿te importa recoger sus cosas?

Pido que me dejen unos minutos a solas con Dylan y nos quedamos él y yo en el sótano que se ha convertido ya en su hogar. Lo abrazo, lo beso, le digo cuánto lo quiero y limpio las lágrimas que le han caído en su mata de pelo moreno. Al final, llamo a Elsie para que se lo lleve ella porque no soy capaz de verlo marcharse en brazos de otra mujer. Me alegro de que jamás vaya a volver a ver este cuarto. Al poco, oigo cerrarse la puerta de la calle y arrancar un coche que sale a la carretera mientras la nueva familia de Dylan se marcha con su hijo.

Elsie me pasa un brazo por los hombros, pero le digo que no se preocupe, que estoy bien. Le doy las gracias por todo y me disculpo por haber causado semejante caos en su vida. Y luego vuelvo con Nina, que sigue dormida en su cuarto, ignorando por completo lo que acabo de arrebatarle. Levanto el edredón, me meto en la cama y me acurruco a su espalda, abrazándola y jurándole que jamás voy a volver a dejarla sola. Durante el resto de mi vida, su seguridad y su bienestar mental serán mis únicas prioridades.

# Capítulo 75

## MAGGIE

Pasan las horas y sigo a oscuras. Tengo la oreja pegada al trozo minúsculo de tabique que he horadado. No quiero moverme de aquí hasta saber qué ha sido del cuerpo de mi nieto.

Tengo el cuello rígido, me revienta la cabeza y me noto una sensación constante de desgarro en el ligamento de la pierna que me he roto, pero todo esto palidece al lado del dolor que Dylan ha debido de sentir en sus últimos momentos. Mi pobre y tierno Dylan.

He gritado hasta quedarme ronca, suplicándole a Nina que busque ayuda para su hijo y me he destrozado los dedos arañando las paredes como una rata enjaulada, pero no he oído nada en toda la noche que indique que ha salido del brote psicótico ni que oye mis súplicas. Esto es lo que llaman karma, me parece, por lo que dejé que le pasara a Sally Ann Mitchell. A lo mejor, si yo la hubiera ayudado, los dioses habrían ayudado a Dylan.

No he parado de llorar por lo que le ha pasado a mi nieto. Mis peores temores de todos estos años se han hecho realidad. El sacrificio que hice para mantenerlo alejado no ha servido de nada porque ahora está muerto. El precioso bebé por el que lloré cuando lo di en adopción está tirado a los pies de nuestra escalera por culpa de su madre, mi hija, y, por primera vez en mi vida, la desprecio por eso. Ojalá mi hija estuviera muerta.

No sé qué hora es cuando por fin subo las escaleras, derrotada. Repto por ellas, una a una, y consigo llegar al baño. Allí me levanto hasta que mi pierna lesionada amenaza con tirarme al suelo. Cojo agua formando un cuenco con las manos y me la echo por la cara. Sin secarme, voy cojeando a mi cuarto y rezo para que los bultos del pecho y de la axila sean malignos. Quiero que esto sea cáncer y que me mate. No quiero pasar ni un segundo más encerrada en este infierno. Quiero morir cuanto antes y dejar que mi alma manchada vuele libre.

El objetivo final de mis otras fugas era salir de esta situación, no abandonar a mi hija. A pesar de todo lo que me ha hecho, no la habría extirpado de mi vida ni la habría dejado sola. Hasta hoy. Ahora eso es precisamente lo que quiero. Lleva la muerte por ahí con la misma naturalidad con que se lleva un bolso. Me ha llevado casi toda su vida adulta entender que todo lo que toca se vuelve fétido.

En medio de la penumbra, miro fijamente hacia la ventana. Ya he perdido la esperanza de ver las luces intermitentes de una ambulancia, señal de que Nina ha despertado y se ha dado cuenta de lo que ha hecho. Esta vez no me tiene a mí para encubrirla ni protegerla de sí misma. Debe afrontar lo que ha hecho y vivir con ello. Puede que ella tenga libertad para salir de esta casa cuando quiera, pero está tan atrapada en sí misma como yo en esta habitación.

Cierro los ojos y mi cerebro rebobina y reproduce el crujido del cráneo de Dylan al contacto con el grillete metálico. Es un sonido que me perseguirá hasta la tumba, a la que espero llegar pronto. Aun así, sé que, a pesar de todas las decisiones horribles que he tomado, hice lo correcto dándolo en adopción. Por cómo ha distinguido el bien del mal y ha decidido ayudarme en vez de creer a su madre, tengo la certeza de que le han enseñado el valor de la compasión, y eso es más de lo que habría podido recibir si Nina se hubiera hecho cargo de su bienestar.

Hay algo más que me pesa muchísimo en la conciencia. Recuerdo la mirada de Nina al atacar a su hijo. Solo se la he visto en una ocasión, en la milésima de segundo en que le pegó a su padre en la cabeza con el palo de golf. Ahora entiendo lo que pasa cuando la psicosis se apodera de ella: la absorbe por completo y actúa por ella. Sin embargo, con su padre y con Dylan, ella estaba presente en el instante de la agresión, no engullida por la psicosis. Me estremezco de pensar en lo que eso puede querer decir.

Cierro los ojos con fuerza hasta que me duelen. Con un poco de suerte, no volveré a abrirlos jamás.

# TERCERA PARTE
# DIEZ MESES DESPUÉS

# Capítulo 76

## MAGGIE

La ventana del comedor está abierta y oigo el canto de los pájaros que viene de la calle. No hace mucho, habría sido el momento especial de mi día. Ahora ya no existen los momentos especiales. Todos los ecos son como ruido de fondo para mí.

Nina levanta la tapa de los envases de plástico y deja que salgan el vapor y el olor y se extiendan por la habitación. Me produce náuseas. Reconozco el logo de la bolsa de ese sitio de comida para llevar donde Alistair y yo solíamos comprar la cena los sábados. Tras su muerte, me negué a pedir nada más a ese sitio porque no necesitaba recordatorios de la vida que habíamos llevado. Si pudiera retroceder en el tiempo, me desharía de su cadáver de otra forma para que Nina y yo pudiéramos largarnos de esta casa maldita y empezar de cero. Me equivoqué al no hacerlo. Me equivoqué en muchísimas cosas.

—Sírvete tú la cena —me dice.

Paso de la ternera con arroz en salsa de frijoles negros y cojo dos triángulos gruesos de tostada de gambas. No tengo hambre y, en realidad, no los quiero, pero me ruge muchísimo el estómago y, a lo mejor, se me asienta un poco con las tostadas.

A pesar de las cuatro capas de ropa que llevo, estoy helada. Desde que ha cambiado el tiempo, Nina ha empezado a dejar la calefacción puesta durante el día, pero, como he perdido tanto peso, no tengo reservas de grasa que me protejan del frío. La mayor parte del tiempo ando envuelta en el edredón.

Paso casi todo el día hecha un ovillo en la cama, con la mirada perdida en el televisor, silenciado porque no me interesa en absoluto lo que esté pasando en el mundo. He dejado de medir el tiempo por las idas y venidas de los vecinos porque me da igual que sean las ocho de la mañana o las dos de la tarde, qué más da. Es un tiempo que no necesito ni quiero. Sé cuando es otoño por las hojas que pasan flotando por delante de la ventana y Halloween por los jóvenes que deambulan por las calles con sus macabros disfraces. Y, cuando los fuegos artificiales iluminaron de vivos colores el horizonte, supe que era la Noche de las Hogueras. Pronto empezaré a ver a los grupitos que van cantando villancicos, que no oiré porque pasaré mi tercera Navidad encerrada aquí arriba. Pero sé que no llegaré a la cuarta.

El equilibro de poder entre Nina y yo ya no es el mismo porque, aunque ella controle mi presente, mi libertad, lo que como, cuándo puedo bajar o cuándo me puedo bañar, no puede controlar mi destino. Y mi destino es morir pronto. Mis bultos han crecido y se han extendido a los ganglios linfáticos de las ingles y las axilas. Tengo un dolor constante y me cuesta inspirar hondo. Vomito a menudo, estoy agotada y cada vez más confundida. Tengo abscesos en los tobillos, del grillete, que se han infectado, y siempre estoy tosiendo. La única satisfacción que me produce esta vida miserable es saber que, cuando muera, Nina ya no tendrá a quien hacer daño.

Sueño a menudo con Dylan y con que podría haber hecho más por salvarlo de la brutalidad de Nina. Siempre es el mismo escenario. Él aparece de pronto en la puerta de mi cuarto y yo le grito «¡Corre!», pero unas manos que noto pero no veo me aprietan la garganta. Él no entiende mis advertencias y, cuando consigue leerme los labios, es demasiado tarde: Nina está a su espalda, enroscándole una cadena al cuello, arrastrándolo escaleras abajo y desapareciendo de mi vista. Son sus ojos lo que me persiguen, llenos de oscuridad y de determinación. Sabe perfectamente lo que hace. Al despertar, siento su pérdida con la misma hondura que si lo hubiera tenido a mi lado toda su vida.

Nina se levanta y enciende el equipo de música, a mi espalda. Suenan los primeros acordes de «Ring Ring», de ABBA, y cuando se sienta noto la vibración que produce el golpeteo de su pie en la pata de la mesa.

—Hacía tiempo que no escuchábamos esto, ¿verdad?

No contesto y dudo que se haya dado cuenta de que no he dicho ni una palabra desde que ha subido a cambiarme la cadena. Le da igual: sigue hablando y contándome su día, describiendo los libros nuevos que han llegado a la biblioteca, los que se traerá a casa en los próximos días. No me importa. Hace tiempo que dejé de leer.

Se mete la mano en el bolsillo y saca dos pastillas que sé que son analgésicos.

—Apenas has tocado las tostadas —dice— y esto no te lo puedes tomar con el estómago vacío.

No necesito que me diga cómo funcionan. La semana pasada no quiso dármelas hasta que comiera, pero no cedí. A lo mejor fue tirar piedras contra mi propio tejado, porque pasé el resto de la noche noqueada por el dolor. Esta noche ya tengo las entrañas como si me las estuvieran retorciendo y sé que lo voy a pasar aún peor, así que obedezco de mala gana y empiezo a comer.

—Eso está mejor —prosigue, y me acerca las pastillas.

Me dan ganas de soltarle todas las palabrotas que se me ocurran, pero me contengo y me trago la rabia con la medicación.

Desde que murió hace ya muchos meses, Nina aún no ha mencionado a Dylan. A los dos días, cuando por fin me trajo una bandeja con comida, abrí de golpe la puerta y le exigí que me dijera qué había hecho con el cadáver.

—¿Qué cadáver? —me contestó atónita.

—¡El de Dylan! —le grité—. ¡Tu hijo!

—Maggie, ¿de qué me hablas? Yo no tengo hijos, ya te encargaste tú de eso, ¿recuerdas?

Ladeé la cabeza y la miré furiosa, explorando su rostro en busca de un indicio de falsedad, pero no tenía cara de estar fingiendo, sino de no tener ni idea de qué demonios le estaba contando. Era como si su mente se hubiera desecho por completo del recuerdo de Dylan. El último brote psicótico debía de haber sido distinto de los otros. Solo se me ocurre que, cuando se produjo, se llevó consigo otros recuerdos también. Medité si merecería la pena hacer un esfuerzo por refrescárselos, pero, si lograba destapar el cajón de su mente en el que había escondido a su hijo, ¿qué desataría cuando cayera en la cuenta de que había asesinado a su hijo? ¿Sabría entonces que les había hecho lo mismo a su padre y a Sally Ann Mitchell? ¿Querría yo estar atrapada en una casa con una persona que de pronto recuerda que ha hecho todo eso?

—Estoy cansada y confundida —le contesté—. Perdona.

No quise cenar con ella esa noche, así que me subió la bandeja a mi cuarto. No hice más que picotear un poco; no podía dejar de pensar en que jamás sabría qué había sido de mi nieto. Confiaba en que hubiera tenido una vida buena y feliz, llena de amor y de luz, pero nunca lo sabría con certeza.

Desde entonces, ha habido momentos en que he llegado a pensar que quizá Nina haya estado bien todo el tiempo, que quizá sea cierto que yo tengo demencia vascular y estoy atrapada en la cárcel de mi propia mente y que por eso nunca he podido escapar. A lo mejor esta ni siquiera es mi casa, estoy en una residencia, no estamos emparentadas y ella es la encargada de cuidarme. A lo mejor la muerte de Dylan ha sido fruto de mi imaginación también porque

Dylan nunca ha existido. Quizá estoy reproduciendo la relación que yo tuve con mi madre y hago de ella. O igual Nina me tiene encadenada porque no le queda otro remedio, porque soy un peligro para mí misma y para los demás. La he apuñalado, mordido, pateado; he hecho todo lo posible por irme y aquí sigo. ¿Será todo consecuencia de mi propia psicosis? ¿Seré yo la enferma retorcida y no ella? ¿Soy yo la narradora poco fiable de nuestra historia?

Mi única certeza es que llevo dentro una enfermedad que se alimenta de mí. Cada segundo de vigilia soy consciente de cómo va creciendo lentamente el cáncer, consolidando su dominio y propagándose por todos mis rincones y recovecos. Ya no tardará en contaminarme el cerebro entero y dejarme completamente inútil. Estoy deseando que llegue ese momento, porque entonces habré escapado por fin de esta casa y de mi hija. Solo así podremos separarnos. Solo así podremos ser nosotras mismas. Solo así seré feliz. Solo así me libraré de ella.

—Casi lo había olvidado —dice, interrumpiendo mis pensamientos—. Tengo una cosita para ti. —Coge de un plato del suelo un *cupcake* al que le ha puesto una velita en forma de número tres. Se saca una caja de cerillas del bolsillo, enciende una y luego la vela—. Feliz aniversario —dice, y me sonríe. No sé qué espera a cambio, pero no le doy nada—. ¡Es increíble lo rápido que han pasado los últimos tres años! Perdona, no he tenido tiempo de encargar una tarta en condiciones. El año que viene me organizaré mejor. Sopla la vela y pide un deseo.

Hago lo que me pide: soplo y pido un deseo, y me parece que se va a cumplir mucho antes de lo que espero.

# Capítulo 77

NINA

Unos brotes diminutos, coronados de nieve, salpican el montículo de tierra que cubre su tumba en el jardín. Hace unas semanas compré un paquetito de semillas variadas, esparcí el contenido por la tierra y lo rastrillé. A pesar del frío, lo he estado regando con regularidad y ha dado sus frutos. En primavera, darán color a este lugar tan oscuro y lo embellecerán.

He pensado mucho en él últimamente y he pasado mucho tiempo aquí fuera para estar más cerca de él. Maggie piensa que he borrado a Dylan de mi memoria, pero no podría estar más equivocada. Está presente en todo lo que hago y siempre lo estará. Hablo con él a menudo, aunque no me responda. Cuando llegue su hora, que no tardará mucho ya, la enterraré aquí también.

Noto un aire frío, así que me abrocho la rebeca y me dispongo a entrar en casa. Entonces veo a Elsie mirando por su ventana de arriba, sin molestarse en esconderse detrás de los visillos ni disimular que me está observando. Quiere que la vea, que sepa que está ahí, al acecho, impaciente por que meta la pata, pero no la voy a meter. Jamás. No sabe nada de lo que ha pasado en esta casa, de eso estoy segura. La saludo y sonrío de oreja a oreja, pero no me responde.

Pongo una *pizza* congelada grande y pan de ajo en una bandeja y la meto en el horno. He nadado mis cincuenta largos en la piscina esta mañana, con lo que ya he quemado por adelantado las calorías y me voy a recompensar. Dispongo de quince minutos y decido bajar al sótano, donde me llama la atención el viejo sofá polvoriento del que Maggie nunca quiso deshacerse. Es una de las pocas cosas que aún quedan de toda la basura que tenía amontonada y almacenada aquí. Casi todo ha terminado en el contenedor que he alquilado y así tengo espacio para convertir esto en un entorno más práctico.

A mis pies hay un cajón de plástico con media docena de álbumes llenos de fotos familiares, pero papá no está en ninguna de ellas. Maggie se deshizo de casi todas. Cuando empiezo a verlas, me topo con las imágenes de unas vacaciones familiares que pasamos en Devon, con tía Jennifer, cuando yo era una cría.

—¡Madre mía, qué gorda estaba! —río, señalando las lorzas de los brazos y las piernas de una versión bebé de mí que está sentada, desnuda, en un orinal.

Según paso las páginas del álbum, voy destapando poco a poco recuerdos olvidados hace tiempo; algunos me hacen reír a carcajadas y otros me ponen melancólica. En uno de ellos, no tendré más de tres o cuatro años y llevo un bañador rosa y una esponja en la mano porque estoy ayudando a papá, que no sale en la foto, a lavar el coche. En otro, estoy tumbada en el asiento de atrás, seguramente escuchando a ABBA o a Madonna por los altavoces, con la vista clavada en la nuca de papá mientras conduce. Lo quería muchísimo.

He estado soñando con él últimamente y siempre me despierto porque en esos sueños no es el hombre al que recuerdo. El descansillo está a oscuras y yo lo espío por una rendija de la puerta de su despacho y lo oigo decirle a alguien al teléfono que es «su niña». (Por eso sé que estoy soñando, porque él jamás le diría eso a nadie que no fuera yo.) «Pronto estaremos juntos», le dice a quien sea, y entonces me ve y cuelga. Me sigue a mi cuarto y empieza a hablarme sin parar, a decirme que su niña soy yo, que siempre seré su niña (y, entonces, ¿qué pasa con la otra?, me dan ganas de preguntarle). Sigue hablando. Nunca lo había oído hablar tanto. Me dice que, aunque me quiere infinito, ya no quiere a mamá y que nos va a dejar, que ha conocido a otra mujer y quiere estar con ella. Cuando se va, estoy furiosa por haberse propuesto arruinar mi mundo perfecto y dejarme, y quiero hacerle tanto daño como él me está haciendo a mí. Agarro algo... Pero entonces me despierto y recuerdo que era el hombre más bueno, cariñoso y formal del mundo y, aunque lleva fuera de mi vida casi el doble de tiempo que estuvo en ella, nada podría llenar el vacío que me dejó. Hasta que apareció Dylan.

—Te habría caído bien —digo—. Habría sido un abuelo excelente. —Salvo por el pecho, que le sube y le baja, Dylan está callado e inmóvil. Está sentado en el suelo, con la espalda pegada a la pared, a unos centímetros de mí, pero no lo bastante cerca como para ser un peligro—. Puedo enseñarte fotos suyas si quieres... —No contesta—. Vale, igual en otro momento. —Alguien ajeno a nuestra situación, podría tildar de gélido el silencio que la preside, pero yo lo veo normal porque casi siempre es así. A veces, cuando bajo y lo veo acechando en las sombras del sótano, por una décima de segundo, pienso que es Jon. Hasta me he sorprendido llamándolo así alguna vez. A mis ojos, el parecido físico entre padre e hijo es tan asombroso que en ocasiones me cuesta saber dónde termina uno y empieza el otro—. Vale —digo, levantándome—, la *pizza* debe de estar casi lista. ¿Subimos a cenar?

Tampoco dice nada, pero se pone en pie despacio. Cojo las esposas que compré en eBay y se las lanzo por el suelo. No hace falta que le diga qué hacer porque los dos conocemos bien nuestra rutina. Aun estando prisionero, es más grande y fuerte que yo y estoy convencida de que, si se le presentara la oportunidad, intentaría dominarme y hacerme daño para salir de aquí, pero ya he aprendido de los errores que cometí con Maggie. Además, con el tiempo, se debilitará físicamente y será más sumiso.

Dylan se lleva las manos a la espalda y se pone las esposas.

—Enséñamelas, por favor, cariño —le pido, y él se vuelve de espaldas y separa las manos para que vea que están sujetas—. Gracias —digo—. Acércate, anda.

Se vuelve de nuevo y hace lo que le mando. Me acerco a él, como siempre, con uno de los palos de golf de papá en la mano. Solo lo he usado con Dylan una vez, cuando intentó echar la cabeza hacia atrás bruscamente para romperme la nariz. Me acertó en el puente, pero no lo bastante fuerte como para causarme una lesión duradera. Así que le aticé en los riñones con el palo y cayó enseguida al suelo. Recuerdo que tuve un amago de *déjà vu*, pero no sé por qué. Yo nunca he jugado al golf y no tengo motivos para haber cogido un palo antes. Eso sí, hacerle daño a mi hijo me dolió más a mí de lo que seguramente le dolió a él, pero supongo que en eso consiste ser madre, ¿no?, en hacer lo que más les conviene a tus hijos por mucho que te duela.

Le cambio la cadena corta por la larga y subo detrás de él los dos tramos de escaleras hasta el comedor. Cuando le da la luz en la cara, observo que aún tiene un poco hundida la cuenca del ojo del golpe que se dio al caerse por las escaleras el día que nos encontró juntas a Maggie y a mí. Es muy probable que se le quede así para siempre, pero no le queda mal. Le imprime carácter.

Recuerdo muy poco de lo que ocurrió esa noche: que tuve una discusión tremenda con Maggie y que, cuando me quise dar cuenta, Dylan estaba tirado a los pies de la escalera y Maggie encerrada en su parte de la casa. Enseguida me puse en lo peor y pensé que me habían arrebatado a mi hijo por segunda vez, pero al acercarme a él lo vi parpadear y me suplicó que pidiera ayuda. A pesar de mi aturdimiento, supe que, si hacía lo que me decía, jamás volvería a verlos ni a él ni a Maggie. Con una sola llamada telefónica, perdería a las únicas personas que tengo en la vida. Así que no lo hice. Y fue la mejor decisión que he tomado en mi vida. En lugar de hacer esa llamada, lo bajé a rastras al sótano, que ahora es su nuevo hogar.

No ha sido fácil. Como hice con mamá, y ella antes conmigo, durante las dos primeras semanas lo tuve sedado con lo que quedaba del Moxydogrel y después con otros sedantes que compré por internet. Le cosí las heridas de la cabeza siguiendo un tutorial de YouTube y, cuando intentó escapar la primera vez, lo encadené a una tubería de gas en desuso que sale de la pared del sótano. No es la situación ideal, pero hasta que Dylan se acomode a mi forma de pensar, y sé que terminará haciéndolo, no me queda otra elección. Solo hago lo que haría cualquier buena madre: mantener a su hijo a salvo de cualquier daño.

Ya arriba, Dylan toma asiento en el comedor y yo cierro con llave la puerta. Al poco vuelvo con la *pizza* y el pan de ajo, también con una cerveza y una tarta de queso que le he visto en alguna de sus fotos de Instagram. Antes de abrir la puerta, miro la aplicación del móvil que está conectada a la pequeña cámara que he escondido en lo alto de la librería para asegurarme de que no me tiene preparada otra emboscada al entrar yo. Parece que no hay peligro.

Dylan olisquea la *pizza* con la cautela de un animal. No se lo reprocho: me he visto obligada a meterle somníferos machacados en la comida un puñado de veces que estaba especialmente inquieto o peleón. Pero hoy no.

—¿Pongo algo de música? —pregunto, pero, antes de que me conteste, enciendo el equipo—. Este era el álbum favorito de mi padre. Le encantaba ABBA.

—Me lo dices siempre —masculla.

—Perdona.

—¿Cómo está mi abuela? —pregunta, mirando al techo.

—Maggie está bien —miento.

No es verdad y, además, está empeorando. Se está descomponiendo delante de mis ojos y no acepta la ayuda que le ofrezco. Hace tiempo que dejamos de hablar de sus bultos y protuberancias porque me niego a seguir comentando ese tema. Por lo que he visto en internet, seguramente el estrés que ella misma se provoca se está manifestando en un deterioro de su salud. Hay personas que no quieren ayudarse a sí mismas.

He pensado en contarle que Dylan no ha muerto y que vive dos pisos más abajo que ella, porque sé que eso le devolvería las ganas de vivir. Hasta he pensado dejarlos estar en la misma habitación para que podamos cenar todos juntos como una familia. Pero ahora no es el momento, al menos mientras Dylan siga guardando dentro toda esa rabia injustificada. No quiero que se confabulen contra mí. A lo mejor, cuando se acuerde de que soy su madre y no su enemigo, estará de mejor ánimo y les pueda permitir conocerse en condiciones.

Anoche vi a Jane, la mujer que lo adoptó e intentó apartarlo de mí, en las noticias locales, apelando de nuevo a la ciudadanía y suplicando desesperada que cualquiera que sepa algo de la desaparición de «Bobby» se ponga en contacto con la policía. Bobby se ha ido para siempre, Jane, porque «Bobby» nunca ha existido. Siempre ha sido Dylan, por mucho que tú hayas querido creer que no.

Había organizado una vigilia con velas a la puerta de la iglesia del barrio para manifestar de nuevo el deseo de la familia de que lo encuentren. Está claro que se niega a creer los mensajes que le he mandado desde el móvil de él diciéndole que necesita estar solo un tiempo. «¿Por qué no se rinde ya? —me digo—. Pilla la indirecta, mujer: ¡no quiere verte!» Al final destrocé el teléfono y tiré la tarjeta SIM al váter para que la policía no pueda localizarlo aquí.

Vinieron a casa un día, unos seis días después de que desapareciera. Por suerte, lo tenía muy sedado en el sótano, con lo que ninguna de las dos partes fue consciente de la presencia de la otra. Me dijeron que las cámaras de la policía habían registrado la matrícula de su coche en Northampton, pero yo negué que él hubiera estado alguna vez en mi casa y les comuniqué que estábamos distanciados. Hasta los invité a entrar y echar un vistazo, pero no pasaron del salón. Si hubieran mirado en el garaje, habrían encontrado su coche. Como no sé conducir más que de la carretera al garaje, aún no he podido deshacerme de él.

Antes de empezar a comer, le corto la *pizza* a Dylan y le voy dando trocitos con mi tenedor. También le acerco la botella de cerveza a la boca cuando quiere beber. Me mira como si me odiara, pero sabe que necesita que haga esto por él. Además, me robaron la oportunidad de ayudarlo a crecer sano cuando era un bebé. Por fin ha llegado el momento y debo aprovechar mientras pueda, porque no siempre será así. En cuanto acepte que este es su sitio, las esposas no serán necesarias. Seremos una madre y un hijo normales que cenan juntos como cualquier otra persona corriente.

Suena «The Day Before You Came», de ABBA, y precisamente esta noche reparo en la letra. La cantante describe su existencia mundana antes de que el hombre al que amaba entrara en su vida y lo cambiara todo. Así era yo hasta que Dylan me mandó su primer mensaje por Facebook. Pero ya no. Ahora tengo a todas las personas que necesito: a mi madre arriba, donde ya no puede hacer más daño, a mi hijo guapísimo y maravilloso a salvo aquí abajo y a mi padre dormido afuera, bajo lo que pronto será un manto de flores de muchos colores.

¿Cuántas personas tienen la suerte de reunir a tres generaciones de una familia bajo el mismo techo? No muchas, seguro. Por eso no quiero quitarle importancia. Soy una mujer tremendamente afortunada.

# EPÍLOGO

## NINA

Dos novelas que estaba esperando han llegado en la furgoneta de reparto esta mañana: *La vida de Pi* y *Flores en el ático*. Las dos son para Maggie, así que me ofrezco voluntaria para reponer las estanterías y las escondo en mi sitio de siempre, en la sección de «Guerra e historia británica».

Empiezo a pensar en la cena de esta noche. Le toca a Dylan cenar conmigo porque últimamente lo veo muy pálido y le voy a comprer un buen entrecot de Waitrose de camino a casa. Con eso le entrará una buena dosis de hierro en la sangre; no quiero que coja una anemia. Elegir la cena de mañana con Maggie no será difícil. Come como un pajarito, picoteando la comida y moviéndola por el plato con el tenedor de plástico. Ahora que somos tres bocas a las que dar de comer, mi bolsillo se está resintiendo, pero es un precio pequeño por lo que consigo a cambio.

La súbita aparición de Benny me sobresalta y, por un instante, tengo la impresión de que me ha pillado escondiendo mis libros.

Parece preocupado.

—Nina, tienes una llamada —dice.

—¿Quién es? —pregunto, siguiéndolo a la recepción de la biblioteca.

—No sé, pero me ha dicho que es urgente y que ya no tenía tu móvil.

—Ya no —repito, intrigada. Paso al otro lado del mostrador y cojo el auricular—. Hola, soy Nina Simmonds. ¿Qué desea?

—Ay, Nina, gracias a Dios. Soy Barbara, la hija de Elsie.

—Hola, Barbara —respondo, verdaderamente sorprendida. No recuerdo la última vez que hablamos y desde luego nunca por teléfono—. No le habrá pasado nada a tu madre… —le digo, aunque en el fondo espero que sí y que me llame para decirme que Elsie ha sufrido una muerte particularmente dolorosa.

—Tienes que venir a casa enseguida.

—¿Por qué?, ¿qué ocurre?

—Siento ser yo quien te lo diga, pero ha habido un incendio.

—Un incendio —repito, sin llegar a digerir las palabras ni al decirlas en alto. Puede que haya oído mal—. ¿A qué te refieres?

—Nina —me dice con mayor rotundidad—, ¡tu casa está en llamas!

# MAGGIE

Me sitúo junto a la ventana y contemplo la vista de mi calle por última vez.

Odio todo lo que he querido de este callejón tan normal y corriente en esta pequeña ciudad tan normal y corriente. No es culpa de la calle, ni es culpa de la casa. Es solo culpa mía. Y de ella. De haber podido retroceder en el tiempo, habría hecho todo de distinta manera. Le habría buscado a Nina la ayuda que tanta falta le hacía y no habría dejado que mi nieto se me escapara entre los dedos. De todos nosotros, su historia es la más trágica. Vivió la vida que yo quería para él cuando lo dejé marchar, pero aun así terminó volviendo a casa. Cerró el círculo y dejó este mundo en el mismo lugar en el que había nacido.

Bajo despacio las escaleras hasta el descansillo de la primera planta. No sé bien por qué Nina no se ha molestado en tapar el agujero que abrí en el pladur, tal vez porque pensó que no hacía falta por lo improbable que nadie más viniera a esta casa.

Arranco un montón de trozos de cartón de la huevera aislante y los meto por el agujero hasta el otro lado del tabique. Luego me saco una caja de cerillas del bolsillo. Nina estaba demasiado preocupada intentando apuntarse un tanto con la tarta de aniversario de encarcelación para darse cuenta de que yo había birlado las cerillas de la mesa.

Enciendo una, prendo un trozo de cartón y lo tiro por el agujero. Pego la oreja al tabique y oigo chisporrotear el fuego mientras se propaga a las otras estancias. La moqueta de esta casa es tan antigua que no es ignífuga. Se extiende por la escalera hasta la planta baja y hasta las puertas del salón, la cocina y el sótano. Las puertas de madera tampoco tardarán mucho en arder. Cojo la caja de recuerdos de Nina, hago pedazos los papeles que hay dentro y los esparzo por mi escalera. Enciendo otra cerilla y veo encantada cómo prende despacio su pasado. Ahora ya no tendrá ni esos primeros trece años de inocencia a los que agarrarse.

Después me retiro a mi cuarto, procurando dejar la puerta abierta. Me subo a la cama, me tumbo bocarriba y cierro los ojos. Me consuela un poco saber que será el humo lo que me mate, no las llamas. Seguro que los pulmones me arderán unos momentos mientras toso y esputo, pero esto es lo mejor, de verdad.

Ya no puedo hacer nada por mí ni por Nina. Pensó que le faltaba un hijo y, cuando lo encontró, creyó que era la pieza que completaba el rompecabezas, pero estaba equivocadísima. Lo que le faltaba en realidad era su yo, pero no fue capaz de reconocerlo ni afrontarlo, ni siquiera cuando llevó a Dylan a la muerte.

Ella no fue la única que se equivocó sobre sí misma y sobre lo que necesitaba, porque yo también me equivoqué. Solo ahora sé que el conocimiento me ha dado la libertad que ansiaba, no en el sentido físico, sino aquí arriba, en la cabeza, donde cuenta, donde siempre he sido una mujer libre. Todo este tiempo ha sido Nina la que ha estado encerrada. Al no ofrecerle la información que le faltaba ni refrescarle la memoria, he sido yo la que la ha tenido encerrada a ella en su propia prisión. He creado y alimentado a ese monstruo y ahora estoy escapando de sus garras.

Por primera vez, me estoy anteponiendo a Nina. Estoy tomando el control del futuro acabando con él, aquí y ahora. Lo hago por mí y por la memoria de mi nieto. Inspiro muy hondo y sonrío porque sé que, por fin, pronto dejaré de hacerlo.

# NINA

Un policía de uniforme detiene mi taxi a la entrada de nuestro callejón. Le tiro al taxista un billete de veinte libras por encima del hombro, abro la puerta y corro hacia la casa ennegrecida, a unos cien metros de distancia. Me paran otros dos agentes y un precinto amarillo atado entre dos farolas, una de cada acera de la calle.

—¡Vivo ahí! —grito, señalando el edificio—. Mi hijo y mi madre estaban dentro. ¿Dónde están ahora?

—Voy a ver qué puedo averiguar —dice con calma uno de los agentes—, pero me temo que, hasta que no me den luz verde los bomberos, no va a poder pasar.

Cuando se marcha, el otro agente me dice algo, pero no le escucho. Tengo la vista fija en dos ambulancias con las puertas de atrás abiertas de par en par, aparcadas detrás de los camiones de bomberos. Cuatro sanitarios charlan entre ellos mientras esperan instrucciones. No veo a Dylan ni a mamá dentro de ninguno de los dos vehículos. ¿Los estarán tratando dentro de casa?

Vuelvo a mirarla y me espanta la enormidad de lo que está ocurriendo. La casa de mi familia, el sitio en el que he querido a mi padre, perdido y recuperado a mi hijo y castigado a mi madre, está gris, negro y carbonizado. Los bomberos, con sus chaquetas y sus cascos amarillos entran y salen de lo que queda de ella. El incendio está apagado, pero ha dejado atrás un esqueleto de carbón irreconocible. El aire que me rodea huele a madera y a plástico quemados. Hay cristales de las ventanas rotas y tejas esparcidas por el césped y por la acera. Un reguero de agua me corre junto a los pies, llevándose pequeños fragmentos de escombros que en su día formaron parte de mi hogar hacia las alcantarillas y fuera de mi vista.

—Por favor, que estén bien, por favor, que estén bien, por favor —digo en voz alta y rezo para que, por una vez en mi vida, Dios sea misericordioso—. Son lo único que tengo.

Solo entonces reparo en los vecinos, alineados en la calle, viéndome hablar sola. Me observan con una mezcla de pena y alivio de que no sea su casa la que está en ruinas. Barbara me mira con compasión, pero Elsie me lanza una mirada furiosa de desdén, como si todo esto fuera culpa mía y por fin vaya a tener mi merecido.

La niña a la que Maggie estaba convencida de que maltrataban también está aquí, mirándome fijamente, ojerosa. Por el bracito derecho le sube un mosaico de magulladuras de color amarillo y azul que se esconde por debajo de su camiseta. La madre le apoya la mano en el hombro, pero, cuando me fijo, veo que tiene los nudillos blancos de apretar, como si le estuviera clavando las yemas de los dedos. En ese momento sé que tendría que haber creído a Maggie.

Me dan ganas de decirle algo a la niña, pero se me acerca un bombero.

—¿Es usted la dueña de la casa? —pregunta.

—Sí, bueno, no, la casa es de mi madre, pero vivo aquí con ella. ¿Dónde está? ¿Dónde está mi hijo?

Tengo tanto miedo de lo que vaya a decirme que siento ganas de vomitar.

Me acompaña a la zona precintada, pasando por debajo de la baliza policial, donde están las ambulancias y donde los curiosos no puedan oírnos.

—¿Le importaría decirme su nombre?

—Nina, Nina Simmonds —tartamudeo—. ¿Por qué nadie me dice lo que ha pasado? ¿Dónde está mi familia?

—Señorita Simmonds —dice en voz baja—, lamento comunicárselo, pero mi equipo ha encontrado dos cadáveres en el interior de la vivienda.

Me flojean las piernas y me caigo al suelo como un saco de patatas. Le oigo gritar algo y un sanitario se acerca corriendo a nosotros. Entre los dos me ayudan a levantarme y a acercarme a la ambulancia. Me siento en el portón. Estoy llorando e hiperventilando y me cuesta respirar. Me instan a que inspire hondo, pero, cuando lo hago, el humo y quizá los cuerpos calcinados de mi familia se me agarran a la garganta. Vomito dos veces en una bolsa. No dejo de pensar en el miedo que ha debido de pasar Dylan al caer en la cuenta de que no podía hacer nada para parar lo que estaba ocurriendo a su alrededor.

—¿Habrán… habrán sufrido…? —empiezo, pero no puedo terminar la frase.

—Es muy probable que la inhalación de humo les haya afectado antes que el propio fuego —dice y me consuela un poquito—, pero no lo sabremos hasta que hagamos la autopsia.

Me estremece la idea de que vayan a abrir en canal a mi niño perfecto.

—¿Cómo ha empezado?

—Se hará una investigación completa en su momento, pero, por ahora, barajamos la hipótesis de que podría haber sido provocado.

—Eso no tiene sentido. Es imposible.

El bombero titubea, meditando sus palabras.

—Parece que se inició deliberadamente en algún lugar del interior de la casa.

—¿Qué? ¿Dónde?

—El mapa preliminar del punto de origen indica que fue el tabique que separa la primera planta de la escalera que conduce al ático.

—Allí está el dormitorio de mamá, pero ella no tiene acceso a nada inflamable.

—¿Fuma? ¿Usa encendedor o cerillas?

—No, no fum...

Y entonces la pregunta me sacude la memoria con la fuerza de una bola de demolición. La cena de anoche. Estaba demasiado entretenida provocándola con el encendido de la vela de su tarta del tercer aniversario para acordarme de volver a guardarme las cerillas en el bolsillo. Mamá debió de cogerlas cuando estaba distraída. Ha prendido fuego a la casa para matarse y escapar de mí. Solo que se ha llevado consigo a su nieto, que no sabía que estaba en el sótano. Aun muerta ha encontrado una forma de destrozarme una vez más.

Me pliego sobre mí misma y dudo que vaya a poder volver a ponerme en pie jamás. Dylan era mi corazón y su abuela me lo ha arrancado de cuajo y lo ha pisoteado. Nadie es capaz de procesar algo así.

—Señorita Simmonds —me dice una voz. Levanto la vista. Un joven con camisa blanca y corbata me enseña una placa. Lo único que veo son sus ojos, cada uno de un color. Me dan miedo—. Inspector Lee Dalgleish —continúa—. ¿Podemos hablar? —Asiento con la cabeza, pero no me encuentro en condiciones de decir nada más—. Mis compañeros me dicen que vivía usted aquí con... —consulta una libreta— su madre y su hijo... —Asiento de nuevo—. Sin embargo, sus vecinos nos han dicho que no han visto a su madre desde que se mudó hace años y que, por lo que saben, vivía usted sola aquí... —Espera una respuesta que no le doy—. Se han encontrado dos cadáveres, uno en el sótano y otro en el ático —sigue—. ¿Puede explicar qué hacían los fallecidos ahí?

—¿Por qué me hace esas preguntas tan tontas? —sollozo.

No quiero volver a hablar jamás.

—Porque los cadáveres se han encontrado encadenados por los tobillos. —Noto que la poca energía que me queda se me escapa poco a poco. No tengo ánimo para responder—. ¿Lo sabía usted, señorita Simmonds? —insiste—. ¿Sabe por qué estaban encarcelados?

—Viven conmigo —susurro—. Cuido de ellos. Son mi familia. —Empiezo a notar que el aire lleno de humo que nos rodea se enfría y un escalofrío me recorre la espalda hasta el cuello—. Tengo frío —digo, y levanto los ojos hasta que se encuentran con los suyos. Uno es de color avellana y el otro de un gris puro, como los de Dylan y los de Jon, e igual de penetrante. Me calan, me leen la mente. ¡Lo noto! De pronto, los colores se empiezan a alterar; se le oscurecen los iris y yo ladeo la cabeza para vérselos mejor porque no entiendo por qué. Otra persona me echa una manta por los hombros, pero no digo nada.

Lo último que oigo es un tintineo metálico, como el sonido que hacían las esposas de Dylan. Me obsesiona que el cuerpo entero de este policía haya quedado de pronto en sombra mientras el cielo y todo lo que lo rodea se vuelve rojo. Me parece que aún me está hablando, pero no lo oigo ni lo enfoco bien porque la luz cada vez más escasa y los colores que tengo delante me atrapan.

Alguien me coge por las muñecas, pero mi piel se está volviendo insensible. Estoy perdiendo las riendas de mi persona y no sé cómo pararlo. Sé que avanzo hacia delante, pero siento que estoy yendo marcha atrás por un túnel. Todo lo que tengo delante se vuelve cada vez más pequeño, más oscuro hasta que no queda nada más que yo, sola.

Y lo único que veo es oscuridad. Solo oscuridad.

# AGRADECIMIENTOS

La trama de esta novela se desarrolló en un lugar algo inusual para mí. Llevaba un tiempo dándole vueltas a la idea de dos personas que se odian y viven juntas, pero esta empezó a tomar forma en realidad cuando mi marido y yo hicimos un viaje por carretera a California. Nos encontramos de pronto acampados en el Parque Nacional de Yosemite y empezamos a comentar en detalle la idea en los largos paseos que hacíamos a las cataratas, por los senderos de montaña y en rutas en bici. El final de la historia se gestó mientras estábamos en casa de mi madre, Pamela, después de que la intervinieran para extirparle un cáncer. Así que las primeras personas a las que quisiera dar las gracias son mi cómplice y compañero de vida, John Russell, por ser mi caja de resonancia, y mi madre por la fortaleza que demostró durante su victoriosa lucha contra la enfermedad. También al personal del Northampton General Hospital por salvarle la vida.

Ninguna novela va de la pantalla del ordenador a la imprenta sin montones de trabajo entre bambalinas. Gracias a mi editor, Jack Butler, por su fe en este libro y sus comentarios iniciales, y a David Downing y Sadie Mayne «ojo de lince» por ayudar a moldear el producto final. Por supuesto, gracias a mi editorial, Thomas & Mercer, y a sus héroes anónimos, como Hatty Stiles y Nicole Wagner.

Desde que inicié mi carrera, he ido ganando una cantidad increíble de lectores fieles, muchos de ellos gracias al boca a boca y a los clubes de lectura que se celebran por internet. Quisiera dar las gracias a Tracy Fenton, de THE Book Club, a Lost in a Good Book, The Fiction Café Book Club y The Rick O'Shea Book Club por su extraordinario apoyo.

Gracias como siempre a mis amigos escritores por darme ánimos cuando las jornadas eran largas y necesitaba una distracción, normalmente en Twitter. Me encantan mis charlas con Louise Beech, Darren O'Sullivan, Claire Allan y Cara Hunter, todos ellos escritores de muchísimo talento que siempre me inspira.

Agradezco a Dan Simpson Leek y James Winterbottom sus consejos sobre adopción, a Anne Goldie sus sugerencias sobre obstetricia, a Sue Lumsden la ruta por un consultorio médico y a Kath Middleton el que haya evitado, una vez más, que haga el ridículo.

Gracias a mis primeros lectores, Carole Watson, Mark Fearn, Rosemary Wallace, Mandie Brown y los que se hacen llamar mis *groupies*, Alex Iveson, Deborah Dobrin, Fran Stentiford, Helen Boyce, Janette Hail, Janice Kelvin Leibowitz, Joanna Craig, Laura Pontin, Louise Gillespie, Michelle Gocman, Ruth Davey y Elaine Binder.

Y, por último, mi gratitud eterna para Beccy Bousfield, que nos lo ha dado todo a John y a mí sin pedir nada a cambio. Gracias de todo corazón.